Melissa Schneider

So bittersüß die Liebe ist

AF219318

Melissa Schneider

So bittersüß die Liebe ist

Roman

Impressum

Alle hier beschriebenen Personen und Handlungen sind frei erfunden. Dieser Titel ist auch als E-Book erschienen.

Covergestaltung: RiaRaven Coverdesign
Lektorat: Luise Deckert
Buchsatz: Melissa Schneider
Herstellung und Verlag: BoD – Books on Demand, Norderstedt
Der Standardvermerk der Deutschen Nationalbibliothek Bibliografische Information der Deutschen Nationalbibliothek: Die Deutsche Nationalbibliothek verzeichnet diese Publikation in der Deutschen Nationalbibliografie; detaillierte bibliografische Daten sind im Internet über dnb.dnb.de abrufbar.

So bittersüß die Liebe ist
© 2020 Melissa Schneider

Melissa Schneider
c/o autorenglück.de
Franz-Mehring-Str. 15
01237 Dresden

ISBN: 9-783752-644500

Es gibt Zeiten im Leben, da überwindet Liebe alles.
Erschöpfung, Schlaflosigkeit, einfach alles.
Aber es gibt auch Zeiten, da bringt Liebe einem
anscheinen nichts – außer Schmerz.

Meredith Grey, Grey's Anatomy

Jede Geschichte hat ihren Anfang ...

Kapitel 1

Rob

2002

Im Sommer waren meine Familie und ich von Los Angeles nach Great Falls, Montana gezogen. Hier war es völlig anders. Abends war auf den Straßen kaum noch etwas los, es gab nur ein Diner und ein Kino in der Stadt. In dem kleinen Ort war niemand ernsthaft nett, alle lächelten und grüßten sich, doch das wirkte gestellt.

Nur meiner Schwester Alina zuliebe war ich mit zu einer Feier an einen See etwas außerhalb der Stadt gefahren. Dort saß ich und sah auf das Wasser. Wie der Rest der Landschaft war dieser Ort wirklich wunderschön, die Natur war das Einzige, das mir hier gefiel.

Das einzig Gute war: Die erste Woche an der örtlichen Highschool lag hinter mir, nur noch 42 Wochen, bis ich wieder hier verschwinden konnte. Selbst in der Schule war alles langweilig und öde. Im nächsten Jahr, nach meinem Abschluss, würde ich nach Boston gehen und mein

Studium beginnen. Ich hatte den Samstag mit Lernen verbringen wollen, um dieses Ziel nicht zu gefährden.

Dass es nur noch wenige Tage warm sein würde, hatte mich umgestimmt. Ich mochte den Sommer, liebte die Sonne und die Hitze, hasste den Schnee. Es machte mir Spaß, mit Freunden draußen zu sitzen, Musik zu hören, das Leben zu genießen. Zumindest in L.A. war das so gewesen.

»Kommt Carlie noch?«, hörte ich Alina fragen und sah vom Lagerfeuer auf, über dem ich gerade Marshmallows röstete. Sie schwärmte seit dem ersten Schultag von Carlie, ihrer neuen besten Freundin. Sie würde sich da auf ihr Gefühl verlassen, bei Carlie hätte sie gleich eine Verbindung gespürt. Mit ihrer forschen Art schreckte sie andere oft ab.

»Bestimmt lässt ihr Dad sie nicht raus«, antwortete Jim.

»Warum nicht?«, fragte ich.

»Charles Summer ist etwas streng mit unserer lieben Carlie. Liegt vermutlich daran, dass er Polizist ist«, erklärte mir Jim.

Alina mochte es abenteuerlich, für gewöhnlich hatte sie andere Freundinnen gehabt. Ich konnte mir nicht vorstellen, dass die Tochter eines Polizisten locker war, eher spießig und darauf bedacht, immer das Richtige zu tun. Mit so jemandem wollte ich schon gar nichts zu tun haben. Ich wollte mir meinen Spaß nicht verderben lassen.

Jim stupste mich an und zog meinen Stock mit dem Marshmallow vom Feuer weg. »Hast du wohl noch nicht oft gemacht, hm?«

Ich sah zu Jim, der mir den Stock wieder vor die Nase hielt, und zuckte mit den Schultern, während ich darüber nachdachte, wann ich wohl von hier verschwinden konnte. »Ist eigentlich ganz einfach, nur kurz über die Flammen halten, wenn du siehst, dass er weich wird, ist er schon fertig. Und ständig drehen.«

Ich sah Jim zu, der sein Marshmallow fachgerecht röstete. Natürlich wusste ich, wie das funktionierte. Es war ja nicht das erste Mal, dass ich das tat. Aber ich hatte einfach keine Lust, hier zu sein.

»Tut mir leid, dass ich zu spät bin.«

Ich drehte mich um, musste wissen, woher diese wunderschöne Stimme kam. »Wer ist das?«

»Das ist Carlie«, erklärte mir Jim beiläufig. »Du musst aufpassen, er verbrennt.«

Die klebrige Süßigkeit war mir völlig egal. Ich konnte meine Augen nicht von Carlie abwenden. Ihre süße kleine Nase und diese schönen Brüste, die sich durch ihr Oberteil abzeichneten ... Ihre braunen Haare, die ihr gelockt über die Schultern fielen, ließen sie wie ein Engel wirken.

Ich drückte Jim meinen Stock in die Hand und ging zu Carlie, um mich vorzustellen. »Hi. Ich bin Rob.«

»Hallo, freut mich.« Sie lächelte und es war endgültig um mich geschehen. Der weiche Klang ihrer Stimme war wie Musik in meinen Ohren. Ich beschloss, dass ich ihr Herz für mich gewinnen musste.

Kapitel 2

Rob

2003

»Hast du überhaupt zugehört?«

Ich nickte, obwohl ich keine Ahnung hatte, was Carlie zu mir gesagt hatte. Sie trug einen knappen Badeanzug, ich konnte meinen Blick nicht von ihr abwenden. Ich musste aufpassen, dass ich mich nicht wieder wie ein verliebter Trottel aufführte.

Und das traf es gut. Regelmäßig saß ich da und starrte sie an, redete wirre Dinge, fragte mehrmals nach. Carlie sah mich dann nur mit einem mitleidigen Blick an.

Ich wollte ihr meine Gefühle gestehen, doch es war besser, ich würde nichts sagen, in einigen Monaten würde ich aufs College gehen, Carlie ein Jahr später. Wir würden noch weiter getrennt sein, büffeln müssen, andere Leute kennenlernen. Wenn unsere Beziehung daran zerbrechen würde, würden wir vielleicht auch keine Freunde mehr sein können. Das wollte ich nicht riskieren.

Ich arbeitete hart dafür, am College aufgenommen

zu werden, doch wenn ich daran dachte, dann nicht mehr ihr Lachen zu hören, brach es mir das Herz.

*

Ein paar Tage später parkte ich vor dem Seniorenheim, das an einem kleinen Wald lag. Carlie verbrachte zwei Nachmittage in der Woche hier, um mit den Senioren zu backen, zu kochen oder etwas zu spielen.

»Danke, dass du mich gefahren hast.«

»Kein Problem. Gerne.«

»Weißt du. Manchmal denke ich, du willst gar keine Zeit mit mir verbringen.« Verwirrt sah ich Carlie an. »Alina meint zwar, das würde nicht stimmen, aber du verhältst dich manchmal so komisch.«

»Das hat nichts mit dir zu tun«, sagte ich schnell.

Carlie zog ihre Augenbrauen nach oben und fragte: »Echt nicht? Woran liegt das dann?«

»Keine Ahnung.« Mir war klar, dass dies keine Aussage war, mit der Carlie zufrieden war. Ich wusste aber auch nicht, was ich sonst zu ihr sagen sollte.

»Na gut.« Sie griff nach dem Türgriff. »Dann sehen wir uns morgen in der Schule.«

»Ich kann dich später auch abholen.«

»Nein, mein Dad kommt, er will Grandma noch besuchen. Aber danke.«

»Okay.« Ihrem Vater wollte ich nicht begegnen, er mochte mich nicht. Ich wusste nicht wirklich, was er gegen mich hatte, ich fand eigentlich, dass er ein netter Kerl war. Anfänglich hatte ich zwar schlecht von ihm gedacht, doch das hatte sich geändert. Man durfte Menschen nicht beurteilen, ohne sie zu kennen. Das hatte ich schon gemerkt, als ich Carlie besser kennengelernt hatte. Sie war völlig anders, als ich zuerst vermutet hatte.

Ich sah zu, wie sie das Auto verließ und zum Kofferraum ging, um ihre Einkäufe rauszuholen. Ohne weiter darüber nachzudenken, stieg ich aus und ging zu ihr.

»Würdest du Freitag mit mir ausgehen?«

Überrascht sah sie mich an. »Was?«

»Ein Date, du und ich. Alleine. Ich hole dich ab, wir gehen etwas essen und ins Kino. Oder nur ins Kino, wie du willst. Wir können aber auch was anderes machen. Ich meine ... also nur, wenn du willst. Wenn du Zeit hast.«

Carlie nickte und sagte dann die erlösenden Worte: »Hol mich um 18 Uhr ab.«

Ich war erleichtert, dass sie Ja gesagt hatte, das hätte ich schon viel eher machen sollen. Glücklich sah ich ihr hinterher, als sie ins Gebäude ging, stieg ich in mein Auto und rief Jackson, meinen Bruder, an. Ich musste ihm erzählen, dass ich ein Date mit Carlie hatte.

*

Ich hatte all meine Bedenken über Bord geworfen und Carlie nach einem Date gefragt. Nur sie und ich, alleine in einem Restaurant. Ich konnte es noch gar nicht richtig glauben.

Noch nie war ich so aufgeregt gewesen. Es sollte alles perfekt sein, ich wollte Carlie einen schönen Abend bescheren, bei dem sie hoffentlich auch erkannte, dass sie eine Beziehung mit mir führen wollte. Natürlich hatte ich Angst, dass wir unsere Freundschaft aufs Spiel setzten. Aber ich musste es versuchen.

Mir verschlug es die Sprache, als ich sie die Einfahrt herunterkommen sah. Ich hätte sie lieber an der Tür abgeholt, doch die Angst vor ihrem Vater war zu groß. Ein Verbot von ihm, dass Carlie nicht mit mir ausgehen durfte, wollte ich unbedingt vermeiden.

So stand ich nun neben meinem Wagen und sah meiner Traumfrau zu, wie sie über die schneebedeckte Einfahrt auf mich zulief.

Sie trug ein schwarzes Kleid, das bis zu den Knien ging und ihre Schultern bedeckte und etwas Dekolleté zeigte. Ihre schwarzen Ballerinas waren schlicht, schimmerten aber etwas. Die Haare trug sie offen, wie immer hatte sie kaum Make-up aufgelegt.

»Du siehst wunderschön aus.«

»Danke.« Sie lächelte und stieg ein. »Wo gehen wir hin?«, fragte Carlie, kurz nachdem ich losgefahren war.

Meine Hände schwitzten, mein Herz raste, ich konnte keinen klaren Gedanken fassen. Ich musste mich, mehr denn je, auf das Fahren konzentrieren und hatte keine Ahnung, worüber wir reden sollten. So kannte ich mich gar nicht.

»Ich habe einen Tisch im *Romanos* reserviert, ich hoffe, Pizza und Pasta sind okay.«

»Wird sie auch da sein?« Ich sah, dass sie nervös an ihren Haaren herumzupfte.

»Was meinst du? Wer soll denn noch kommen?«, fragte ich verwirrt.

»Das Mädchen, das du eifersüchtig machen willst.«

Mein Herz setzte kurz aus. Was hatte sie gerade gesagt? Ich sah zu Carlie, sie lachte nicht.

»Ich glaube, du verstehst da etwas falsch«, sagte ich und parkte vor dem Restaurant. »Ich will niemanden eifersüchtig machen. Carlie, du bedeutest mir so viel, ich will nicht nur ein Freund von dir sein, ich will *dein* Freund sein.«

Ich erkannte an ihrem Blick, dass sie verwirrt war.

Wie konnte Carlie nur denken, ich würde sie für so etwas Dummes missbrauchen?

Ich sah durch die Windschutzscheibe nach draußen, langsam fielen die Schneeflocken auf das Auto und bedeckten es. Ich hatte gehöt, die Winter in Montana würden lange dauern, es würde viel zu kalt und fast den ganzen Tag dunkel. Nachdem ich Carlie kennengelernt hatte, war der Gedanke an die dunkle und kalte Jahreszeit gar nicht mehr schlimm.

»Wenn du das nicht willst, dann fahre ich dich wieder nach Hause.«

Als ob die Situation nicht schon schlimm genug war, begann im Radio *This Love* von *Maroon 5* zu spielen. Ich blickte aus dem Fenster zum Eingang des Restaurants, unerwartet legte Carlie ihre Hand auf meine.

»Komm, lass uns reingehen.«

»Sicher?«, fragte ich und sah sie an.

»Sicher.« Carlie lächelte und beugte sich zu mir, vorsichtig drückte sie ihre zarten Lippen auf meine. »Es ist nicht zu fassen, dass du wirklich ein richtiges Date mit mir haben willst«, flüsterte sie.

»Warum denn nicht?«, fragte ich leise und sah in ihre funkelnden Augen.

»Du könntest jede haben.« Wieder küsste sie mich kurz. Es tat gut, ihre Lippen auf meinen zu spüren.

»Du bist perfekt«, versicherte ich ihr. »Du bist wunderschön und klug. Ich will nur dich und niemand anderen.«

Carlie lächelte glücklich.

Kapitel 3

Rob

2003

»Kaum zu glauben, dass wir schon seit einem halben Jahr zusammen sind.«

»Warum?« Ich sah Carlie an.

»Du wirktest nie, als wärst du der Typ für eine Beziehung.« Sie zuckte mit den Schultern. »Außerdem hast du dich echt seltsam verhalten.«

Ich begann zu lachen und zog sie in meine Arme. Auf unser erstes Date waren noch viele weitere gefolgt, nach nur einer Woche kam Alina dahinter, dass wir ein Paar waren, woraufhin es die ganze Schule wusste, dann erfuhr es ihr Vater. Carlie hatte mich weinend angerufen und mir von einem heftigen Streit erzählt, ihr Vater wolle nicht, dass sie mit mir zusammen sei. Ihre Mum konnte ihren Dad, den ich nur als Officer Summer ansprechen durfte, zwar etwas beruhigen, doch begeistert war er von unserer Beziehung nicht.

»Das sollten wir öfters machen.« Ich zog Carlie zu

mir und drückte ihr einen Kuss aufs Haar.

Carlie lächelte und roch an einer Blume, die sie gepflückt hatte. »Finde ich auch.« Sie legte ihren Kopf auf meine Brust. »Wir könnten jeden Sommer einen Roadtrip machen. Jedes Jahr einen anderen Bundesstaat.«

Es war unser letzter Sommer, bevor ich aufs College gehen und sich Einiges verändern würde. Carlie hatte mich überzeugt, dass wir einen Roadtrip durch Montana machen sollten.

Gestartet waren wir in Great Falls und dann nach Yellowstone gefahren, von da aus ging es weiter. Fast zwei Wochen später waren wir auf dem Weg zu den Virginia Falls, die wir uns am nächsten Tag ansehen wollten. Die Nacht hatten wir in einer Pension verbracht.

Nun saßen wir an einem kleinen Fluss und sahen einer Entenfamilie zu, die auf dem Wasser auf- und abschwammen. Um uns herum war viel unterschiedliches Vogelgezwitscher zu hören. Die Sonne schien, es war keine Wolke am Himmel zu sehen, der perfekte Tag.

»Als Nächstes sollten wir uns Alabama vornehmen, da kann ich dir viele schöne Orte zeigen.« Lächelnd dachte ich an meine Kindheit in Birmingham. Doch seit Jahren war ich nicht mehr dort gewesen.

»Das wäre schön.« Carlie drehte sich zu mir und drückte mir einen kurzen Kuss auf die Lippen. »Ich würde gern mit dir in deinen Geburtsort fahren. Auch zum Grab deiner Eltern.«

Ich haderte mit mir, etwas zu sagen. An die Beerdigung erinnerte ich mich kaum, nur noch einmal waren wir auf dem Friedhof gewesen. Direkt nachdem Peter und Carla uns aus dem Waisenhaus geholt hatten. Schon wenige Tage später war unser Flug nach Los Angeles gegangen und seitdem war ich nicht mehr am Grab meiner Eltern gewesen.

Von Jackson wusste ich, dass er ab und zu dort war. Carla besuchte den Friedhof regelmäßig, noch immer plagte sie das schlechte Gewissen, dass es zwei Jahre gedauert hatte, bis sie vom Tod ihrer Schwester und ihres Schwagers erfahren hatte, weil sie so wenig Kontakt gehabt hatten.

»Grüble nicht so viel.«

Ich lächelte und sah meine Freundin wieder an. »Du hast recht. Allerdings müssen wir später nochmal nach Alabama und Montana.«

Carlie runzelte die Stirn.

»Wenn unsere Kinder alt genug sind, sollten sie sehen, wo ihre Eltern herkommen.«

Carlie strahlte. »Wenn unsere Kinder alt genug sind, müssen wir vieles wiederholen. Es wäre schön, wenn sie das ganze Land sehen würden. Wir sollten den gesamten Sommer durch Amerika fahren und ihnen alles zeigen.«

»Wie viele möchtest du?«

»Kinder?«

Ich nickte. Dass unser Gespräch in diese Richtung lief, hatte ich nicht geplant, doch das schien uns beide nicht zu stören. Auch wenn wir erst ein halbes Jahr zusammen waren, wusste ich, dass ich Carlie irgendwann heiraten würde. Wir würden Kinder haben und in einem kleinen Haus leben. Reisen und die Welt sehen. Wir würden glücklich sein.

Carlie zuckte mit den Schultern. »Drei oder vier Kinder. Zwei Jungs und zwei Mädchen wären schön.« Sie sah mich wieder an. »Und du?«

»Ich will das, was du willst.«

Carlie lachte.

»Ich will dich heiraten.«

Ihr Lachen verstummte, sie nickte. »Ich kann mir nichts Besseres vorstellen, als deine Frau zu werden.

Aber davor beenden wir beide unser Studium.«

»Damit bin ich einverstanden.« Ich zog Carlie nah zu mir. »Erst die Uni, dann eine Hochzeit und zwei, drei Jahre später ein Baby.«

Sie nickte und küsste mich wieder.

Kapitel 4

Carlie

2010

Es war ein schier unerträglicher Tag in New York – für Ende Oktober viel zu warm und schwül. Ich hoffte die ganze Zeit auf ein erlösendes Gewitter oder zumindest etwas wohltuenden Regen. Doch bis zum Betreten unseres Apartments am Abend war die ersehnte Abkühlung noch nicht eingetroffen. Beim Öffnen der Tür kam mir zwar im ersten Moment ein kühler Luftzug entgegen, aber dieser angenehme Effekt hielt nur kurz an. Die Luft schien zu stehen, auch hier war es stickig und warm. Wie ich dieses Wetter hasste.

Ich zog die roten Kopfhörer aus meinen Ohren und schloss die Tür hinter mir. »Rob?« Meine Tasche stellte ich auf dem hellen Parkettboden ab, dann sah ich mich um.

Es war still in dem kleinen, gemütlichen Apartment. Was mich sehr wunderte. Da Rob selbst mittags Feierabend hatte machen wollen, hatte er angeboten, einzukaufen und zu kochen. Ich hatte deshalb

21

gedacht, dass mich schon beim Betreten der Wohnung ein leckerer Duft erwarten würde, der mir das Wasser im Mund zusammenlaufen ließ – doch dem war leider nicht so.

Ich ging in die Küche und öffnete dort das Fenster. Es war nicht ungewöhnlich, dass Rob um diese Uhrzeit nicht zu Hause war. Er arbeitete oft länger in der Kanzlei. Weswegen ich ihm auch nicht böse war, dass er sich weder gemeldet noch eingekauft hatte. Auch wenn ich durch einen Blick in den Kühlschrank merkte, dass wir nur Eier und Butter da hatten, sodass ich nun überhaupt nichts kochen konnte. Wir würden uns etwas bestellen müssen.

Wegen der enormen Hitze entschloss ich mich dazu, erst mal duschen zu gehen. Ein wenig kühles Wasser würde mir guttun und dabei helfen, mich zu entspannen. Es war ein anstrengender und langer Tag gewesen. In ein paar Wochen würde das Semester vorbei sein. Dann lägen nur noch ein paar Monate Studium vor mir und ich hätte endlich meinen Abschluss als Sozialpädagogin in der Tasche.

Das herrlich kalte Wasser prasselte auf meine Schultern und ich spürte, wie sich meine Muskeln entspannten. Nun konnte ich wieder einen klaren Gedanken fassen und fühlte mich schlagartig besser.

Nach der Dusche zog ich mir ein Shirt und eine dünne Jogginghose an und ging zurück in die Küche. Wie immer stand schon eine Tasse unter der Kaffeemaschine bereit. So musste ich lediglich auf den Startknopf drücken und mein Kaffee begann zu laufen. Ein Blick aus dem Fenster ließ mich ahnen, dass die ersehnte Abkühlung vielleicht bald kommen würde, da sich der Himmel langsam verdunkelte.

Mittlerweile war es halb acht, von meinem Freund hatte ich noch immer nichts gehört. Auf meine letzte Nachricht, dass ich nun nach Hause kommen würde, hatte er auch nicht geantwortet, also schrieb ich ihm erneut.

Mit meinem Kaffee ging ich ins Wohnzimmer und stellte die Musikanlage an. *Rihanna* durchbrach mit *Fool in Love* die Stille. Bevor ich auf dem großen, roten Sessel neben dem Fenster Platz nahm, öffnete ich dieses und ließ die mittlerweile etwas abgekühlte Luft ins Zimmer. Ich griff nach einem meiner Lehrb?her. Bis Rob kam, wollte ich den Stoff nochmal durchgehen.

*

»Carlie?«

»Rob?« Langsam öffnete ich die Augen und blickte in das lächelnde Gesicht meines Freundes. »Wie spät ist es?«, fragte ich und sah mich verwirrt um.

Draußen war es duster. Ein frischer Wind wehte durch das Fenster in die Wohnung und das leise Tröpfeln des Regens war zu hören.

»Kurz nach neun«, erwiderte er. »Ich habe uns Pizza mitgebracht. Ich weiß, ich wollte für uns kochen, aber ich kam nicht aus der Kanzlei weg.«

»Ist nicht schlimm.«

»Du bist nicht böse?«

»Nein«, raunte ich, schlang meine Arme um seinen Hals und küsste ihn leidenschaftlich. »Ich liebe dich«, flüsterte ich.

»Ich dich auch.«

Wieder küssten wir uns.

»Ich habe uns Pizza mitgebracht – mit doppelt Käse – und eine Flasche Wein. Der Verkäufer bei Target meinte, er würde süßer schmecken als der letzte.«

Ich lächelte. »Klingt gut.«

Seit einigen Wochen tranken wir uns durch die

Weinabteilung von *Target*. Weil Rob öfter Geschäftsessen hatte, wollte er sich mit der Fülle an verschiedenen Weinen besser auskennen.

Ich schnappte mir die Flasche und sah mir das Etikett genauer an. »*Val Conde Dulce*. Beerig und fruchtig. Hört sich lecker an.«

»Hauptsache er ist nicht so bitter wie der letzte.« Rob kam mit zwei Weingläsern aus der Küche zurück ins Wohnzimmer. »Sollen wir es mal mit der Karaffe versuchen?«

»Keine Ahnung. Denkst du, die macht wirklich so viel aus?«

Rob zuckte mit den Schultern. »Der Verkäufer bei Target meinte wieder, wir sollten es testen.«

»Dann lass es uns versuchen.«

Rob verließ das Wohnzimmer und kam mit der Weinkaraffe zurück. Er nahm den Wein und goss ihn vorsichtig hinein.

Wir hatten uns für eine große entschieden. Sie hatte einen engen Hals, wohingegen der Bauch ziemlich dick war, sodass der Wein besonders viel Luft bekam. Doch das hieß noch lange nicht, dass er besser schmecken würde.

»Vielleicht sollten wir mal zu einer Weinverkostung gehen«, sagte ich, und Rob nickte. »Ich werde mich morgen mal erkundigen.«

»Musst du nicht. Ich frage in der Kanzlei. Die wissen bestimmt, wo wir da am besten aufgehoben wären.«

Ich sah Rob zu, wie er die Weinkaraffe hin und her schwang.

Zusammen mit den gefüllten Gläsern und der Pizza machten wir es uns dann auf unserem Sofa gemütlich und schalteten eine Wiederholung von *Breaking Bad* ein.

Während wir gemeinsam aßen, erzählte mir Rob von seinem Tag. Derzeit hatten sie einen großen Fall

– ein Geschäftsmann war wegen Steuerhinterziehung angeklagt worden. Die gesamte Kanzlei arbeitete zusammen und Rob hoffte darauf, dass er nach diesem Ereignis einen eigenen Fall bekommen würde.

Seit wir in New York lebten, arbeitete Rob schon in der Kanzlei. Während seines Studiums hatte sein Onkel ihn in der Poststelle arbeiten lassen. Nachdem er dieses erfolgreich abgeschlossen hatte, war es ihm gelungen, innerhalb eines Jahres einem ansässigen Anwalt zu assistieren. Ich war mir sicher, dass er es weit bringen würde. Das Zeug dazu hatte er definitiv – und den nötigen Ehrgeiz.

Die Pizza war gegessen, wir lagen gemütlich auf dem Sofa und sahen fern. Es tat gut, zusammen zu sein. Die Pärchenzeit war in den letzten Wochen leider viel zu kurz gekommen.

Kapitel 5

Rob
2004

Es war der Herbst kurz nach Carlies siebzehntem Geburtstag, es regnete den ganzen Tag und es war kalt. Wir lagen zusammen in meinem Bett, hörten Musik, unterhielten uns und lachten.

Ich genoss jede Minute mit ihr. Seit fast fünf Monaten war ich jetzt auf dem College und alles war anstrengender als gedacht. Ich war froh, dass wir das so gut meisterten.

Meine Pläne nach Boston zu gehen hatte ich verworfen. Die Distanz zu Carlie wäre mir zu groß gewesen. Dennoch war ich fast 400 Meilen von ihr entfernt. Wir sahen uns lediglich alle paar Wochen und in der nächsten Zeit standen wichtige Prüfungen an, sodass ich nicht wusste, wann ich wiederkommen würde. Nur noch wenige Monate und auch Carlie würde ihr Studium beginnen, in ein paar Wochen waren die ersten Aufnahmeprüfungen fürs College, die sie sicher bestehen würde, und dann würde im nächsten Sommer alles anders werden.

Carlie drehte sich zu mir und fragte: »Wann musst du zurück?«

»Montag früh ... ich weiß nicht, wann ich wiederkommen kann.«

»Ist schon okay.« Andere Frauen hätten das nicht so locker genommen, sie wären eifersüchtig gewesen und hätten mir nicht vertraut. Zum Glück war Carlie nicht so.

Ich wollte ihr sagen, dass wir das schaffen würden, doch im selben Moment durchbrach ihr Klingelton die Stille.

Sie setzte sich auf, griff nach ihrem Handy, sah erst mich an und nahm dann den Anruf zögerlich entgegen. »Dad?«

Ich hoffte, dass er nicht wollte, dass sie nach Hause kam. Die letzten Male, als ich hier gewesen war, hatte er auch immer angerufen, wollte, dass sie zu ihm kam.

»Ich bin bei Rob.«

Gleich würden sie wieder streiten, ich sah es schon kommen. Erst leise, dann immer lauter. Carlie würde auflegen und wenn es ganz schlecht lief, würde ihr Dad herkommen und sie mitnehmen. Wäre nicht das erste mal.

»Was?« Sie riss die Augen auf und sah mich panisch an. »Wie geht es ihr?«

»Was ist los?«, fragte ich, als sie den Anruf beendet hatte.

Sie saß da, Tränen liefen ihre Wange hinab, sie zitterte. So hatte ich sie noch nie erlebt.

»Mum hatte einen Unfall, sie wird gerade operiert.«

Ich nahm Carlie in meine Arme, drückte sie fest an mich und hoffte, dass alles gut gehen würde. Ich wusste, wie schmerzhaft es war, seine Eltern zu verlieren, Carlie sollte das nicht erleben müssen.

*

Erst eine Stunde später kamen wir im Krankenhaus an und erfuhren, was passiert war. Ihre Mutter war einkaufen gewesen, beim Überqueren einer Kreuzung hatte ein anderer Wagen sie erfasst, sie war in ihrem Auto eingeklemmt und schwer am Kopf verletzt worden. Sie hatte sehr viel Blut verloren, schwere Verletzungen und innere Blutungen. Die Ärzte hatten sie nach der Operation in ein künstliches Koma versetzt. Sie war schwach.

Carlie verbrachte die kommenden Tage am Bett ihrer Mutter, sie wollte da sein, wenn sie aufwachte.

Ich wich ihr nicht von der Seite, fuhr nicht zurück zur Uni.

»Du musst gehen. Ich will nicht, dass du deine Prüfungen versäumst.« Sie sah mich traurig an.

»Ich bewundere dich für deinen starken Willen, aber ich lasse dich nicht alleine.«

»Bitte«, flüsterte sie. »Ihr Zustand hat sich nicht verändert. Es könnte Monate dauern, bis sie aufwacht.« Im Gegensatz zu ihrem Vater schien sie aber nicht zu verzweifeln. Sie blieb hartnäckig und überzeugte mich, dass ich zurückfahren sollte.

*

»Wie geht es ihr?«

»Gut. Mum ist aufgewacht. Es geht ihr besser, sie ist benommen, aber es geht ihr besser.«

Ich war erleichtert. Mein schlechtes Gewissen war groß gewesen, ich hatte Carlie nicht allein lassen wollen.

»Das ist wundervoll. Ich fahre morgen so früh wie möglich los.«

»Das wäre schön. Was machst du heute noch?«,

sagte sie und klang wirklich interessiert.

In den letzten beiden Wochen waren ihre Gedanken nur bei ihrer Mutter gewesen. Ein wirkliches Gespräch hatten wir nie geführt, da sie oft zweimal nachgefragt und auch dann nicht wirklich zugehört hatte.

»Chris kommt noch vorbei, wir lernen zusammen.«

»Dann will ich dich nicht länger stören.«

»Baby, du störst mich nie«, versicherte ich ihr. Es konnte alles wieder normal werden, ihre Mutter würde es schaffen. Da war ich mir sicher.

*

Es war schon Mitternacht, Chris und ich hatten uns eine Pizza bestellt und saßen über unseren Büchern. In den letzten Tagen hatte ich mehr an Carlie und ihre Mutter gedacht und mich nur wenig konzentrieren können. An diesem Abend war es anders, das Lernen fiel mir leicht.

Ich dachte mir nichts dabei, als mein Handy klingelte. Erst als ich Carlies Namen auf dem Display las, bekam ich Angst. Woher das Gefühl kam, wusste ich nicht, doch ich ahnte, dass es nichts Gutes zu bedeuten hatte. Ich nahm den Anruf entgegen.

Ein Schluchzen war zu hören.

»Ich fahre gleich los.«

»Leg nicht auf«, flüsterte sie.

»Keine Sorge, Baby, ich bleibe die ganze Zeit in der Leitung.« Ich sah zu Chris. »Baby, ich komme zu dir.«

»Danke.« Sie schluchzte, es brach mir das Herz. Ich hätte bei ihr sein müssen. Sofort setzte ich mich ins Auto, zusammen mit Chris machte ich mich auf den Weg, um bei ihr zu sein.

Kapitel 6

Carlie

2010

Am folgenden Samstag war ich auf der Suche nach einem Buch, das ich für die Uni benötigte. Ich durchforstete gerade unseren Kleiderschrank, da stieß ich auf ein altes Fotoalbum. Ohne hineinzusehen, wusste ich, dass Fotos von mir und meinen Eltern darin waren. Langsam nahm ich es aus dem Schrank und setzte mich auf unser Bett. Liebevoll strich ich über den Einband und öffnete das Album.

Meine Mum lachte mich an, sie musste gerade aus dem Krankenhaus entlassen worden sein, wo sie mich zur Welt gebracht hatte. Sie posierte vor unserem Haus, hatte mich auf dem Arm. Hinter ihr war ein Banner zu sehen, auf dem Willkommen zu Hause stand.

Ich blätterte weiter und sah mir die nächsten Fotos an. Auf vielen war sie alleine oder zusammen mit mir.

Ich wurde traurig, sie hatte uns zu früh verlassen.

Noch immer hatte ich ihren Tod nicht ganz verarbeitet, und wenngleich ich inzwischen gut damit zurechtkam, vermisste ich sie sehr.

Meinen Vater vermisste ich ebenfalls, obwohl er nur einen Anruf entfernt war. Doch es war zu viel passiert. Es tat mir in der Seele weh, dass wir nicht mehr miteinander sprachen.

»Carlie?«, hörte ich Rob rufen und sah zur Uhr. Es war kurz vor elf. Es überraschte mich, dass er schon so früh zu Hause war.

»Wo bist du?«

»Ich bin im Schlafzimmer«, antwortete ich, schlug das Fotoalbum zu und erhob mich. »Was machst du schon hier?«, fragte ich, als Rob vor mir stand.

»Ich denke, wir sollten den Tag zusammen verbringen. Einen spontanen Ausflug machen.«

»Musst du nicht arbeiten?«

Er nickte: »Muss ich, aber während ich die Akten durchgesehen hab, dachte ich, dass es doch viel wichtiger wäre, wenn wir mal wieder Zeit zu zweit verbringen und es uns gut gehen lassen. Hättest du Lust, nach Rhode Island zu fahren? Wir könnten am Strand entlangspazieren, in ein Restaurant gehen. Wir sollten Kleidung einpacken, vielleicht bleiben wir heute Nacht dort.« Dann verließ er das Schlafzimmer. »Ich schau mal, was wir im Kühlschrank haben, damit wir auf der Fahrt nicht verhungern. Oder hattest du etwas anderes vor?«

»Nein«, antwortete ich. »Ich wollte nur lernen und später Alina anrufen. Ein Ausflug klingt perfekt.«

Ich ging zu unserem Kleiderschrank und nahm eine kleine Tasche raus, um mit dem Packen zu beginnen. Ich liebte Robs Spontanität, immer wieder, wenn ich gar nicht damit rechnete, überraschte er mich mit kleinen Ideen, um aus unserem manchmal tristen Alltag zu entfliehen.

*

Drei Stunden später standen wir tatsächlich am Strand und blickten auf das Wasser.

Die frische, klare Meeresluft füllte meine Lungen. »Danke«, ich sah Rob an und lächelte, »das tut gut.«

»Ja, finde ich auch. Wir sollten wieder öfters raus. Irgendwo hinfahren, Spaß haben. Als ich heute Morgen im Büro saß, hab ich mich eingeengt gefühlt und wusste, wir müssen etwas ändern.«

»Der Trip war eine gute Idee.«

»Ich habe auch über eine andere Sache nachgedacht.« Ich sah meinen Freund wieder an.

»Sollen wir vielleicht mal zu deinem Dad fliegen?«

»Wie kommst du jetzt darauf?«

»Ihr habt wegen mir keinen Kontakt. Ich will nicht, dass du mir das irgendwann vorwirfst. Ich wäre froh, meine Eltern sehen zu können. Du kannst zumindest deinen Dad besuchen, oder mit ihm sprechen. Was bin ich denn für ein Partner, wenn ich das geschehen lasse und nichts daran ändere?«

Seine Worte überraschten mich. Von Anfang an hatte ich zu Rob gestanden und den Streit mit meinem Vater in Kauf genommen. Nach dem Tod meiner Mutter war es schlimmer geworden. Natürlich war ich traurig deswegen und wünschte mir oft, meinen Vater an meiner Seite zu haben. Ich wollte ihn zu seinem Geburtstag anrufen, schaffte es aber nur noch, eine kurze Mail zu schreiben. Als ich zu Hause ausgezogen war, hatte ich noch ab und zu bei ihm angerufen. Immer wieder hatten wir uns gestritten. Das wollte ich vermeiden. Allerdings waren auch die Nachrichten zu Weihnachten oder anderen Feiertagen fast komplett zum Erliegen gekommen. Am schlimmsten war es am Todestag meiner Mutter, da wollte ich so gerne bei ihm sein. Doch wenn ich daran dachte, dass wir wieder streiten würden, schaffte ich es nicht, mich zu überwinden, mich bei ihm zu melden. Je weniger meine Versuche geworden waren, ihn zu kontaktieren, desto seltener waren auch die von meinem Vater geworden.

Rob griff nach meiner Hand und sah mich an. »Du musst dich nicht jetzt entscheiden, es hat Zeit. Ich will nur, dass du darüber nachdenkst.«

Ich nickte. Natürlich würde ich mir meine Gedanken dazu machen, doch ob sich etwas ändern würde, bezweifelte ich. Später vielleicht.

Ich konnte nur hoffen, dass es dann noch nicht zu spät war.

»Was wollen wir jetzt machen?«, fragte ich, um das Thema zu wechseln.

»Sollen wir zur Promenade gehen? Dort könnten wir mit dem Riesenrad fahren, uns alles von oben ansehen und dann sollten wir etwas essen.«

»Klingt nach einem guten Plan.« Ich lächelte, ergriff seine Hand und wir gingen los.

*

»Das kann doch nicht sein. Verdammt«, fluchte ich und legte das Gewehr abermals an. Ich zielte auf die rote Rose, drückte erneut ab und traf wieder nicht.

»Du kommst aus Montana und kannst nicht schießen«, stellte Rob lachend fest, »das solltest du besser niemandem erzählen. Gib her, ich versuche es mal.«

Widerwillig gab ich ihm das Gewehr und trat zur Seite. Es war mein siebter Schuss gewesen, kein einziges Mal hatte ich getroffen. Das konnte nicht an mir liegen. Die Spielbuden auf einem Rummel hatten doch sicher alle irgendwie eine Falle eingebaut, weil die Schausteller nicht wollten, dass zu viele etwas gewannen.

Und Rob hatte nicht recht, ich konnte schießen. Mein Onkel hatte mich einmal zu einem Schießstand mitgenommen. Das war zwar schon ein paar Jahre her, doch ich erinnerte mich noch an seine Tipps.

Ich schüttelte den Kopf, als ich Rob zusah, wie er traf. Dreimal hintereinander.

»Siehst du, so geht das. Was willst du haben? Oder soll ich es erneut versuchen, damit du etwas Größeres bekommst?«

Ich sah mir die Gewinne an. »Ich nehme das kleine Stofftier. Wir müssen hier nicht noch mehr Geld ausgeben.«

»Ach was. Wir haben Spaß, das ist die Hauptsache.«

»Nochmal oder nicht? Andere wollen auch noch«, fragte der Mann, der hinter der Theke stand, schroff.

Ich schaute neben mich und stellte fest, dass niemand in der Nähe war.

»Wir hören auf«, erwiderte Rob und sah wieder zu mir. »Was jetzt? Wollen wir Enten angeln? Vielleicht kannst du das ja besser.« Er lachte, nahm den gelben Stoffstern, den er gewonnen hatte, und drehte sich um. »Wir können auch einen Hot Dog holen.«

»Ich bin immer noch satt. Wir haben doch gerade erst eine Pizza gegessen.«

Rob zuckte mit den Schultern und lief zum nächsten Stand.

Ich war froh, dass wir New York für diesen Tag verlassen hatten. Es tat gut, Spaß zu haben und nicht an unsere Verpflichtungen zu denken. Mein Kopf war wieder frei, ich war entspannt und genoss es, mit Rob zusammen zu sein.

»Willst du auch was?«

Ich schüttelte den Kopf.

Rob bestellte und fragte mich dann: »Sollen wir mal sehen, ob es Zuckerwatte gibt?«

Meine Augen wurden größer, ich nickte.

»Dachte ich es mir doch. Dann auf zur Zuckerwatte.« Er nahm seinen frisch zubereiteten Hot Dog entgegen und sah sich um. Wortlos zog er mich zum nächsten Stand, an dem es Zuckerwatte gab, und bestellte mir eine große Portion von der klebrigen rosa Süßigkeit. »Wollen wir heute Nacht hierbleiben?«

»Gerne.«

»Dann sollten wir zu dem kleinen Hotel gehen.« Er zeigte hinter sich. »Fragen, ob die noch was frei haben. Vielleicht mit Blick aufs Meer, das wäre doch cool.«

»Ja, wäre es.«

Plötzlich musste ich daran denken, dass meine Mutter mich nie Zuckerwatte hatte essen lassen, weil es ihrer Meinung nach zu ungesund war. Und ich erinnerte mich, dass mein Vater sie mir immer heimlich gekauft hatte. Es war eine schöne Erinnerung. Rob hatte recht, ich sollte meinen Vater anrufen.

Kapitel 7

Rob

2005

Lachend rannten Carlie und ich aus dem Hotel, in dem ihr Abschlussball stattfand. Natürlich verbrachte ich den Abend mit ihr hier, auch wenn ich keine Lust auf die Feier gehabt hatte.

Da wir uns in den kommenden Monaten noch weniger sehen würden, hatte ich den Abend mit ihr umso mehr genossen. Carlie war nicht am College angenommen worden. Der Tod ihrer Mutter hatte ihr sehr zu schaffen gemacht. So hatte sie auch sämtliche Fristen zur Bewerbung verstreichen lassen. Sie würde ein Jahr in Great Falls bleiben, auch um für ihren Vater da zu sein, dem es nicht gut ging.

Es tat mir im Herzen weh, sie nach dem Sommer wieder allein zu lassen.

Ich sah zu Carlie, bemerkte ihre traurigen Augen und fragte: »Was ist denn los?«

Wir standen vor einem großen Pool, aus dem Hotel war noch die Musik zu hören.

»Ach nichts.«

36

»Ich sehe dir an, dass etwas nicht stimmt.«

»Ich will dich nicht verlieren.«

»Sag das nie wieder. Ich liebe dich. Nie werde ich etwas tun, das unsere Beziehung in Gefahr bringt.«

»Ich auch nicht«, flüsterte sie.

Ich drückte ihr einen sanften Kuss auf die Wange, sie lächelte wieder. »Also, dann ist doch alles gut, oder?«

Meine Traumfrau lächelte.

»Lass uns noch etwas tanzen, hier sind wir ungestört.« Carlie nickte und zog ihre Schuhe aus.

Ich zog sie in meine Arme, Carlie schmiegte sich an mich, wir bewegten uns langsam, immer wieder küssten wir uns.

»Hab ich dir eigentlich schon gesagt, wie wunderschön du aussiehst?«

»Ein- oder zweimal.« Sie kicherte.

»Alina hat sich selbst übertroffen.« Vor Monaten hatte meine Schwester damit begonnen, für Carlie und sich Outfits für den Abschlussball zu entwerfen und zu nähen. Das bodenlange graue Kleid betonte ihre Figur perfekt, ihre Haare trug sie gelockt und offen. Sie sah wunderschön aus.

Carlie sah mich an und begann zu grinsen. »Ich freue mich auf die Reise.«

»Das tue ich auch.«

Wie wir uns im letzten Jahr vorgenommen hatten, wollten wir einen Roadtrip durch Alabama machen. In Birmingham würden wir auf Jackson und Alina treffen und gemeinsam zum Friedhof gehen. Carlie würde es guttun, aus Great Falls wegzukommen und sich von dem Schmerz abzulenken, den der Tod ihrer Mutter verursacht hatte.

Wir bewegten uns langsam, dennoch passierte das Unglück. Carlie trat mir auf den Fuß, ich stand plötzlich auf ihrem Kleid, sie stolperte und landete in dem Pool, der genau hinter uns war. Es dauerte nur Sekunden, bis sie wieder auftauchte und mich verdutzt ansah.

Unwillkürlich musste ich lachen. »Sorry, Baby. Komm, ich helfe dir raus.« Ich beugte mich nach unten und hielt ihr meine Hand hin, die sie auch nahm. Doch anstatt den Pool zu verlassen, zog sie mit aller Kraft an meinem Arm und ich fiel ins Wasser. Als ich wieder auftauchte, war sie es, die lachte. Ich stimmte sofort mit ein.

»Alina wird mich umbringen. Das Kleid ist sicher ruiniert.«

»Davon werde ich sie schon abhalten.« Ich lachte. »Wollen wir nach Hause fahren und duschen?«

Carlie lächelte und nickte. Sie schwamm auf mich zu und ich nahm sie in meine Arme, um sie zu küssen.

Ich war froh, dass sie das so locker nahm. Welche andere Frau hätte jetzt gelacht? Die meisten hätten sich sicher aufgeregt, dass Kleid und Make-up zerstört waren.

Ich sah in ihre grünen Augen. »Ich liebe dich.«

»Ich liebe dich noch viel mehr«, entgegnete sie und küsste mich.

Kapitel 8

Carlie
2010

Am nächsten Morgen wachte ich auf, als ich Rob im Badezimmer fluchen hörte.

»Was ist denn los?«, fragte ich verschlafen und setzte mich auf.

Rob kam aus dem Badezimmer. »Hab ich dich geweckt? Hab extra kein Licht angemacht. Sorry. Ich hab mir den Fuß gestoßen.« Er legte sich wieder neben mich in das große Bett.

Ich rückte zur Seite, kuschelte mich an ihn und bettete meinen Kopf auf seine Brust. Die Nacht war kurz gewesen. Wir waren lange am Strand gewesen, hatten uns die Sterne angesehen, gelacht und die Zeit zu zweit genossen. »Nicht schlimm«, murmelte ich.

»Wenn du jetzt wach bist«, sagte Rob, »dann könnten wir unsere Zeit auch anders nutzen und uns ein Bad einlassen.«

»Klingt gut«, stimmte ich ihm zu und drückte mich

fester an Rob. Ich liebte es, mit ihm zu baden, doch in diesem Moment wollte ich lieber noch ein bisschen schlafen und schloss meine Augen wieder.

*

Ich packte das wenige, das wir mitgenommen hatten ein. Es war ein kurzer, aber schöner Ausflug gewesen. Es hatte gutgetan, aus New York herauszukommen, etwas anderes zu sehen und an etwas anderes zu denken.

»Wann hast du das letzte Mal was von Jackson gehört?«, fragte mich Rob und legte sein Handy zur Seite.

»Wir haben vorige Woche kurz telefoniert«, antwortete ich und musste lachen. »Er hat angerufen und mir gesagt, dass er bei Battlefield jetzt weiter als ich sei und er mich zu Weihnachten darin schlagen werde. Dann hat er aufgelegt.«

»Typisch«, murmelte Rob.

Ich wusste, dass er sich Sorgen um seinen Bruder machte, doch die waren völlig unbegründet. Jackson ging es gut, er lebte in Los Angeles, liebte seinen Job. Er war sicher feiern gewesen und lag nun neben einer Frau in einem fremden Bett und schlief.

Ich ging nochmal in das kleine Badezimmer und sah mich um. Es war nichts mehr zu sehen, das uns gehörte.

»Hast du alles?«, fragte ich Rob, dieser nickte. »Dann können wir gehen.«

»Wir haben bis 11 Uhr bezahlt.«

Ich folgte seinem Blick zur Uhr, es war kurz nach zehn.

»Das sollten wir ausnutzen.« Er kam auf mich zu, küsste mich und drückte mich zurück aufs Bett.

*

Ich zog meine Schuhe und Socken aus, krempelte meine Jeans nach oben und lief ins Wasser. Kurz verharrte ich. Es war kälter als ich gedacht hatte, doch ich gewöhnte mich schnell daran und ging weiter.

Ich sah zu Rob, er tat es mir gleich. Im Gegensatz zu mir drehte er sich aber sofort wieder um und schüttelte den Kopf. »Nein, das ist viel zu kalt.«

»Weichei«, sagte ich lachend. »Es ist nicht kalt.« Ich beugte mich etwas nach unten, tauchte meine Hände in das kühle Wasser und versuchte dann, Rob nass zu spritzen. Leider gelang es mir nicht, da er zu weit entfernt war.

»Niemals«, rief er und zog seine Schuhe wieder an.

Während ich umherlief, dachte ich an meine kleine Heimatstadt. In Montana wurde es erst spät warm genug, um schwimmen gehen zu können. Doch schon im April wagten sich ein paar Mutige in die kalten Seen, spätestens im Mai konnte man die meisten nicht mehr davon abhalten. Ich erinnerte mich gerne daran.

Ich sah wieder zu Rob, der am Ufer stand. »Willst du nicht doch?«

Rob schüttelte den Kopf. »Wir sollten uns noch etwas zu essen holen und dann langsam zurück. Nicht, dass es zu spät wird. Wir haben ja beide morgen viel zu tun.«

»Ja.« Ich verließ das Wasser.

»Wollen wir am Freitag ins Kino gehen? Weißt du, was zurzeit läuft?«, fragte Rob, als ich mich neben ihn setzte, um meine Füße abzutrocknen.

Ich schüttelte den Kopf. »Nicht wirklich, aber es wird sich bestimmt etwas Gutes finden lassen.«

»Wir machen in den letzten Monaten so wenig zusammen, das sollten wir ändern.«

»Du hast recht.« Ich hatte unsere gemeinsame Zeit

auch vermisst. Doch durch seinen Job und mein Studium war es nicht immer so einfach, Zeit zu zweit zu finden.

Wir standen auf, um zurück zu unserem Auto zu gehen.

»Hast du schon überlegt, ob du deinen Dad anrufen möchtest?«, fragte Rob, als wir in dem schwarzen Wagen saßen.

Ich schüttelte den Kopf, doch ich dachte immer wieder über meinen Vater nach. Ich hatte Angst, dass es irgendwann zu spät sein würde. Mir graute es davor, einen Anruf zu bekommen und zu erfahren, dass er gestorben war, bevor ich ihn nochmal gesehen hatte. Das durfte nicht passieren.

Rob legte seine Hand auf mein Knie und lächelte. »Ich werde bei dir sein«, versicherte er mir und startete den Motor.

»Danke.« Ich wusste, dass ich mich immer auf ihn verlassen konnte, Rob würde mich nicht enttäuschen. »Ich muss mich noch bei Alina melden«, wechselte ich das Thema. »Sie war am Donnerstag nicht im Café. Es wundert mich, dass sie nicht abgesagt hat.«

»Ich glaube, Brian und sie haben Streit.«

»Dann muss ich sofort anrufen.« Ich zückte mein Handy und wollte die Nummer meiner besten Freundin wählen.

Rob schüttelte den Kopf, sah mich kurz an. »Warte noch ein bisschen. Wenn du sie jetzt anrufst, wirst du dich gleich wieder gestresst fühlen. Und wer weiß, vielleicht ist bei den beiden alles gut.«

Wenn Brian und sie wirklich Streit hatten, brauchte sie jemanden zum Reden, ich wollte für sie da sein. Anstatt bei Alina anzurufen, schrieb ich eine SMS und bot ihr an, zu ihr zu kommen.

*

Vier Stunden später waren wir zu Hause. Wir hatten uns eine Pizza geholt und saßen auf unserem Sofa. Kaum hatten die Wohnung betreten, hatte es begonnen zu regnen, das sonnige Wochenende war vorbei. Alina hatte ich nicht erreicht. Rob war der Meinung, dass ich mir keine Gedanken machen müsste. Aber ich würde später erneut versuchen, sie anzurufen.

Rob setzte sich neben mich und fragte: »Film oder Serie?«

Ich sah zur Uhr, es war erst kurz nach acht. »Eine Serie wäre gut.«

»Dann schau ich mal, ob *Dexter* oder *Breaking Bad* läuft, ist das okay?«

Ich nickte und wenig später flimmerte *Dexter* über unseren Bildschirm.

Die Folge lief keine zehn Minuten, da klingelte es plötzlich an unserer Tür.

»Ich gehe«, kam es von Rob. Schnell stand er auf. »Ist bestimmt wieder Toby. Wahrscheinlich fehlt ihnen wieder eine Zutat zum Kochen. Ich wollte ihn eh noch was fragen.«

Rob blieb einige Minuten verschwunden. Ich konnte ihn reden hören und mir fiel ein, dass ich von Stella, Tobys Freundin, noch ein ausgeliehenes Buch hatte. Also stand auch ich auf, um es ihm schnell zu geben. »Rob?«, fragte ich, als ich ihn an der Tür stehen sah – ihn und eine junge Frau.

Das war nicht Stella. Vor einigen Tagen waren neue Nachbarn ins Haus eingezogen, vielleicht war sie das. Ich wollte mich gerade vorstellen, da sah ich das entsetzte Gesicht meines Freundes.

»Carlie!« Er schien verwirrt. »Geh ins Wohnzimmer. Ich komm gleich.«

»Was ist denn los?«

»Ich erkläre dir das später.«

Die junge Frau hustete. »Willst du uns nicht vorstellen?«

»Carlie, das ist Janine ... eine alte Freundin.«

»Bitte, Rob, es geht mir nicht gut, du musst mir helfen«, flehte sie ihn an. Erst jetzt bemerkte ich, dass sie nicht gesund aussah: dunkle Ringe unter den Augen, blasse Haut, strähnige und dünne blonde Haare.

Rob schüttelte immer wieder den Kopf. »Janine, ich hab jetzt keine Zeit.«

»Rob ... «

»Ich weiß nicht, was du von mir willst.«

»Rob, bitte ...« Sie wankte und Rob versuchte, nach ihrem Arm zu greifen, da fiel sie in sich zusammen und schlug mit dem Kopf auf dem harten Boden auf.

»Oh Gott.« Ich war geschockt.

Kapitel 9

Rob

2006

»Hey, wo bleibst du? Du müsstest seit etwa einer Stunde hier sein. Steckst du im Stau?«

»Ich komme nicht«, sagte sie leise. Carlie weinte, im Hintergrund hörte ich ihren Vater. Er regte sich auf. Wie immer.

»Warum?«

»Es ist wegen Dad«, erklärte meine Freundin kurz. Die Stimme im Hintergrund wurde leiser.

»Du bist also noch zu Hause«, stellte ich unnötigerweise fest. »Verdammt«, fluchte ich. Das durfte doch nicht wahr sein. Es war nicht das erste Mal, dass Carlie sagte, sie würde nicht kommen. Aber es gab einen Unterschied zur Vergangenheit. Carlie hatte ihrem Vater das erste Mal nachgegeben.

»Rob. Du musst mich verstehen.«

»Gar nichts muss ich«, stieß ich aus und hasste mich sofort dafür. Wir durften nicht streiten, das würde alles noch schlimmer machen. Ich wusste, dass Carlie ein schlechtes Gewissen hatte.

»Was soll ich denn tun?«

»Zieh zu mir. Das war so nicht geplant.«

»Vieles war so nicht geplant«, erklärte sie mir, »Mum sollte noch leben, meinem Dad sollte es jetzt nicht so schlecht gehen. Wir sollten glücklich sein. Alles hätte anders laufen sollen.«

»Ist das dein Ernst?«

»Ich kann jetzt nicht zu dir kommen. Ich muss mich um meinen Dad kümmern.«

»Er ist alt genug. Du musst an dich denken. So kann das nicht weitergehen.«

»Ich weiß«, antwortete Carlie, dann legte sie auf. Das konnte doch jetzt nicht wahr sein. Wir mussten eine Lösung finden. Ich verstand Carlie ja, doch ich vermisste sie und wollte sie bei mir haben.

*

Seit mehr als einem Monat hatte ich Carlie nun nicht gesehen. Hinzu kam, dass wir in der vergangenen Woche kaum miteinander gesprochen hatten.

Daher hatte ich mich am Mittag, nach meiner letzten Vorlesung, ins Auto gesetzt und mich auf den Weg gemacht. Wir hatten nicht darüber gesprochen, ob sie an diesem Wochenende kommen wollte. Ich würde nicht noch einen Tag vergehen lassen, an dem ich nicht in ihre wunderschönen Augen sehen und nicht ihre zarten Lippen küssen konnte.

Nun stand ich vor ihrem Haus und hoffte, dass Officer Summer nicht da war. Unser Verhältnis hatte sich nicht gebessert, ihr Dad war noch immer gegen unsere Beziehung. Obwohl es nun schon fast zwei Jahre waren, dachte er, ich würde es nicht ernst meinen. Ich verstand, dass er für seine Tochter nur das Beste wollte, aber dass er mich nicht akzeptierte, machte uns beiden zu schaffen. Ich wusste, Carlie litt unter dieser Situation, sie liebte ihren Vater und wollte, dass wir uns verstanden. Und ich wollte nicht, dass die zwei ständig wegen mir stritten. Ich wusste nicht, wie wir das ändern sollten. Ein Ende unserer Beziehung war keine Option. Es schien aber auch nicht so, dass ihr Vater seine Meinung ändern würde.

Ich stieg aus und ging auf das gelbe Haus zu. Das Auto ihres Vaters konnte ich nicht entdecken.

Es dauerte nicht lange, bis nach dem Klingeln die Tür geöffnet wurde. Carlie sah mich überrascht an, fing an zu strahlen und schlang ihre Arme um meinen Hals.

Ich küsste sie und unser Streit war vergessen.

»Du bist hergekommen«, stellte sie freudig fest, nachdem wir uns voneinander gelöst hatten.

»Ich musste dich sehen.«

»Es tut mir leid, dass wir gestritten haben.« Carlie zog mich ins Haus. »Ich hab dich so vermisst.«

»Du glaubst gar nicht, wie sehr ich dich vermisst habe.«

Carlie schloss die Tür und zog mich nach oben in ihr Zimmer. »Wir hätten nicht streiten sollen.« Sie zog mir mein Shirt über meinen Kopf.

»Ich liebe dich,« flüsterte ich und drückte Carlie auf ihr Bett. »Ich liebe dich so sehr.«

»Ich brauche dich«, entgegnete Carlie, während sie meinen Reißverschluss öffnete.

Ich schob ihr Top nach oben und küsste ihren Bauch. Sie hatte mir so gefehlt, ihr Körper hatte mir gefehlt, ihre Küsse hatten mir gefehlt. Ich hoffte, dass unsere räumliche Trennung bald ein Ende haben würde. Das Top zog ich ihr über den Kopf und öffnete ihren BH. Küsste ihre Brust, ihren Hals, bedeckte ihren Oberkörper mit Küssen, bis ich an ihrer Jeans angekommen war.

Carlie berührte mich, krallte sich in meinen Haaren fest, während ich den Knopf öffnete. Sie drückte ihren Hintern nach oben, sodass ich die Jeans und ihren Slip ausziehen konnte. »Ich will dich«, hauchte sie.

Schnell entledigte ich mich meiner Hose.

»Brauche dich«, flüsterte sie und spreizte ihre Beine.

Ich beugte mich über Carlie und küsste sie erneut.

»Bitte ...« Sie sah mich mit einem lustvollen Blick an. Ich zögerte es keine Sekunde mehr raus und drang in sie ein. Carlie stöhnte auf und drückte sich mir entgegen. Ich stieß wieder zu. Ihr Stöhnen wurde lauter, sie krallte ihre Nägel in meinen Rücken und drückte ihr Becken noch fester an mich. Ich stieß erneut schnell und fest zu. Ihre Augen waren geschlossen, ihr Mund leicht geöffnet, ich genoss jeden Stoß und jeden Ton, der von ihr kam.

Wir küssten uns und ich merkte, dass sie ihrem Höhepunkt immer näher kam. Carlie klammerte ihre Beine um mich, zog mich damit näher zu sich. Sie drückte sich mir immer mehr entgegen. Es dauerte nicht lange und sie begann zu zittern und immer heftiger zu stöhnen. Mit jedem meiner Stöße atmete sie lauter, was auch mich dazu brachte, zum Höhepunkt zu kommen.

Ich rollte mich schwer atmend von ihr hinunter. Carlie kuschelte sich an mich und küsste meine Brust. »Vielleicht sollten wir doch öfters streiten.«

»Vielleicht«, antwortete ich lachend.

Kapitel 10

Carlie

2010

Erst spät in der Nacht kam Rob nach Hause. Es war alles so schnell gegangen, kaum waren die Sanitäter hier und hatten Janine auf die Trage gelegt. Hatte Rob gesagt, dass er mit ins Krankenhaus fahren würde.

Ich hatte mich die ganze Zeit gefragt, wer diese Frau war und woher sich die beiden kannten. Ich hatte kein gutes Gefühl, konnte mir nicht erklären, was dieses zu bedeuten hatte.

Hilflos sah Rob mich an, er ging im Wohnzimmer auf und ab, sah mich an. Schien etwas sagen zu wollen, aber kein Wort kam über seine Lippen. Das Gefühl, dass etwas nicht stimmte, wurde schlimmer, je länger er schwieg.

Ich musste jetzt endlich wissen, wer Janine war

und fragte: »Was ist denn los? Geht es ihr gut? Wie geht es dir? Rob, bitte rede mit mir.«

»Du bist zu gut für mich«, sagte mein Freund schließlich. Rob stand in der Tür des Wohnzimmers, ich konnte sehen, dass er Angst hatte. Doch vor was?

»Wer ist sie?«, fragte ich, mit Nachdruck.

»Ich weiß nicht, wie ich dir das alles erklären soll, ohne dass du mich verlässt.« Rob fuhr sich durch seine braunen Haare und sah mich an. »Ich habe mit Janine geschlafen. Es ist schon lange her.«

»Schon lange«, murmelte ich. »Wie lange?«

»Als ich vor drei Jahren hierher geflogen bin, um Jackson zu helfen.« Rob hatte sich mittlerweile neben mich auf das Sofa gesetzt und sah mich an.

Ich wich seinem Blick aus, versuchte zu verstehen, was er gesagt hatte, dachte kurz zurück. Jackson hatte einen Unfall gehabt, seine Freundin hatte sich von ihm getrennt. Er hatte eine so schwere Verletzung am Knie, dass seine Karriere als Sportler zu Ende war, bevor sie begonnen hatte. Rob war zu ihm geflogen, um ihm zu helfen, und war ein paar Wochen in New York geblieben.

»Lass mich bitte erklären.«

Ich rückte ein Stück von ihm weg. Auch wenn es drei Jahre her war, war es immer noch schlimm. Er hätte es mir sagen müssen.

»Bitte rede mit mir. Lass mich alles erklären«, sagte er leise.

Durch einen Tränenschleier sah ich ihn an. »Da gibt es nichts zu erklären.« Ich spürte, wie ein paar Tränen über meine Wangen liefen. »Ich verstehe das nicht.«

»Ich weiß auch nicht. Ich hab dich vermisst und dann hatten wir diesen dummen Streit am Telefon. Ich war mit Jackson auf einer Party, hatte zu viel getrunken und dann ist es einfach passiert.«

»Willst du jetzt wirklich mir die Schuld geben? Du hast mich betrogen, weil wir gestritten haben und du mich vermisst hast?«

»Nein«, Rob schüttelte den Kopf, er sah mich verzweifelt an, »das war so nicht. Ich würde dich nie betrügen.«

Ich stand auf, ich konnte nicht mehr sitzen bleiben. »Was redest du denn da? Denkst du, ich falle auf deine kindischen Ausreden rein?«

Ich ging im Wohnzimmer umher, blieb am Fenster stehen und sah nach draußen in die regnerische Nacht. Alles schien so still und friedlich zu sein, dass ich nicht glauben konnte, dass sich mein ganzes Leben gerade verändert hatte. Alle Erinnerungen, die ich mit New York verband, glichen auf einmal einer riesigen Lüge.

Plötzlich spürte ich Robs Hand auf meiner Schulter. »Ich habe einen Fehler gemacht, einen großen und dummen, das gebe ich zu.«

Ich drehte mich um.

»Wir waren auf dieser Party. Ich unterhielt mich mit Janine, redete nur über dich, erzählte ihr, dass ich dich vermissen würde ...«

»Ich will das nicht hören«, unterbrach ich Rob und ging an ihm vorbei. »Ich will nur wissen, warum du es getan hast.«

»Ich weiß es nicht.«

»Du weißt es nicht?«, schrie ich. »Du weißt nicht,

warum du mit ihr geschlafen hast? Denkst du, ich bin blöd?«

»Nein, Carlie, ich hatte an diesem Abend viel getrunken. Und dann passierte es. Am nächsten Morgen wachte ich neben ihr auf, ich bin verschwunden, ohne ein Wort zu sagen. Ich dachte, ich würde sie nicht wiedersehen.«

Verzweifelt sah ich zum Fenster hinaus, ich verstand nicht, was gerade geschehen war.

»Ich brauche Zeit«, sagte ich und drehte mich zu Rob, um ihn anzusehen. »Zeit, um zu begreifen, dass du das getan hast und um dir verzeihen zu können.«

»Oh Baby.« Er riss mich in seine Arme und drückte mich an sich. Ich spürte sofort, dass die Umarmung anders war, als wollte er mich für immer an sich festbinden. »Es tut mir so leid, aber das war nicht alles.«

So fest ich konnte, drückte ich Rob von mir weg. »Ist es öfters passiert?«

Er schüttelte den Kopf.

Ich war etwas erleichtert. Hätte er mich in den letzten Jahren mehr als einmal mit ihr oder einer anderen Frau betrogen, hätte ich ihm das nicht verzeihen können.

Er seufzte und erhob sich. »Sie stand ein paar Wochen später an der Uni vor mir. Ich hatte sie schon fast vergessen, du warst hier, wir waren glücklich und ich wollte diesen Fehler verdrängen. Sie sagte mir, dass sie schwanger sei.«

Ein lautes Donnern war zu hören, sodass ich erst dachte, ich hätte ihn falsch verstanden, doch dem war nicht so, ich hatte genau gehört, was Rob gesagt hatte. Geschockt sah ich ihn an, das war zu viel.

»Es tut mir leid«, flüsterte Rob und zog mich erneut in seine Arme.

»Lass mich los.« Ich schniefte. »Fass mich nicht an. Was denkst du dir? Dass du dich entschuldigst und alles gut ist?«

All das, was wir in den letzten Jahren aufgebaut hatten, war weg. Alles zerstört in den vergangenen Minuten. Ich wusste nicht, ob ich ihm das verzeihen konnte. Es hörte sich nach einem klassischen Ausrutscher an. Doch für mich war alles viel schlimmer, Rob hatte mich nicht nur betrogen, er hatte mir auch verschwiegen, dass er Vater war.

»Bist du sicher, dass es von dir ist?«, fragte ich leise. In diesem Moment war der Seitensprung vergessen. Ich wollte hören, dass er unsicher war, ob dieses Kind von ihm war.

»Kurz nach der Geburt stand sie vor mir ...«

»Warum hast du nichts gesagt?« Tränen liefen meine Wange hinab.

»Ich wollte dich nicht verletzen.«

Ich öffnete meinen Mund, doch ich brachte keinen Ton hervor.

Wir standen da und sahen einander an, schlagartig war Rob mir völlig fremd.

»Du musst noch etwas wissen.«

Nun schüttelte ich den Kopf. »Ich will nichts mehr hören. Ich will dich jetzt nicht mehr sehen, ich will alleine sein und begreifen, dass du ein Lügner bist.«

»Janine wird einige Zeit im Krankenhaus bleiben. Ich muss mich um Jane kümmern.«

Nun sah ich ihm zum ersten Mal richtig ins Gesicht. Rob sah mich schuldbewusst und ängstlich an.

»Bitte, was?«

»Carlie, es geht nicht anders.«

»Es geht nicht anders? Spinnst du?«

»Beruhige dich bitte«, sagte er leise.

»Wie soll ich mich denn jetzt beruhigen? Das ist alles zu viel für mich.«

Es war still, Minuten sagte keiner von uns ein Wort. Was er verlangte, war zu viel.

Ich stand am Fenster, Rob saß auf dem Sofa, knapp zwei Meter von mir weg, es schien mir, als wären es Meilen, die uns trennten. Vor wenigen Stunden hatte ich in ihm meinen Traummann gesehen, inzwischen nur noch Rob. Ein Mann, der mich betrogen und belogen hatte. Ich konnte nicht mehr in seiner Nähe sein.

»Was machst du?«, fragte Rob, als ich aufstand, das Wohnzimmer verließ und nach meinen Schlüsseln griff.

»Mal sehen, ob mir so etwas auch einfach passiert«, sagte ich kalt.

Es schien mir erst, als wollte Rob antworten, aber er blieb still. Das war mir recht. Schnell zog ich Schuhe an, griff nach meinem Handy und verließ die Wohnung.

Kapitel 11

Carlie

2010

Kalter Regen prasselte auf meinen Kopf. Ich trug lediglich eine kurze Hose und dünnes Shirt. Ich hatte nur noch aus der Wohnung hinausgewollt, weg von Rob. In diesem Moment wusste ich nicht, ob ich ihn überhaupt wiedersehen wollte.

Mein Handy begann zu vibrieren, ich versuchte, es zu ignorieren. Ich würde nicht mit Rob reden. Erst musste ich meine Gedanken ordnen und verstehen, was passiert war.

Das Vibrieren brach ab, aber es dauerte nur wenige Sekunden, bis es wieder einsetzte. Schnell zog ich das Handy aus meiner Hosentasche. Bevor ich den Anruf wegdrücken konnte, las ich den Namen auf dem Display und ging ran. »Alina?«

»Carlie, was ist passiert? Rob hat mich gerade angerufen, ich soll mich sofort bei dir melden.«

Ich blickte hoch zu unserer Wohnung und wusste nicht, was ich tun sollte.

»Willst du zu mir kommen?«

»Ist Brian nicht da?«

»Komm einfach her«, drängte sie.

Ich schniefte. »Danke.«

»Bis gleich.« Dann war die Leitung tot.

Das Apartment von Alina lag etwa fünf Minuten entfernt, worüber ich nun ziemlich froh war.

Der Regen prasselte unaufhörlich auf meinen Kopf, ein eisiger Wind wehte in mein Gesicht. Die Wärme des Tages war völlig verschwunden, das Wetter tauchte die Stadt in eine düstere Atmosphäre.

Nachdem ich geklingelt hatte, ging die Tür auf und Alina zog mich in ihre Arme. »Carlie, wie geht es dir?«

»Ich weiß es nicht.«

»Komm rein, ich hab uns Tee gemacht. Oder willst du etwas anderes?«

Ich schüttelte den Kopf.

»Du bist völlig durchnässt. Ich hole dir ein Handtuch, bringe dir etwas Trockenes zum Anziehen und dann reden wir.«

»Wo ist denn Brian?«, fragte ich.

An ihrem Gesichtsausdruck konnte ich sehen, dass sie nicht darüber sprechen wollte.

»Was ist passiert?«

»Das Übliche«, antwortete sie schlicht.

Das hieß, sie hatten Streit und Brian hatte die Wohnung verlassen. Wahrscheinlich sogar, dass sie seit einigen Tagen nichts von ihm gehört hatte.

»Wo ist er?«

»Das ist nicht wichtig.« Alina lächelte. »Erzähl mir, was passiert ist. Rob klang so schlecht, wie du aussiehst.«

Ich rubbelte meine Haare trocken und setzte mich zu ihr auf ihr gemütliches, kleines gelbes Sofa. »Rob hat mich betrogen«, erklärte ich und sah in ihr entsetztes Gesicht. »Vor drei Jahren, als er in der Stadt war, um Jackson zu helfen. Heute Abend stand sie vor der Tür und ist zusammengebrochen. Rob ist mit dem Krankenwagen mitgefahren. Als er zurückgekommen ist, hat er es mir gestanden.«

»Das ist schrecklich«, Alina legte ihre Hand auf mein Knie und sah mich an, »ich verstehe, dass du raus musstest.«

»Sie haben ein gemeinsames Kind«, redete ich weiter.

Sie öffnete ihren Mund, erwiderte aber nichts.

»Er will es zu uns holen.« Wieder liefen Tränen meine Wange hinab.

Alina zog mich in ihre Arme und streichelte mir sanft über den Rücken.

»Ich weiß nicht, was ich machen soll.«

»Du kannst hierbleiben.« Alina lächelte. »Nimm dir so viel Zeit, wie du brauchst. Ihr werdet eine Lösung finden. Ich bin immer für dich da, egal, was passieren wird.«

»Danke.«

»Willst du etwas schlafen?«

Ich nickte, obwohl ich daran zweifelte, dass ich zur Ruhe kommen würde.

*

Ich saß auf dem Sessel in Alinas Gästezimmer und sah zum Fenster hinaus. Es war erst kurz nach acht, ich hatte kaum geschlafen. Ich hatte über die jüngsten Ereignisse und über die Zeit nach seinem Seitensprung nachgedacht. Hatte versucht, mich zu erinnern, ob Rob sich anders verhalten hatte, ob ich nicht etwas hätte merken müssen. Da war nichts. Nicht eine Sekunde war er anders gewesen.

Der Regen hatte aufgehört, die Sonne kam hinter den Wolkenkratzern hervor. Die Stadt war wieder friedlich, jeder ging wie auch am Tag zuvor seinen

Geschäften nach. Für mich hatte sich alles verändert.

»Rob, sie hat die ganze Nacht geweint, lass sie schlafen«, sagte Alina laut im Flur.

Überrascht sah ich zur Tür, ich hatte die Klingel nicht gehört. Ich wollte Rob nicht sehen.

»Bitte, ich muss mit ihr reden.«

»Nein.« Sie blieb hartnäckig.

»Alina«, Rob hörte sich verzweifelt an. »Okay, dann lassen wir sie schlafen. Ich warte hier, auch wenn es Stunden dauern wird, bis sie rauskommt.«

»Ich könnte verstehen, wenn sie dich nicht sehen will. Erst betrügst du sie und jetzt denkst du, alles wird gut?«

»Du hast gut reden. Soll ich dich an deine Beziehung mit Brian erinnern?«

»Ich kann dich auch aus meiner Wohnung werfen. Wenn ich sage, du sollst Carlie Zeit lassen, dann höre gefälligst. Du hast schon genug kaputtgemacht.«

»Das geht dich gar nichts an.«

»Das denkst auch nur du.«

»Vergiss es, ich werde darüber nicht mit dir streiten.«

Erst als ich keinen der beiden mehr hörte, öffnete ich die Tür. Ich erblickte sofort Rob. Er trug noch dasselbe wie in der Nacht, er schaute mich traurig an. »Carlie«, flüsterte er und kam auf mich zu.

Alina hielt seinen Arm fest und schüttelte den Kopf.

Er sah seine Schwester kurz an, ignorierte ihren Einwand aber. »Wie geht es dir?«

Ich antwortete nicht.

»Können wir nochmal reden? Bitte.«

»Ich lasse euch allein.« Alina lächelte aufmunternd und verließ dann ihre Wohnung.

»Es tut mir leid.«

»Sag das nicht immer wieder.«

Rob kam auf mich zu. »Aber wenn es doch so ist.«

Er griff nach meiner Hand, ich lief allerdings an ihm vorbei in die Küche. Ich konnte seine Nähe nicht ertragen. Das hier war etwas ganz Neues für mich.

Alina hatte Kaffee gekocht. Ich goss mir eine Tasse ein und nahm einen großen Schluck. Es tat gut wie die heiße Flüssigkeit meinen Hals hinunterfloss.

»Ich habe einen Fehler gemacht, ich hätte mit dir sprechen müssen, aber ich wollte dich nicht verlieren.«

Wieder trank ich von dem Kaffee und sah dann Rob an, der in der Küchentür stand. »Das ändert nichts daran, dass du mich belogen und betrogen hast. Es ist nicht nur, dass du mit einer anderen geschlafen hast, das könnte ich dir vielleicht verzeihen. Aber ob ich mit einem Kind zurechtkomme, kann ich nicht sagen. Wie stellst du dir das vor?«

Er zuckte mit den Schultern. »Ich weiß es nicht, aber zusammen schaffen wir das.«

Ich lachte und sah ihn wieder an. »Das ist dein Problem, nicht meins.«

»Was soll das heißen?«

»Ich muss jetzt zur Uni.« Mir stand der Kopf zwar gar nicht danach, aber es würde mir sicher guttun, auf andere Gedanken zu kommen.

»Sag mir erst, was das zu bedeuten hat.«

»Ich weiß nicht, ob ich mit dir zusammen sein will.«

»Du kannst dich nicht von mir trennen, das geht nicht. Ich will dich nicht verlieren.«

»Das hättest du dir eher überlegen müssen.«

»Lass uns darüber in Ruhe reden. Komm heute Abend nach Hause.«

»Ich brauche Zeit zum Nachdenken.«

»Klar.« Rob nickte, schien bedrückt. »Dann gehe ich. Ich hoffe, wir sehen uns heute Abend.« Er verließ die Küche und kurz darauf die Wohnung.

Als ich die Tür ins Schloss fallen hörte, holte ich

tief Luft. Ich wusste nicht, ob ich nach Hause zurückkehren sollte, ich wusste gar nichts.

*

Als ich endlich an der Uni war, lief meine erste Vorlesung an diesem Tag schon längst. Natürlich hätte ich mich dennoch zu meinen Kommilitonen setzen können. Ich wollte aber lieber noch etwas alleine sein. Also setzte ich mich in die Mensa, um meine Gedanken zu sammeln. Noch hoffte ich, dass alles ein schlechter Traum war, aus dem ich bald aufwachen würde.

Mit einem Kaffee saß ich ganz hinten an einem Tisch mit Blick auf einen kleinen Park. Die Sonne schien durch die Bäume auf das nasse Gras, die Wassertropfen vom Regen in der Nacht funkelten im Sonnenlicht. Eigentlich ein schöner Anblick, doch ich konnte ihn nicht genießen.

Ich war froh, dass ich hier war, Alina hätte mich sicher mit Fragen gelöchert. Das konnte ich im Moment nicht brauchen, da ich selbst noch nicht wusste, was ich tun sollte.

Rob hatte mich betrogen und belogen, wie hatte er das nur tun können? Es schwirrten tausende Fragen in meinem Kopf umher, doch nicht eine passende Antwort. Konnte ich ihm verzeihen? Hatte er mich noch öfter belogen? Kannte ich Rob überhaupt richtig?

Es war ein großer Vertrauensbruch, mir seine Tochter zu verschweigen.

»Carlie?« Vor mir stand Jake, wir hatten einige Kurse zusammen und waren in den letzten Jahren zu guten Freunden geworden.

Ich setzte ein falsches Lächeln auf: »Hi, Jake.«

»Was machst du?«, fragte er und ließ sich mir gegenüber auf den Stuhl fallen.

»Ich warte, bis unsere Vorlesung beginnt.«

»Die hat vor dreißig Minuten geendet. Was ist denn los?«

»Es ist nichts.« Ich schüttelte den Kopf und sah zur Uhr, die hinter ihm an der Wand hing. Es war tatsächlich schon halb drei.

»Sicher?«, fragte er misstrauisch.

»Ich hatte Streit mit Rob.«, erklärte ich. Mehr wollte ich ihm aber nicht erzählen.

»Wenn du drüber reden willst, ich hab Zeit.«

Ich nickte.

»Du weinst ja. Komm schon, was ist los?« Jake legte seine Hand auf meine.

»Nichts, es ist nichts.« Ich wischte die Tränen weg.

»Was ist passiert?« Er gab mir ein Taschentuch. »Oder denkst du, ich verstehe das nicht, weil ich ein Mann bin?«

Ein kurzes lachen entwich mir. »Nein, daran liegt es wirklich nicht. Wenn ich reden will, komm ich zu dir.«

»Das höre ich gerne. Soll ich uns einen Kaffee holen?«

»Kaffee nehme ich immer, das weißt du doch.«

Jake nickte und stand auf.

Ich sah mich um, alle schienen bestens gelaunt zu sein, lachten und wirkten fröhlich. Nur ich saß da und hatte schlechte Laune. Ohne weiter darüber nachzudenken, stand ich auf und ging nach draußen.

Kapitel 12

Rob

2006

Wieder sah ich zur Uhr. Carlie wollte seit drei Stunden hier sein. Ich wurde wirklich ungeduldig und begann, mir Sorgen zu machen. Sie meldete sich sonst immer, wenn sie zu spät war. Unterwegs gab es einige Abschnitte, wo sie keinen Empfang hatte, aber noch nie hatte sie sich so lange nicht gemeldet. Ich hatte schon bei ihr angerufen, doch war nicht durchgekommen.

Es hing mit dem Tod meiner Eltern zusammen, dass ich mir schnell Sorgen machte, wenn jemand zu spät kam.

Der Babysitter hatte sich eine Stunde, nachdem meine Eltern noch nicht zu Hause waren, begonnen Sorgen zu machen. Es hatte weitere zwei Stunden gedauert, bis die Polizei vor unserer Tür gestanden hatte.

Nun war es kurz nach fünf.

Carlie hatte spätestens um zwei da sein wollen.

Hoffentlich hatte sich ihr Vater nicht durchgesetzt und ihr verboten, zu mir zu kommen. Ich rief bei ihr zu Hause an, doch da nahm keiner ab. Vielleicht traute sie sich nun nicht, mich anzurufen und mir zu sagen, dass es so war. Wut mischte sich zu meiner Sorge.

Ein Klingeln riss mich aus meinen Gedanken. Ich eilte zur Tür.

Mir fiel ein riesiger Stein vom Herzen, als ich Carlie vor der Tür stehen sah. Sie lächelte, wirkte aber müde und traurig. Hinter ihr befanden sich vier Koffer, mehr als sie sonst dabei hatte.

»Da bist du ja endlich. Wo warst du denn?«, fragte ich besorgt.

»Kann ich hier einziehen?«

»Was?«

»Dad wollte nicht, dass ich fahre, er hat es mir verboten. Da hat mir gereicht und ich habe ihm gesagt, dass ich zu dir ziehe und dass ich mir von ihm nichts mehr verbieten lasse.«

Ich trug ihre Koffer in meine Wohnung - nein, in unsere Wohnung. Sie wohnte eh schon fast hier. Es hatte die ganze Zeit nichts dagegen gesprochen.

»Und?«, fragte sie wieder.

»Was?«

»Kann ich hier wohnen?« Sie nahm einen Koffer, ging ins Schlafzimmer und begann damit, ihre Kleidung in den Schrank zu packen.

»Aber natürlich.«

Ihr Grinsen wurde breiter.

»Was ist mit deinem Dad?«

Sie sah mich mit traurigen Augen an. »Wir hatten Streit, weil er wieder nicht wollte, dass ich herkomme.«

»Und jetzt?«

»Er sagte, ich müsste nicht wiederkommen.«

»Das hat er nicht so gemeint.«

»Er sagte mir im gleichen Atemzug, ich könnte immer nach Hause kommen. Dennoch tat es weh. Es tut mir leid, dass ich mich nicht eher gemeldet habe, aber mein Handyakku war leer.«

»Schon okay, jetzt bist du ja da.« Ich freute mich auf unsere gemeinsame Zukunft.

Kapitel 13

Carlie

2010

Als ich mit 15 Jahren Alina kennenlernte, teilte sie mir noch in der ersten Unterrichtsstunde mit, dass sie nun meine beste Freundin sei. Damals konnte sie weder kochen noch backen.

Immer wenn sie Streit mit Brian hatte, backte sie. Zu Anfang hatte man nichts davon essen können, mittlerweile war sie richtig gut darin. Sie perfektionierte jedes ihrer Rezepte bis ins kleinste Detail und lenkte sich so ab.

Ich hatte ihr oft beigestanden. Doch erst, seit ich mit ihrem Bruder stritt, wusste ich wirklich, wie es ihr ging. Wobei, wir stritten nicht, wir redeten nicht mehr miteinander, das war etwas ganz anderes.

Eine Woche wohnte ich nun schon in Alinas und Brians Gästezimmer, ignorierte Robs Anrufe und Nachrichten, weinte, dachte nach, aß Kuchen und die Cookies von Alina.

Denn auch ihr ging es nicht gut. Ich wusste nicht genau, was passiert war, sie hatte schon lange aufge geben, über die Probleme, die Brian und sie hatten, zu reden. Wenn wir telefonierten und sie sagte, sie würde gerade backen, ahnte ich aber, was los war.

Ich ließ ihr auch diesmal ihre Ruhe und auch sie wollte nicht über Rob reden. Alina hatte mir lediglich gesagt, dass sie bei ihm war und er Jane zu sich geholt hatte.

Ich hatte gewusst, dass er es tun würde. Rob hatte ein zu gutes Herz. Er hätte es nie zugelassen, dass Jane in ein Waisenhaus oder zu einer Pflegefamilie kommen würde.

Die Eltern von Jackson, Rob und Alina, waren bei einem Autounfall gestorben. Da keine Verwandten ausfindig gemacht werden konnten, hatten die Geschwister selbst zwei Jahre in solch einer Einrichtung verbracht. Erst dann wurden Peter und Carla gefunden. Sie hatten die drei sofort bei sich aufgenommen.

Ich trank einen Schluck von meinem Kaffee und sah zu Alina, man merkte ihr nicht an, dass sie eine schwere Kindheit gehabt hatte.

»Über was denkst du nach?«

Ich schüttelte den Kopf. »Über alles und nichts. Was ist das für eine Creme?«

»Vanille-Zimt mit ein wenig Rum und einem Schuss Martini. Hab beides auch in den Teig gegeben. Die Cupcakes sind mir wirklich gelungen.« Sie biss in einen der kleinen Kuchen und lächelte.

Ich wollte etwas sagen, da hörte ich, wie jemand einen Schlüssel in die Haustür steckte.

Ich wusste, dass es Brian war. Nach ein paar Tagen stand er einfach wieder da und es war, als wäre nichts gewesen. Auch das war typisch für ihn.

Alina blieb sitzen und aß weiter ihren Cupcake. Es dauerte nicht lange, da kam Brian in die Küche und sah uns an. Hätte er nicht regelmäßig das Herz mei ner besten Freundin gebrochen, wäre er eigentlich ein netter Kerl.

»Hi.« Er hatte ein breites Grinsen aufgesetzt, seine weißen Zähne strahlten. Die Grübchen, die sich dann immer bildeten, machten ihn sympathisch, doch das war er nicht. Seit ich ihn das letzte Mal gesehen hatte, waren seine blonden Haare kürzer geworden. Mit seinen sechsundzwanzig Jahren verhielt er sich eher wie ein Teenager mitten in der Pubertät, nicht wie ein erwachsener Mann.

»Hi«, erwiderte ich.

Er sah mich an und lächelte, dann wand er sich zu Alina und wollte ihr einen Kuss geben, doch sie drehte ihren Kopf weg.

Auch das war typisch für beide. Sobald Brian zurück war, versuchte Alina, ihren Freund zu ignorieren. Sie stritten noch einmal und dann war für die nächsten Wochen wieder alles gut. Bisher hatten sie ihre Beziehung zweimal endgültig beenden wollen. Alina hatte sogar einen neuen Freund gehabt, doch nach fast acht Monaten hatte Brian vor ihr gestanden und versprochen, dass alles anders werden würde. Ich glaubte nicht daran, ihre Brüder ebenso wenig. Natürlich hoffte ich, dass meine beste Freundin glücklich werden würde, doch mit Brian an ihrer Seite konnte ich mir das nicht vorstellen. Gespannt sah ich zu Alina, würde sie diesmal vielleicht anders reagieren?

»Wo bist du gewesen?« Alina erhob sich und sah ihn wütend an.

»Ich war mit meinem Bruder in Vegas.« Er zuckte mit den Schultern. »Ich hab dich vermisst.«

Ein kurzes Lachen kam über meine Lippen.

Beide sahen mich böse an und verließen dann die Küche. Diesmal würde nichts anders sein, das wusste ich.

*

Lachen war aus dem Schlafzimmer der beiden zu hören, als ich einige Stunden später nach Hause kam.
Alina und Brian hatten erst laut gestritten. Dann war
der Streit in Sex übergegangen, was mich dazu gebracht hatte, in die Bibliothek zu fahren.

Dass Alina ihre Beziehung nicht aufgeben wollte,
konnte ich auf der einen Seite verstehen. Doch sie
und Brian taten einander nicht gut und das wussten
beide. Ich fragte mich, wie lange das noch so weitergehen sollte. Es sah nicht nach einer gemeinsamen
Zukunft der beiden aus. Alina wollte Kinder und
heiraten, beides wollte Brian nicht. Oft war dies der
Grund für ihre Differenzen.

Das Lachen wurde leiser, als ich die Tür hinter mir
schloss. Das Gästezimmer war in den letzten Tagen
zu meinem Rückzugsort geworden. Die Fragen, die
ich mir wegen Alina stellte, stellte ich mir auch bezüglich meiner Situation. Ich vermisste Rob und
wollte mit ihm zusammen sein, aber da ich nun wusste, dass er seine kleine Tochter zu sich geholt hatte,
fühlte ich mich noch unsicherer. Den Seitensprung
hätte ich noch verzeihen können, doch ein Kind mit
einer fremden Frau nicht. Jane war der Grund, warum ich in diesem kleinen Zimmer saß und nicht nach
Hause gehen wollte.

Es klopfte an meiner Tür. »Carlie? Darf ich?« Die
Tür ging auf. »Können wir reden ... wegen Rob.«

»Nein.«

»Aber du musst.«

Überrascht sah ich sie an.

»Ich will nicht, dass es dir schlecht geht.«

»Du solltest zu unserer Beziehung nichts sagen.
Solange du diese Beziehung mit Brian führst und

nicht das tust, was gut für dich wäre, bist du nicht in der Position, mir Ratschläge zu geben.«

»Ich liebe Brian. Wir haben unsere Probleme ...«

»Die habt ihr seit Jahren und nichts ändert sich. Was, wenn er morgen wieder verschwindet? Er muss nur vor der Tür stehen und alles ist vergeben und vergessen.«

Alina sagte nichts.

»Ich hätte ihm diesen Seitensprung verzeihen können, vielleicht habe ich das sogar schon.« Ich zuckte mit den Schultern. »Aber er hat mich fast drei Jahre belogen. Dass er das kleine Mädchen zu sich geholt hat, kann ich verstehen, doch ob ich damit klarkomme, weiß ich nicht.«

»Ihr müsst miteinander reden und eine Lösung finden.«

Ich nickte, sie hatte recht. Doch ich hatte Angst vor dem Gespräch. Ich wollte ihn nicht verlieren, aber ich wusste auch nicht, wie ich mit den Ereignissen zurechtkommen sollte. Das war zu viel für mich.

»Ich werde mit Rob eine Lösung finden, ich weiß aber nicht wann.«

»Du kannst so lange hierbleiben, wie du willst. Du kannst auch ganz hier einziehen. Das wäre auch kein Problem.«

»Danke.«

Alina lächelte und nahm mich in den Arm.

Es tat gut, zu wissen, dass ich sie als beste Freundin an meiner Seite hatte.

*

Am nächsten Morgen ging ich anstatt zur Uni zu unserer Wohnung. Ich hatte die ganze Nacht wach gelegen und über alles nachgedacht.

Wir hatten schon viel zusammen erlebt, nichts

konnte uns trennen. Das hatte ich zumindest die ganze Zeit gedacht. Nun gab es Jane und das machte mir Angst. Einige Minuten stand ich vor der Tür und dachte darüber nach, ob ich klingeln oder aufschließen sollte. Wenn ich über die Türschwelle trat, würde alles anders sein. Ein kleines Kind, das alles verändert hatte, lebte jetzt in der Wohnung. Ein letztes Mal holte ich tief Luft und steckte meinen Schlüssel in das Schloss. Mit zitternden Händen öffnete ich die Tür und spürte sofort, dass sich die ganze Atmosphäre in der Wohnung verändert hatte. Es roch nach Milch und Windeln, nach einem kleinen Kind. Tränen schossen in meine Augen.

Kapitel 14

Rob

2007

Ich vermisste Carlie.

Wir waren noch nie so lange voneinander getrennt gewesen. Schon an dem Abend, als ich in New York angekommen war und gemerkt hatte, dass es Jackson schlechter ging, hatte ich Carlie gebeten, zu kommen. Woraufhin sie mir gesagt hatte, sie könne sich keinen Urlaub nehmen. Doch ich wusste, es lag daran, dass sie nicht fliegen wollte, weil sie Angst davor hatte.

Wir telefonierten zwar täglich und skypten oft, doch das genügte mir nicht. Ich wollte ihr Lächeln sehen, ihr Lachen hören, wollte sie küssen und in meine Arme nehmen. Für das neue Semester hatte sie sich an meiner Uni beworben, leider war am Tag zuvor eine Absage gekommen. Ich wählte ihre Nummer, um mit ihr zu reden.

»Hi, Schatz«, begrüßte sie mich.

»Hi, Baby. Wie geht es dir?«

»Gut. Ich gehe später ins Kino«, erklärte sie gut gelaunt.

Doch ich wusste es besser. Carlie überspielte ihre Niedergeschlagenheit einfach nur gut.

»Wie war dein Tag?«

»Ich war heute mit Jackson bei Martin, meinem Onkel. Er hat mir die Kanzlei gezeigt. Ich wusste gar nicht, dass sie so groß ist.«

»Oh. Das klingt gut.«

»Ja, das ist es. Er meinte, wenn ich möchte, könnte ich nach meinem Abschluss bei ihm beginnen. Erst in der Poststelle, aber das würde bei meinen Leistungen nicht lange so bleiben.«

Carlie war still.

»Weißt du, was das für eine Chance ist? Ein unglaubliches Angebot.«

»Ja, das ist es.«

»Wir können nach New York ziehen und du beginnst dein Studium hier. Martin meinte, er kennt jemanden, der ...«

»Denkst du, ich schaffe das nicht alleine?«, fuhr sie mich plötzlich an. »Nur weil mich das College hier nicht aufnehmen möchte, heißt das nicht, dass es bei den anderen auch so ist. Ich hatte Zusagen, das weißt du.«

»Ja. So war das gar nicht gemeint. Ich will dir doch nur helfen. Schließlich bist du in dieser Lage, weil du bei mir sein willst.«

»Ach! Willst du das etwa nicht?«

»Natürlich will ich das«, versuchte ich die Situation zu entschärfen. »Hätte ich das nicht gewollt, wäre ich nach Boston gegangen, so wie ich es vorhatte. Aber ich bin in deiner Nähe geblieben.«

Carlie schwieg.

Ich wusste, dass wir diese Diskussion nicht am Telefon zu einem Ende bringen würden. »Ich komme zurück, ich buche noch für heute Abend einen Flug.«

»Nein«, sie war wieder ganz ruhig, »bleib bis Freitag. Es sind nur vier Tage. Ich muss jetzt los. Tschüss.«

»Okay. Tschüss.«

Carlie hatte aufgelegt.

Ich dachte darüber nach, doch zurückzufliegen. Jackson ging es besser, er würde sein Studium beenden und eine Karriere als Reporter beginnen. Ich musste nicht in New York bleiben.

*

Der Streit mit Carlie beschäftigte mich auch später noch. Ich wollte zu ihr und das am liebsten noch an diesem Abend. Daher suchte ich nach einem Flug.

»Ich will noch ein Bier trinken gehen. Kommst du mit?«

Ich blickte von meinem Laptop auf und sah Jackson an. »Nein, ich fliege zurück.«

»In vier Tagen. Heute kannst du etwas Spaß haben.«

»Er hat vor, noch heute zu Carlie zu fliegen«, erklärte ihm meine Schwester, »ihr geht es nicht gut.«

»Oh.« Jackson setzte sich zu mir. »Was ist los? Soll ich mitkommen? Ich kann gleich packen.«

Während ich feststellte, dass an diesem Abend kein Flug mehr ging, erklärte Alina ihm, was passiert war. Genervt klappte ich meinen Laptop zu, ich wollte zurück zu meiner Freundin. Mir war egal, wie lange es dauern würde, Hauptsache, ich würde sie bald wiedersehen.

*

Eine Stunde später betrat ich mit Jackson eine kleine Bar. Ich würde am nächsten Tag nach einem Flug suchen und zurück zu Carlie fliegen.

Die Bar war voll, Musik dröhnte, es war stickig und roch nach Alkohol. Genau das Richtige für mich. Wenn ich schon nicht zurück zu Carlie konnte, wollte ich wenigstens den Streit vergessen. Nur für den Moment.

»Schön, dass ihr doch gekommen seid.« Janine fiel Jackson um den Hals und drückte ihm einen Kuss auf die Wange.

Er hatte am Morgen in der Kanzlei meines Onkels mit ihr gesprochen und sich überreden lassen, hierher zu kommen. Ich hatte sie schon ganz vergessen.

»Ja, ich bin auch froh, dass es geklappt hat. Ich hole uns was zu trinken.« Jackson lächelte und ließ uns zurück.

Mir war sofort klar, dass wir ihn so schnell nicht wiedersehen würden. Er eroberte gerne und Janine hatte sich gerade zu offensichtlich angeboten. Sein Interesse an ihr war verflogen.

Ich würde mich noch kurz mit ihr unterhalten und dann ebenfalls verschwinden. »Arbeitest du schon lange in der Kanzlei?«,

»Seit einem Jahr.« Sie lächelte. »Ich will allerdings nicht für immer dortbleiben. Es macht zwar Spaß, aber ständig nur Post sortieren ist nichts für mich.«

»Was ist denn eher was für dich?«

»Ich weiß noch nicht.« Sie griff nach meiner Hand. »Komm, lass uns etwas zu trinken holen. Dein Bruder kommt nicht mehr zurück.« Sie blickte an mir vorbei.

Ich drehte mich um und sah Jackson, der sich mit zwei Frauen unterhielt. Typisch für ihn. Erst überredete er mich, mitzukommen, und dann ließ er mich mit Janine allein zurück. Den Abend hatte ich mir anders vorgestellt. Erst der Streit mit meiner Freundin und jetzt ließ mich auch noch mein Bruder allein.

74

Kapitel 15

Carlie
2010

»Wer ist da?«

»Ich.«

»Carlie?« Ich hörte etwas herunterfallen, Rob fluchen und schon stand er vor mir.

»Was machst du hier?«

Wie immer legte ich meine Schlüssel auf die Kommode. »Ich wohne hier.«

»Du kommst zurück?« Ich sah Hoffnung in seinen Augen aufblitzen.

»Wir sollten reden.« Seine Frage beantwortete ich absichtlich nicht.

»Es freut mich, dass du hier bist. Komm, wir setzten uns.«

Ich nickte und folgte Rob ins Wohnzimmer.

»Jane schläft. Wir haben unsere Ruhe und können über alles sprechen. Wie geht es Alina?«

»Brian ist wieder da«, erklärte ich ihm.

Rob nickte wissend. »Ein Gutes hat es, du bist wieder hier. Ich habe dich vermisst.«

Das hatte ich auch, sehr sogar. Ich lächelte. »Wie läuft es mit Jane?«, fragte ich.

»Gut. Nun ja, sie lässt mich nicht schlafen. Aber lass uns darüber nicht reden. Kommst du zurück?«

»Ich denke, dass ich das sollte. Ich bin mir aber nicht sicher, wie es laufen soll, ob ich mich um ein Kind kümmern kann. Ich weiß nicht, ob es möglich ist, dass ich dir verzeihe. Ich bin enttäuscht von dir, es tut so weh, was du getan hast.« Tränen sammelten sich in meinen Augen.

»Es tut mir leid. Ich weiß nicht, wie oft ich das noch sagen soll. Wenn ich könnte, würde ich es ungeschehen machen und ...«

»Stopp. Ich kann es nicht mehr hören. Natürlich tut es dir leid, das glaub ich dir. Aber ich kann dir das nicht so schnell verzeihen.«

»Das verlange ich gar nicht. Du bist hier, das ist ein Anfang.«

»Ich weiß nicht, ob ich bleibe.«

»Wir können über alles reden. Aber bitte, ich will nicht mehr ohne dich leben.«

»Was, wenn es nicht klappt?«

»Du meinst wegen Jane?«

Ich nickte.

»Willst du etwas trinken oder essen?«

»Wasser«, antwortete ich schlicht und Rob verschwand in der Küche.

Ich war froh, kurz allein zu sein, um meine Gedanken zu sammeln, was allerdings nicht viel brachte. Ein Raum weiter schlief ein kleines Kind, das alles verändert hatte.

Ein paar Minuten später stand Rob wieder vor mir und gab mir ein Glas Wasser. »Ich will dich zu nichts drängen, ich schlafe gerne auf dem Sofa.«

»Darum geht es mir nicht.«

»Um was dann?«

»Das weiß ich nicht«, sagte ich. »Du hast mein Vertrauen missbraucht, mich betrogen und belogen. Ich bin hierhergezogen, habe alles hinter mir gelassen.«

»Wir waren glücklich. Als Janine mir sagte, dass sie ein Kind bekommt, konnte ich es dir nicht erzählen, ich wollte dich nicht verlieren.«

»Wir sind dabei, uns zu verlieren.«

Kurz hörte ich Jane, die in ihrem Bett lag und schlief, sie beruhigte sich aber sofort wieder.

»Ich weiß nicht, ob ich damit klarkomme, dass sie hier ist.«

»Was hätte ich denn machen sollen?«, fragte er mich niedergeschlagen. »Ich hätte sie nicht in ein Kinderheim geben können. Sie versteht doch noch gar nicht, was passiert. Sie kann für meine Dummheit nichts. Die letzten Jahre habe ich alles getan, damit du nicht erfährst, dass es Jane gibt. Ich wollte nichts mit ihr zu tun haben, um dich nicht zu verlieren. Doch jetzt muss ich damit leben und Verantwortung übernehmen.« Verzweifelt sah er mich an.

Ich wusste nicht, was ich sagen sollte. Nur selten hatte ich meinen Freund so erlebt. Ich setzte mich erschöpft auf unser großes Sofa und trank einen Schluck Wasser.

»Wie geht es Janine?«, fragte ich. Ich hoffte, dass sie bald aus dem Krankenhaus kam und sie ihre Tochter wieder zu sich holen würde.

»Um sie steht es schlecht. Sie ist auf der Intensivstation, ihr Zustand ist kritisch. Keiner weiß, ob sie es schaffen wird.«

»Was, wenn Jane sich an mich gewöhnt und ich mit der Situation nicht zurechtkomme?«

Rob nickte. »Ich ... Wir finden eine Lösung, ich bitte dich nur darum, hierzubleiben. Ich kümmere mich allein um die Kleine, du musst nichts machen.«

»Was ist mit deiner Arbeit?«

Rob zuckte mit den Schultern. »Ich bin für vier Wochen beurlaubt, und dann sehe ich weiter. Janine hat sich die ganze Zeit allein um sie gekümmert. Ihre Nachbarin hat nur ab und an auf Jane aufgepasst, wenn Janine zum Arzt musste. Ob es mit einem Platz in einer Tagesstätte so schnell klappt, weiß ich nicht.«

Es würde keine einfache Zeit werden. Das wusste ich, bevor wir darüber reden würden, musste ich etwas anderes wissen. »War es wirklich nur dieses eine Mal?«

»Es wird auch kein weiteres Mal geben«, versicherte er mir und ich glaubte ihm.
Ich wollte etwas sagen, da begann Jane zu weinen.

Rob entschuldigte sich und verschwand kurz, um nach ihr zu schauen.

Zögernd blieb ich sitzen. Ich hatte die Kleine noch nicht gesehen, das sollte ich ändern. Also stand ich auf und folgte Rob in unser Gästezimmer, das er als Büro nutzte.

Eine Woche war ich nicht hier gewesen. Eine Woche, in der sich vieles verändert hatte. Der Schreibtisch und das braune Schlafsofa waren verschwunden. An der nun gelben Wand neben dem Fenster stand ein kleines Gitterbett, auf der gegenüberliegenden Seite ein schmaler weißer Kleiderschrank und daneben ein Wickeltisch. Spielsachen lagen auf dem Boden. Er hatte sich viel Mühe gegeben und alles liebevoll eingerichtet.

»Alina hat mir geholfen.«
Ich ging ein paar Schritte näher zu Rob und schaute in das Kinderbett. Für einen kurzen Moment blieb mir die Luft weg. Eine Woche hatte ich gehofft, dass Jane nicht seine Tochter war. Aber ihr Anblick ließ alle Zweifel verschwinden. Sie lag in ihrem kleinen Bettchen und sah uns beide mit großen braunen Augen an. Sie verzog ihren Mund zu einem breiten Lächeln. Ein fröhliches Lachen entwich ihr und ich war kurz davor zu weinen. Nur ihre blonden Haare hatte

sie definitiv von ihrer Mutter.

»Ich werde bleiben«, hörte ich mich sagen und wusste nicht, ob es eine gute Idee war.

»Du glaubst nicht, wie sehr mich das freut. Wir werden das schaffen.«

»Das hoffe ich«, flüsterte ich und Rob zog mich in seine Arme. Seine Umarmungen hatten mir so gefehlt. Alle Dämme brachen in mir und ich weinte hemmungslos.

»Alles wird gut, Süße.«

Ich wollte das so gerne glauben, doch es ging nicht.

»Halt mich bitte fest«, flüsterte ich.

Rob gab mir den so dringend benötigten Halt. »Ich lass dich nicht mehr gehen.« Er drückte einen Kuss auf meine Stirn.

Ich war mir noch nicht sicher, ob ich die richtige Entscheidung getroffen hatte und hoffte, dass sich das in den nächsten Wochen zeigen würde. Vielleicht würde alles wieder gut werden.

Kapitel 16

Carlie
2010

Judy sah mich geschockt an. »Er hat was?« Vorsichtig streichelte sie über meinen Arm. »Ich kann gut verstehen, wie es dir geht.«

Ich trank einen Schluck von meinem Kaffee und sah sie fragend an. Judy strich eine Strähne ihrer dicken schwarzen Locken hinter ihr Ohr und lächelte.

Auch sie hatte ich am College kennengelernt. Vor zwei Jahren hatte sie eine kurze Beziehung mit Jake gehabt.

»Mein erster Freund ging mir mehrmals fremd, bis ich es erfahren habe. Ich habe ihn so geliebt, doch verzeihen konnte ich es ihm nicht. Natürlich ist deine Situation anders. Aber der Schmerz ist gleich.«

Ich nickte. »Ob ich ihm verzeihen kann, weiß ich nicht.«

Judy nahm ihre Brille ab und sah zum Fenster raus. »Das kannst nur du wissen. Das braucht Zeit.«

Es tat gut, mit ihr zu reden, das hatte ich gar nicht vorgehabt. Sie war zur mir gekommen und hatte mich gefragt, was mit mir los sei, ich würde so bedrückt wirken. Erst hatte ich ihr versichert, dass alles gut sei, dann war es einfach aus mir herausgeplatzt und ich hatte ihr erzählt, was passiert war.

»Warum hat er mir das so lange verschwiegen?« Die Frage, die ich mir immer wieder stellte.

»Rob wollte dich einfach nicht verletzen.«

Ich zog meine Augenbrauen hoch und sah Judy an.

»Ich weiß, das ging gehörig daneben, aber so weit hat er nicht gedacht.«

Ich trank erneut von meinem mittlerweile kalten Kaffee. »Was soll ich denn nur machen?«

»Diese Entscheidung kann dir keiner abnehmen. Nur du kannst wissen, ob du ihm verzeihen willst. Es ist möglicherweise nicht morgen oder nächste Woche der Fall, vielleicht auch nicht nächsten Monat. Doch der Zeitpunkt wird kommen, an dem du weißt, was du tun wirst. Gib euch diese Zeit.«

»Denkst du?«, fragte ich unsicher.

»Rob hätte dir das alles nicht verschwiegen, würde er dich nicht lieben.«

Ich wollte glauben, was Judy sagte, konnte es aber einfach nicht.

Seit drei Tagen war ich wieder zu Hause und alles hatte sich wirklich verändert. Rob verbrachte die Nächte auf dem Sofa, während ich in unserem Bett schlief und ihn vermisste. Vermutlich war es nicht gut, dass wir auf Distanz gingen, doch ich ertrug seine Nähe nicht. In der ersten Nacht hatten wir es versucht, aber ich hatte kein Auge zugetan. Also war ich auf das Sofa gegangen und war dort endlich zur Ruhe gekommen. Am nächsten Tag hatte Rob dort geschlafen, ohne ein Wort dazu zu sagen. War das vielleicht schon das Zeichen, dass ich ihm nicht verzeihen konnte? War es längst so weit, dass wir uns trennen sollten, aber konnten wir es nicht akzeptieren? Auch wenn Rob mir mein Herz gebrochen hatte. Sieben Jahre waren wir glücklich gewesen, das war keine Zeit, die man einfach ignorierte. Wir hatten viel zusammen erlebt, waren immer füreinander da gewesen. Ich wusste nicht, was ich denken sollte. Konnte meine Gefühle nicht einordnen.

*

Später am Tag war ich zu Hause und saß auf unserem Bett, vor mir hatte ich einige Bücher ausgebreitet und versuchte zu lernen.

Mir war durch das Gespräch mit Judy auch bewusst geworden, dass es okay war, Zeit zu brauchen.

»Carlie?«

Fragend sah ich von meinen Büchern auf zu Rob. Gelernt hatte ich eh nicht, schon seit Tagen konnte ich mich nicht mehr konzentrieren. Ich war vollkommen perplex und fragte mich, wann wir das letzte Mal miteinander gesprochen hatten. »Was ist denn?«

»Ich dachte, ich gehe mit Jane zum Spielplatz, vielleicht willst du ja mitkommen.« Rob lächelte unsicher.

Darauf hatte ich gar keine Lust. Aber ich wusste auch, dass ich einen Schritt auf Rob zugehen musste. »Gerne.«

»Ich ziehe Jane an, wir können dann gleich los.« Ein Lächeln erschien auf seinem Gesicht. Das Lächeln, das ich so sehr liebte, hatte nicht mehr dieselbe Wirkung wie früher auf mich. Es löste nichts bei mir aus.

»Gut«, flüsterte ich, schlug meine Bücher zu und stieg vom Bett, um mich umzuziehen. Ich öffnete den Kleiderschrank, ein Kloß bildete sich in meinem Hals. Vieles von Robs Kleidung befand sich nicht mehr hier, sondern in Janes Zimmer. Rob wollte mich nicht stören, wenn ich schlief. Es nervte mich, dass wir uns so aus dem Weg gingen. Das war kein gutes Zeichen, darüber mussten wir unbedingt reden. Wir durften uns nicht so voneinander entfernen.

Ich entschied mich für eine schlichte Jeans, ein hellblaues Top und eine Weste. Meine Haare ließ ich offen. Ein letztes Mal sah ich in den Spiegel. Ich wollte einen Termin beim Friseur machen. Meine braunen, leicht rötlich schimmernden Haare gingen mir mittlerweile bis zur Brust. Dadurch, dass sie von Natur aus etwas gelockt waren, brauchten sie viel Pflege, welche ich in den letzten Tagen sehr vernachlässigt hatte. Ich sah nicht gut aus und ich fühlte mich nicht so, das musste sich ändern. Ein letzter Blick in den Spiegel, dann ging ich in ihr Zimmer.

»Ich bin soweit.« Ich stand an der Tür zu Janes Zimmer.

Rob versuchte, ihr ihre Schuhe anzuziehen.

»Soll ich dir helfen?«

Überrascht sah er mich an, nickte und hielt mir Janes Schuhe hin. »Danke.«

»Ist schon gut«, sagte ich knapp und nahm sie.

Rob war einen Schritt auf mich zugegangen, als er gefragt hatte, ob ich mitkommen wollte, also musste ich nun auch einen Schritt auf ihn zugehen.

Jane lächelte, ich erkannte das Lächeln sofort wieder. Es schmerzte in meiner Brust.

*

Obwohl es Ende November war, war das Wetter wunderschön. Am Himmel war keine einzige Wolke zu sehen, eine angenehme Temperatur von 17 Grad, ein schöner Tag, um einen Ausflug zu machen.

Rob spielte mit Jane. Sie war sofort in den Sandkasten gestürzt und er war ihr gefolgt.

Ich saß etwas abseits auf einer Bank. Etwas in mir sträubte sich dagegen, zu den beiden zu gehen. Ich war nicht Janes Mutter und ich wollte keine zu enge Bindung zu ihr aufbauen. Janine würde bald wieder aus dem Krankenhaus kommen, dann würde sie sich um ihre Tochter kümmern. Dieser Situation fühlte ich mich eher gewachsen als der aktuellen.

»Oh, was für ein süßes Mädchen.«

Ich blickte auf. Neben mir stand eine blonde Frau, nicht viel älter als ich. Sie lächelte mich an, hielt ihre Hände schützend über ihren Bauch.

»Ja, das stimmt.«

»Darf ich mich setzen?«, fragte sie freundlich und ich nickte. »Ich bin Elena.«

»Carlie.« Ich erwiderte ihr Lächeln. »Wann kommt das Baby?«, hakte ich nach und sah auf ihren dicken Bauch.

Sie strahlte über das ganze Gesicht. »In fünf Wochen ist es soweit. Ich bin schon sehr aufgeregt, es ist mein erstes. Wie alt ist Ihre Tochter?«

»Zweieinhalb«, sagte ich knapp. Hielt es nicht für nötig, ihr zu sagen, dass Jane nicht mein Kind war.

»Sie müssen sehr stolz auf sie und ihren Mann sein.« Sie sah lächelnd zu den beiden.

»Wir sind nicht verheiratet«, flüsterte ich.

»Das kommt schon noch. Er kümmert sich rührend um das Mädchen. Wie heißt sie denn?«

Ich lächelte. »Jane. Ja, er ist ein guter Vater.« Plötzlich bemerkte ich, wie sich meine Augen mit Tränen füllten. Ich wollte nicht weinen, nicht vor einer fremden Frau.

»Was ist denn los?«

Ich schüttelte den Kopf. »Nichts, ich habe nur etwas im Auge.«

Elena gab mir ein Taschentuch. »Seien Sie nicht traurig. Egal, was für ein Problem Sie haben, das wird sich lösen.«

Ich wischte die Tränen weg.

»Es ist nicht immer einfach, aber auf schlechte Zeiten folgen gute.«

Ich lächelte ehrlich.

»Leider muss ich jetzt los, ich wünsche Ihnen alles Liebe.«

»Danke, das wünsche ich Ihnen auch.«

Nachdem wir uns verabschiedet hatten, sah ich mich auf dem Spielplatz um. Überall spielten Eltern mit ihren Kindern. Nur ich saß hier und tat nichts. Das musste ich sofort ändern.

»Hi.«

Rob sah mich überrascht an, als ich mich neben die beiden setzte.

»Darf ich?«

Er nickte. »Natürlich, immer doch.«

»Carlie?« Jane stand vor mir, lächelte mich an, hielt mir ein kleines Förmchen hin und sah zu Rob. Die beiden grinsten sich an.

»Danke.« Rob sah mich an. »Wie geht es dir?«

»Ich weiß es nicht.«

Rob legte seine Hand auf meinen Oberschenkel.

Für einen kurzen Moment verkrampfte ich mich, entspannte mich aber sofort wieder.

Rob wollte etwas sagen, da klingelte sein Telefon. Er entschuldigte sich, stand auf und ging ein paar Meter weg.

Ich blieb allein mit Jane zurück.

»Guck mal.« Jane schlug leicht auf mein Knie.

»Ja, schön.«

Das Mädchen strahlte über das ganze Gesicht. »Ich kann das gut.« Sie machte ungestört weiter. Jane schien ihre Mutter nicht zu vermissen. Ich hatte sie noch nie nach ihr fragen hören. Obwohl sie nur Janine an ihrer Seite gehabt hatte, kam sie mit der neuen Situation wunderbar zurecht. Irgendwie war ich froh, dass wenigstens sie es nicht so schwer hatte.

Wieder sah ich mich um. Es fühlte sich gut an, hier zu sitzen und den Versuch zu wagen, mich auf die neuen Umstände einzustellen.

»Carlie?« Ich drehte mich zu Rob. »Das war Jackson.« Rob wirkte besorgt.

»Ist etwas passiert?« Ich stand auf, klopfte den Sand von meiner Hose.

Seit einem halben Jahr lebte und arbeitete sein Bruder in Los Angeles.

»Nein, er ist in der Stadt, wir sind heute Abend zum Essen eingeladen. Er dachte, wir könnten Thanksgiving nachholen.«

Ich lächelte und freute mich, ihn wiederzusehen. War erleichtert, dass nichts passiert war und es ihm gut ging. In den letzten Jahren war er für mich zu einem Bruder geworden. Ich vermisste ihn jeden Tag.

Zu Beginn, als Rob und ich nach New York gezogen waren, hatten wir vier in einer großen WG gelebt. Es war komisch gewesen, ihn nicht mehr täglich zu sehen, nur noch ab und an zu telefonieren, als er nach L.A. gegangen war. Es wunderte mich, dass er in der Stadt war. Doch Jackson war immer sehr spontan und vermisste uns ebenfalls.

»Er hat eine Überraschung für uns, ich weiß nicht was.« Rob zuckte mit den Schultern.

»Macht es dir etwas aus, wenn wir Jane mitnehmen?«

Von Rob sah ich zu der Kleinen, natürlich würde er das wollen, sie gehörte jetzt zur Familie. Ich schüttelte den eifersüchtigen Gedanken ab, sie konnte nichts für all das. Es half, dass ich mir das immer wieder sagte.

»Nein, ist schon gut.«

»Ich kann auch einen Babysitter suchen.«

Wieder schüttelte ich kurz den Kopf und lächelte. »Nein. Es ist okay.«

»Gut, dann kann sie ihre neue Familie kennenlernen.« Er nahm Jane auf den Arm und erzählte ihr, dass sie am Abend ihren Onkel Jackson treffen würde.

Natürlich hätte ich lieber einen entspannten Abend mit Rob verbracht. Hätte gern für einen Moment unsere Sorgen vergessen. Aber das ging nicht, Jane gehört dazu, damit musste ich zurechtkommen.

*

»Bist du soweit?«, rief Rob.

Ich antwortete nicht, weil ich zu sehr mit meinen Haaren beschäftigt war. Es war nicht klar, wo wir hingehen würden, also hatte ich mich für mein blaues Kleid entschieden. Dieses ging bis zu meinen Knien, hatte dünne Träger, war nicht weit ausgeschnitten. Es passte zu jedem Anlass.

»Carlie?« Rob erschien hinter mir.

»Ich bin gleich soweit«, sagte ich leise.

»Ist schon gut, wir warten dann unten.«

Ich nickte und drehte mich um.

Rob hatte Jane an der Hand. Er hatte ihr ein rotes Kleid angezogen und ihre Haare zu zwei Zöpfen nach oben gebunden. Rob selbst trug eine schlichte Jeans und ein graues Polohemd, er sah gut aus.

Jane lächelte, so wie sie es immer tat, und ging dann mit ihrem Vater nach unten.

Ich schlüpfte in meine schwarzen Ballerinas und holte meine Tasche. Meine Haare ließ ich offen, sie fielen mir gelockt über die Schultern. Ich freute mich auf den Abend, dennoch hatte ich kein gutes Gefühl.

»Da bist du ja.« Rob stand neben dem Auto, das er über eine Car Sharing-App gemietet hatte und stieg ein.

»Wo fährst du hin?«, fragte ich nach ein paar Minuten der Stille. In den letzten Tagen hatten wir einfach zu viel geschwiegen, das musste endlich ein Ende haben. Bevor das alles passiert war, hatten wir immer ein Thema gefunden, über das wir reden konnten, wir hatten oft gelacht, nie war es still gewesen. Das fehlte mir.

»Jackson hat mir eine Adresse genannt.« Rob bog nach links ab. »Dass er nicht in einem Hotel wohnt, wundert mich und ich frage mich, was er überhaupt hier macht. Er sagte doch, dass er viel zu tun hat und nicht weiß, wann er es schafft, herzukommen.«

»Vielleicht will er uns einfach nur mal wiedersehen.«

Rob zuckte mit den Schultern. »Gut möglich, ich hoffe nur, dass nicht irgendwas passiert ist und er seinen Job verloren hat oder so.«

»Mach dir nicht zu viele Sorgen, es gibt keine Anzeichen, dass etwas passiert ist. Du weißt, dass er Thanksgiving liebt und nicht erfreut war, als wir entschieden haben, dass es kein großes Essen geben wird.« Ich lächelte. »Denkst du, er würde uns einladen, wenn irgendwas nicht stimmen würde? Das hätte er uns erzählt. Ich glaube nicht, dass du dir Sorgen machen musst.«

Rob nickte. »Carlie ...«

Ich wusste, was er sagen wollte. »Nicht jetzt«, unterbrach ich ihn, »nicht heute.«

»Es ist schön, dass du mitkommst.«

»Natürlich, Jackson war so lange weg.«

Aus dem Augenwinkel merkte ich, dass er sich verkrampfte. Ich hatte ihn mit dieser Aussage verletzt, dessen war ich mir bewusst.

*

Nachdem wir doch dreißig Minuten geschwiegen hatten und die Suche nach einem Parkplatz gefühlt genauso lange gedauert hatte, hielt Rob vor einem Apartmentblock an.

Ich sah mich um, in Manhattan war ich selten. Zum ersten Mal kam mir der Gedanke, dass wir falsch waren. Mir war nicht bekannt, dass Jackson hier Freunde hatte.

Rob nahm Jane auf den Arm, ging zum Eingang des Hauses und öffnete mir die Tür.

Ein Pförtner saß im Foyer.

Immer mehr zweifelte ich daran, dass wir richtig waren. Vielleicht hatte sich Jackson einfach nur einen Spaß erlaubt.

»Guten Tag«, begrüßte uns der Pförtner. »Was kann ich für Sie tun?«

»Guten Tag. Wir wollen zu meinem Bruder. Jackson Hanson.«

Der Pförtner nickte, tippte etwas in seinen Computer ein und sagte: »Mr. Hanson erwartet sie schon. Die Aufzüge sind links um die Ecke, mit der Nr. 3 kommen Sie in den 8. Stock, Apartment 659 befindet sich rechts den Gang entlang, ganz hinten.«

Rob nickte und ging los.

Ich folgte ihm.

»Irgendwie komisch«, murmelte Rob, als wir im Aufzug waren.

Die Fahrt dauerte nur wenige Sekunden, Apartment 659 fanden wir schnell. Rob klingelte, kurze Zeit später ging die Tür auf.

Jackson stand vor uns. Ein breites Grinsen entstand auf seinem Gesicht, dann wurden seine Augen größer und er sah uns fragend an. »Rob, Carlie, kommt rein.« Er ging zur Seite. »Wer ist die kleine Dame?«

»Das ist Jane, Robs Tochter«, erklärte ich ohne Umschweife.

Rob sah mich mit einem undefinierbaren Blick an,

setzte sie auf den Boden und zog ihr die Jacke aus.

Die Kleine blickte die ganze Zeit Jackson an.

»Seine Tochter?« Fragend sah er mich an. »Was ist passiert?«

Ich schüttelte den Kopf.

»Ich bin Jane«, sagte sie zu Jackson, der mich verdutzt ansah.

»Hallo, ich bin Jackson.« Er kratzte sich am Kopf und sah wieder zu mir und Rob. »Das musst du mir nachher erklären«, meinte er zu seinem Bruder. »Jetzt kommt aber erst mal mit, ich muss euch jemanden vorstellen.«

»Was machst du hier?«, fragte Rob, als wir durch den Flur in ein großes Wohnzimmer gingen.

Alina saß neben Brian auf dem Sofa. Ich war überrascht, ihn zu sehen. Er ließ sich nur selten dazu überreden, mit zu einem Familientreffen zu kommen. Die beiden verbrachten daher Weihnachten und Silvester getrennt. Sie flog mit uns zu ihren Zieheltern, doch Brian kam nie mit.

»Hallo«, begrüßte ich die beiden.

Rob setzte Jane neben Alina, ignorierte die beiden aber, sah seinen Bruder noch immer an.

»Warum soll etwas passiert sein? Vielleicht habe ich euch einfach nur vermisst.«

»Es ist kein Weltuntergang, wenn etwas nicht stimmt. Wir finden für alles eine Lösung.«

»Mach dir nicht immer so viele Sorgen um mich.«

Rob sah seinen Bruder mit großen Augen an.

Jackson strahlte plötzlich über das ganze Gesicht. »Da bist du ja«, sagte Jackson. »Darf ich euch jemanden vorstellen? Das ist Amy, meine Verlobte.« Überrascht sah ich von der schwangeren, blonden Frau zu Jackson.

»Amy, das sind mein Bruder Rob und seine Freundin Carlie und das ist Jane ... Robs Tochter.«

»Deine Verlobte?«, fragte Rob verwirrt.

Ich wunderte mich ebenso. In den letzten Monaten hatte er nie eine Freundin erwähnt.

»Es war praktisch wie bei euch. Als ich Amy zum ersten Mal sah, wusste ich, sie ist die Frau, mit der ich den Rest meines Lebens verbringen will.« Jackson zog Amy in seine Arme und drückte seine Lippen auf ihre. »In dem Moment, in dem sie mir sagte, dass sie ein Baby bekommen würde, wusste ich, nichts wird uns mehr trennen. Ich habe ihr noch am selben Abend einen Antrag gemacht und sie hat sofort zugestimmt.«

»Wie lange kennt ihr euch denn?« Rob sah seinen Bruder und Amy misstrauisch an.

»Ein halbes Jahr. Sie ist im vierten Monat schwanger. Wie wir letzte Woche erfahren haben, werden es Zwillinge.«

»Freut mich, euch kennenzulernen.« Amy lächelte freundlich. »Jackson hat so viel von euch erzählt.«

Rob nickte. »Dich hat er noch nie erwähnt«, bemerkte er. »Warum eigentlich nicht? Du erzählst doch sonst immer alles.«

Jackson grinste. »Dieses wunderbare Wesen sollte erst mal nur mir gehören.«

Amy strahlte ihn verliebt an, sie wirkten glücklich und unbeschwert.

Wieder ein beklemmendes Gefühl, das sich in meiner Brust ausbreitete. All das war ich vor wenigen Tagen auch noch gewesen.

»Das Essen ist bald soweit«, sagte Amy und riss mich aus meinen Gedanken.

»Soll ich dir helfen?«, fragte ich höflich.

»Ich wollte ihr auch schon helfen, aber sie hat mich weggeschickt«, rief Alina, die noch immer Jane auf dem Arm hatte.

»Nein, nicht nötig, wir haben seit heute Morgen gekocht und alles vorbereitet. Das Kartoffelpüree ist fertig, genauso wie die Bohnen und die Soße, der

Truthahn ist auch gleich bereit.« Sie verschwand wieder in der Küche.

Jackson setzte sich mit uns auf das Sofa. »Wie findet ihr sie?«, fragte er uns.

Rob sah seinen Bruder skeptisch an. »Sie scheint nett zu sein. Warum hast du nicht erzählt, dass du Vater wirst?«

»Sollte eine Überraschung sein«, erklärte er uns, als wäre die Situation völlig normal. »Wir wussten gleich, dass wir herkommen wollen. Amy ist in New York geboren, ihre Eltern leben hier und ich wollte auch zu euch zurück. Ich habe euch vermisst.«

»Die Überraschung ist dir gelungen«, sagte ich.

Jackson nickte. »Aber jetzt erklärt mal, wer ist die Kleine?«

Rob erzählte alles, ohne Rücksicht auf mich. So musste ich mir wieder anhören, dass er Janine zufällig getroffen hatte, sich nicht erklären konnte, wie es passiert war. Er berichtete, dass Janine nun im Krankenhaus war und auf eine neue Niere wartete.

Bei jedem Wort kam ich den Tränen wieder ein Stück näher. Irgendwann entschuldigte ich mich, um zur Toilette zu gehen. Ich musste ein paar Minuten für mich sein.

Vorsichtig ging die Tür auf. »Geht es wieder?«

Ich drehte mich um und Jackson zog mich in seine Arme.

»Ich bin froh, dass du hier bist.« Wie sehr ich ihn in den letzten Monaten vermisst hatte, merkte ich erst in diesem Moment.

»Wirst du bei ihm bleiben?« Beruhigend strich er mir über den Rücken.

»Ich weiß es nicht.«

Jackson fuhr mir mit seinem Daumen über mein Gesicht. »Ich weiß nicht, ob ich das kann.«

»Du wirkst nicht glücklich.«

»Wie könnte ich das denn sein?« Wieder liefen

Tränen meine Wangen hinab. »Heute Mittag war ich eifersüchtig auf sie. Ich fühle mich deswegen so schlecht.«

»Du musst dich wegen gar nichts schlecht fühlen.«

»Das sagst du so leicht.«

»Ihr braucht einfach mehr Zeit.«

»Vielleicht«, antwortete ich schlicht.

»Komm, lass uns zu den anderen gehen, nicht dass sie uns noch vermissen.«

Ich stimmte Jackson zu und wechselte dann das Thema. »Amy ist nett.«

»Ja, ich liebe sie sehr.« Er blieb kurz stehen und sah mich wieder an. »Du kannst immer mit mir reden, das weißt du, ja?«

»Danke.« Ich umarmte ihn, fühlte mich in seinen Armen etwas besser.

Ein paar Minuten später saßen wir an einem großen Tisch und aßen zusammen. Alle unterhielten sich, ich hörte nicht zu, sondern sah die ganze Zeit zu Jane und Rob. Er schnitt der Kleinen das Fleisch in Stücke, wieder grinste sie ihn an. Ich fühlte mich fehl am Platz, wollte überall lieber sein als hier. Ohne ein Wort zu sagen, stand ich auf. Es schien, als würde es keiner bemerken. Ich ging zur Tür, griff meine Jacke und lief nach draußen.

Kapitel 17

Rob

2007

»Wir sollten tanzen.«

Ich trank von meinem Bier und schüttelte den Kopf. Das war das letzte, was ich wollte, ich würde noch mein Bier trinken und dann nach Hause gehen.

»Du kannst es sicher gut.« Janine nahm einen Schluck von ihrem Cocktail und streichelte über meinen Arm. »Ich würde gerne sehen, wie du dich bewegst.«

»Janine!«, ermahnte ich sie.

Sie lachte nur und legte ihre Hand auf meinen Oberschenkel. Ich hatte schnell gemerkt, dass es sie nicht interessierte, dass ich eine Freundin hatte.

»Wir sollten tanzen«, sagte sie wieder, »das würde dir guttun, du wirkst so unentspannt. Mehr will ich doch gar nicht.«

Ich blickte mich um, Jackson war nicht zu sehen. Ich holte mein Handy heraus, um zu sehen, ob er sich gemeldet hatte. Tatsächlich. Er war mit zwei Schwestern nach Hause gegangen. Wie ich feststellte, hatte sich Carlie nicht mehr gemeldet. Sonst schrieb sie mir immer eine *Gute Nacht*-Nachricht, wenn sie vor mir ins Bett ging. Genervt steckte ich mein Handy weg und sah Janine wieder an.

»Du hast recht.« Ich wollte mich ablenken und etwas tanzen würde mir dabei bestimmt helfen.

Janine grinste, sprang vom Barhocker, griff nach meiner Hand und zog mich zur Tanzfläche. Sie legte ihre Arme um meinen Hals, das Lied wurde langsamer und unsere Körper kamen sich näher. »Du bist ein guter Tänzer«, stellte sie fest und fuhr mit ihren Händen durch mein Haar, versuchte, mich zu sich zu ziehen.

»Janine ... « Ich hatte gar keine Ahnung, wie ich mich äußern sollte. Mir wurde klar, dass diese Situation nicht gut war. Ich hatte zu viel getrunken, sie war verdammt sexy in ihrem kurzen knappen Kleid und sie rieb sich gekonnt an mir.

»Was wolltest du sagen?«

Ich schüttelte den Kopf, meine Hände lagen auf ihrer Hüfte.

Sie drückte sich fest an mich und sah mir in die Augen.

»Das ist nicht gut«, flüsterte ich.

»Das ist sogar verdammt gut.« Janine drückte ihre Lippen auf meine. »Du willst es doch auch.«

Ich hätte gehen sollen, als ich noch in der Lage dazu gewesen war. Jetzt zog mich alles zu ihr.

Ich spürte ein Verlangen, das ich so nicht kannte.

»Ich wohne nicht weit von hier«, hauchte sie mir entgegen und versuchte, mich erneut zu küssen.

Ich drückte Janine gegen eine Wand und küsste sie stürmisch. Mit meiner Hand fuhr ich über ihren Oberschenkel. Dass sie keinen BH trug, hatte ich gleich gesehen. Ich bemerkte, dass sie keinen Slip anhatte.

»Rob«, sie stöhnte leise.

Ich erstickte ihre Worte mit einem Kuss, ich wusste genau, was sie wollte. Es war dasselbe, was ich brauchte. »Wo wohnst du?«

»Komm mit.« Sie zog mich nach draußen.

Die kalte Luft ließ mich für einen kurzen Moment wieder klar denken. Ich zögerte, mit ihr zu gehen, ich wusste, dass es nicht richtig war, was gerade passierte.

Janine küsste mich erneut. »Wir sind in ein paar Minuten bei mir«, erklärte sie. Sie drückte sich an mich. Während des nächsten Kusses fuhr sie mit ihrer Hand in meine Hose und ich dachte wieder nur an sie.

*

»Da ist das Schlafzimmer«, meinte sie und zog mein Hemd aus, das zu Boden fiel, genauso wie ihr Kleid. Janine stand nackt vor mir und sah wunderschön aus.

Ich öffnete meine Hose und ließ sie nach unten rutschen.

Janine küsste mich und drückte mich auf ihr Bett, sie machte keine Spielchen und kam sofort zur Sache. Das gefiel mir.

Ich griff nach ihrer Hand, zog sie zu mir und küsste sie.

»Ich will dich«, hauchte sie in mein Ohr.

Das war mein Zeichen.

Kapitel 18

Carlie

2010

»Für einen Moment dachte ich, du wärst nicht mehr da.«

Ich drehte mich zu Rob um.

»Ist dir nicht kalt?«

»Nein.« Ich lächelte. »Es tut mir leid, dass ich einfach gegangen bin.«

Rob setzte sich neben mich.

Ich sah über die Straßen und genoss die frische, kühle Luft. Als wir vor einigen Monaten in das Haus gezogen waren, hatte ich recht schnell das Dach als einen meiner Lieblingsplätze ausgemacht. Zehn Stockwerke über der Straße waren keine Autos und keine Menschen mehr zu hören. Durch den Treppenaufgang kam man in der Mitte des Daches heraus, wo es möglich war, sich auf einen kleinen Vorsprung zu setzen. Welcher etwa drei Meter vom Rand des Daches entfernt war und alles überblickte. Hier konnte ich gut lernen, lesen und, wie in den letzten Stunden, nachdenken. Ich konnte einen klaren Gedanken fassen und hatte sogar ein schlechtes Gewissen, dass ich einfach gegangen war. Außerdem hatte ich eine Idee, wie wir vielleicht vorgehen sollten, das wollte ich Rob nun mitteilen.

»Mir tut es leid«, sagte Rob, bevor ich etwas sagen konnte.

Mit vielem hatte ich gerechnet, doch nicht mit einer Entschuldigung von Rob. An diesem Abend hatte er nichts getan, wofür er sich rechtfertigen musste. Ich war die, die das Essen ruiniert und weggelaufen war. Wegen mir hatten wir keine Fortschritte gemacht. »Du musst dich nicht entschuldigen.«

Rob legte seinen Arm um meine Schulter und zog mich etwas näher zu sich. »Ich bin der Idiot, ich habe den Fehler gemacht. Der Einzige, der sich entschuldigen muss, bin ich. Du gibst dir Mühe, mit allem zurechtzukommen. Es ist doch logisch, dass das für dich nicht leicht ist, und dann rede ich den ganzen Abend über diesen Fehler und denke gar nicht an deine Gefühle.«

Ich hatte meine Augen geschlossen, holte tief Luft. »Ich weiß aber nicht, ob ich das kann.«

»Carlie, ich will dich nicht verlieren.«

Ich öffnete meine Augen.

Er sah mich traurig an.

Es war das erste Mal seit dem Tag, an dem ich zurückgekommen war, dass wir versuchten, ein Gespräch zu führen. Es musste sein, dennoch hatte ich Angst vor dem Ausgang.

»Das will ich auch nicht. Aber wir wissen beide, dass es so nicht weitergehen kann. Ich brauche Zeit, um mir über alles klar zu werden. Wenn du willst, werde ich ausziehen.« Das war das Einzige, was mir zurzeit als Lösung in den Sinn kam. Wenn ich ging, könnten wir uns beide vielleicht besser in der Situation zurechtfinden. Wobei mir auch klar war, dass es dann nicht einfacher werden würde, eine Bindung zu Jane aufzubauen.

Geschockt sah Rob mich an. »Wie kommst du denn auf die Idee? Ich möchte nicht, dass du gehst, ich brauche dich.« Rob rückte ein Stück von mir weg. »Ich will, dass es wieder wie früher wird.«

»Ich doch auch«, versicherte ich ihm.

Rob nickte und vergrub sein Gesicht in seinen Händen. »Ich verstehe, dass du sauer, enttäuscht von mir, verletzt und wütend bist. Das ist dein gutes Recht und ich weiß, dass du mir noch nicht verzeihen kannst. Aber ich werde alles dafür tun, dass wir wieder glücklich werden.«

»Ich kann deine Nähe einfach nicht ertragen.«
Rob schluckte schwer.

»Ohne dich kann ich aber auch nicht sein.«

»Ich weiß, dass ich einen Fehler gemacht habe und dass dich Jane jeden Tag daran erinnert. Tut mir leid.«

»Sie kann gar nichts dafür«, wehrte ich ab.

»Ich will, dass es ihr gut geht.«

»Das ist alles zu viel für mich. Zu hören, dass sie dein Kind ist, war ein Schock.«

»Die Angst, dass du mich verlassen könntest, war zu groß. Ich war dumm, Carlie. Aber ich liebe dich, mehr denn je, und will dich nicht verlieren.«

Das Gespräch verlief ruhiger, als ich erwartet hatte. Für Tränen und viel Geschrei fehlte mir aber auch die Kraft. Ich war mit meinen Nerven am Ende und wollte nicht auch noch streiten. Wieder sah ich zu Rob, er musste wissen, warum ich wirklich gegangen war. »Ich fühlte mich fehl am Platz.«

»Du gehörst zu uns. Zu mir. Jetzt gehört aber auch Jane mit dazu.«

»Ich weiß.« Ich nickte, Tränen sammelten sich in meinen Augen.

»Wir schaffen das.«

»Wenn ich mich in deiner Nähe ebenso unwohl fühle, hat das dann überhaupt noch einen Sinn?«

Rob legte seine Hand auf mein Knie und sah mich an. »Ich könnte es nicht ertragen, wenn du nicht mehr bei mir wärst.«

Ich sah Rob an, sagte aber nichts mehr. Ihn zu verlieren wollte ich ja auch nicht. Aber die ganze Situation setzte mir immer mehr zu.

»Wir müssen einander Versprechen das wir das schaffen, das wir zusammenhalten.«

Kurz nickte ich. »Ich verspreche es dir.«

Hoffentlich würden wir dieses Versprechen halten können.

Kapitel 19

Carlie

2010

Während Rob seiner Tochter ihr Butterbrot in kleine Stücke schnitt, suchte ich nach meiner Tasse. Sie war blau, mit großen weißen Punkten. Meine Mutter hatte sie mir zu meinem siebzehnten Geburtstag geschenkt, seither trank ich morgens meinen Kaffee immer aus ihr.

»Weißt du, wo meine Tasse ist?« Ich sah zu Rob.

Er schüttelte den Kopf.

»Könntest du bitte nicht meine Sachen wegstellen?«

»Die wird im Schrank sein.«

»Da, wo sie immer steht, ist sie aber nicht.«

Etwa eine Woche war ich nun wieder zu Hause. Seither passierte mir das immer wieder. Ich suchte etwas, Rob hatte es entweder an einen anderen Platz gestellt oder die Sachen seiner Tochter lagen darauf. Es war zum Verrückt werden und ich wusste nicht, wie ich damit umgehen sollte.

Ein weiteres Mal öffnete ich den Küchenschrank

und nahm eine Trinkflasche von Jane zur Seite. Dahinter tauchte endlich meine Tasse auf.

»Siehst du, sagte ich ja.« Rob widmete sich wieder seiner Tochter.

»Rücksicht ist wohl auch nichts mehr, worauf du Wert legst.« Kaum gesagt, tat es mir schon leid. Mir war klar, dass Rob überfordert war.

»Was ist denn jetzt?«

»Ach nichts, vergiss es.« Ich schüttelte den Kopf und beobachtete, wie mein Kaffee in die Tasse lief.

Ein Streit war das letzte, das ich jetzt wollte. Auch wenn das Gespräch am Abend zuvor auf dem Dach gut verlaufen war, waren noch keine Änderungen eingetreten. Das hieß aber nicht, dass wir jetzt schon wieder aneinandergeraten sollten. Schnell wechselte ich das Thema. »Ich gehe nach der Uni einkaufen. Brauchst du etwas?«

Er schüttelte den Kopf. »Wenn du willst, kann ich das machen.«

»Ja, das wäre gut. Ich lass dir die Liste da.« Ich stellte meine Tasse in die Spüle und sah zur Uhr.

»Ich muss dann jetzt los.«

»Viel Glück.«

»Was?«, fragte ich verwirrt.

»Für deinen Test.«

Ich grinste. Auch wenn wir seit Tagen nicht mehr richtig geredet hatten, hatte er nicht vergessen, dass ich heute eine wichtige Prüfung hatte. Ich bedankte mich bei ihm und wie noch vor ein paar Wochen drückte ich ihm einen Kuss auf die Wange.

Rob lächelte, reagierte aber nicht weiter.

Ich griff nach meinen Schlüsseln und verließ unsere Wohnung.

*

Die Prüfung war nicht gut verlaufen. Das redete ich

mir nicht nur ein, das wusste ich. Ich hatte mich nicht richtig konzentrieren können und hatte in den letzten Tagen kaum gelernt. Mein Studium begann unter der ganzen Situation zu leiden, das durfte nicht passieren. Zu lange hatte ich für meinen Traum gekämpft, jetzt, wo ich kurz vor meinem Abschluss stand, sollte ich mich eigentlich nicht ablenken lassen.

Ich verließ die Bibliothek, wo ich noch versucht hatte zu lernen. Wie jeden Donnerstag beabsichtigte ich, mich mit Alina in einem kleinen Café in der Nähe des Campus treffen. Es nieselte erst leicht, regnete dann aber immer heftiger. Zum Glück schaffte ich es, halbwegs trocken anzukommen.

Schon beim Öffnen der Tür wehte mir ein vertrauter Geruch entgegen. Frisch gemahlener Kaffee. Dazu mischte sich der Duft von süßem Gebäck, das nicht nur gut roch, sondern auch himmlisch schmeckte. Nur zu gerne aß ich die Brownies. Sie waren saftig und mit verboten viel Schokolade, die besten.

Donnerstags war nie viel los, auch heute waren nur wenige Tische besetzt. Studenten verbrachten hier ihre freie Zeit zwischen ihren Vorlesungen, arbeiteten für die Uni, lasen oder trafen sich mit ihren Freunden.

In einer Ecke sah ich Alina und Amy, die sich unterhielten. Ich freute mich, dass Amy auch da war, ich würde mich sofort für mein Verschwinden am Tag zuvor entschuldigen.

»Hi, Carlie«, begrüßte mich Alina.

»Hallo.« Ich lächelte.

»Ich hoffe, es ist okay, dass Amy dabei ist.«

»Natürlich.« Ich setzte mich zu den beiden. »Es freut mich, dich wiederzusehen, Amy. Entschuldige, dass ich gestern einfach gegangen bin.«

Amy lächelte. »Das muss es nicht«, versicherte sie mir glaubwürdig. »Wie geht es dir denn heute? Du siehst besser aus.«

Ich wollte etwas sagen, da kam schon die Bedienung und stellte einen Tee und zwei Cappuccino mit Sahne auf den Tisch.

»Ich habe für dich mitbestellt«, erklärte mir Alina und leckte ihren Finger ab, den sie zuvor in die Sahne getunkt hatte.

Ich drückte mit dem Löffel die Sahne zur Seite und schüttete ein kleines Tütchen Zucker in die Tasse. »Wir haben gestern noch geredet.«

Alina strahlte. »Versteht ihr euch jetzt besser?« Sie trank einen Schluck von ihrem Cappuccino und löffelte die Sahne herunter.

»Ich weiß es nicht«, erklärte ich, »ich weiß es wirklich nicht.«

»Denkst du, dass du mit Rob wieder glücklich werden kannst?«

Die Kellnerin tauchte wieder auf und stellte vor Amy ein großes Stück Schokoladenkuchen.

»Was soll ich ohne Rob machen?«

»Ich kann dir nicht raten, dich von meinem Bruder zu trennen, dafür liebe ich euch beide viel zu sehr.«

»Aber ich kann es.«

Alina sah geschockt zu Amy, auch ich war überrascht. »Was sagst du denn da?«, fuhr Alina ihre zukünftige Schwägerin an. Sie war schon immer davon überzeugt gewesen, dass Rob und ich auch noch in fünfzig Jahren glücklich zusammen sein würden. An so manchen Abenden, die ich mit meiner besten Freundin allein verbracht hatte, hatte sie mir erzählt, wie sie sich unsere Hochzeit vorstellte. Dass sie schon Ideen für mein Brautkleid hatte. Dass sie es schön finden würde, wenn unsere Kinder gemeinsam aufwachsen würden.

Sie hatte mir von einem Traum berichtet, in dem Alina, ihr zukünftiger Mann, Rob und ich uralt auf einer Veranda gesessen und unseren Enkelkindern beim Spielen zugesehen hatten. Dieser Traum schien in der jetzigen Situation so unwirklich und machte mich traurig. Ich sah wieder zu Amy und Alina, jetzt wollte ich nicht mehr daran denken.

»Ich kenne Carlie noch nicht lange, auch deinen Bruder nicht, aber wenn das so weitergeht, machen sie sich kaputt.«

Ich wusste, dass ihre Worte an mich gerichtet waren, sie sah allerdings nur Alina an.

»Jackson hat gestern gesagt, dass er es nicht ertragen kann, Carlie so unglücklich zu sehen.«

»Dass Jackson denkt, dass sich die beiden trennen sollten, kann ich mir nicht vorstellen.«

Alina schnaubte genervt.

»Das nicht. Rob hat einen dummen Fehler gemacht und Carlie verletzt. Ich würde Jackson so etwas nicht verzeihen.«

Alina sah Amy böse an. »Also ich weiß nicht, ob ich mit dir befreundet sein will.«

»Was für ein Problem hast du denn jetzt? Hier geht es nicht um dich, hier geht es um Carlie und deinen Bruder.«

»Mädels«, unterbrach ich die beiden, bevor der Streit noch lauter werden würde.

»Was?«, fuhren sie mich gleichzeitig an, schienen dann aber zu bemerken, was los war. »Tut mir leid«, kam es von ihnen.

Wir schwiegen ein paar Minuten, tranken in Ruhe unsere Getränke. Amy bestellte sich noch ein Stück Käsekuchen.

»Ich hätte da eine Idee«, sagte Amy plötzlich.»Wann hast du zuletzt einen Abend allein mit Rob verbracht?«

Das wusste ich ganz genau. »Der Abend, der alles verändert hat.«

»Ich denke, Jackson hat nichts dagegen, wenn wir heute auf Jane aufpassen.«

Alina sah überrascht von ihrem Handy hoch.

Ich hätte nur zu gerne einen Abend allein mit Rob verbracht. »Danke, das wäre schön.«

Alina schüttelte den Kopf.

»Was ist denn?«, fragte ich sie.

»Ich glaube nicht, dass Rob das zulässt«, erklärte sie leise.

»Warum nicht?«, hakte Amy nach und aß von ihrem Käsekuchen.

»Ich habe ihm das schon vorgeschlagen.«

»Was hat er gesagt?«, fragte Amy.

»Er sagte, er muss für Jane da sein. Aber vielleicht ist das jetzt ja anders, sie hat sich an euch gewöhnt.«

Ich schüttelte den Kopf. »Du musst ihn nicht verteidigen. Reden wir über etwas anderes.« Das Thema hatte sich damit für mich noch nicht erledigt, aber jetzt wollte ich mal wieder über etwas anderes nachdenken. Seit Tagen ging es nur noch um das eine, den Rest des Nachmittags sollte das anders sein. Vielleicht konnte ich mich ja etwas ablenken, das würde mir guttun.

*

Am Abend öffnete ich die Tür zu unserer Wohnung. Leise Musik kam mir entgegen, es roch nach frisch gekochtem Essen, so vertraut, fast wie früher. Zwar lag noch immer der Geruch eines Babys in der Luft, doch nur sehr dezent. Langsam schloss ich die Tür hinter mir, zog meine Jacke aus und ging Richtung Küche, wo Rob summend am Herd stand. Fast so, als wäre es nur ein schlechter Traum gewesen, der nun vorbei war. Wir würden unser Leben wie gewohnt weiterführen und glücklich sein.

Für einen Augenblick blieb ich in der Tür stehen und sah ihm zu. »Rob?«

»Du bist ja schon da. Jane ist bei Jackson und Amy,

sie kümmern sich um sie. Ich dachte, ein Abend zu zweit wäre gut für uns.«

Er hatte sich das also gedacht, nicht Amy? Natürlich wäre es mir lieber gewesen, Rob wäre von selbst auf die Idee gekommen. Aber er hatte zugestimmt, das war ein gutes Zeichen und gab mir Hoffnung.

»Das Essen ist in ein paar Minuten soweit.« Rob lächelte.

Ich nahm Teller sowie Besteck aus dem Schrank und machte mich daran, den Tisch zu decken. Wir unterhielten uns nicht, was sich in diesem Moment aber nicht schlecht anfühlte. Es war ein angenehmes Schweigen. Eine Viertelstunde später saßen wir in der Küche am Tisch und aßen zusammen, Rob hatte Spaghetti mit Hackfleischbällchen und Tomatensoße gemacht. Ein einfaches Essen, doch die Tatsache, dass wir allein waren, machte es zu etwas Besonderem.

»Es schmeckt köstlich.«

In den letzten Jahren, seit wir in New York lebten, hatte es sich so eingebürgert, dass wir am Sonntag immer zusammen kochten. Das fehlte mir, wie ich gerade bemerkte.

»Das freut mich.« Er goss mir noch Rotwein ein. Es war der, den wir zuletzt getestet hatten.

»Es gibt etwas, über das wir sprechen müssen.«

»Was denn?«, fragte ich und trank einen Schluck, der mir wirklich gut schmeckte.

»Ich gehe nächste Woche wieder in die Kanzlei. Wir müssen klären, was dann mit Jane passiert.«

Ich stöhnte. Der erste gemeinsame Abend zu zweit und wieder gab es nur ein Thema. Konnten wir diese Zeit nicht allein, zusammen wie früher verbringen?

»Carlie, es ist wichtig«, sagte er mit Nachdruck.

Ich nickte und murmelte angespannt: »Natürlich ist es das. Jane ist immer wichtig.«

Rob sah mich verdutzt an.

»Ich will den Abend mit dir genießen und für einen Moment unsere Sorgen vergessen.«

»Ich würde es gerne jetzt klären, als es ständig aufzuschieben. Also, wann bist du mittags mit der Uni fertig?«

Meine Augen wurden groß. »Ich soll mich allein um Jane kümmern?«

»Das ist die beste Lösung. Ich versuche, weniger zu arbeiten, aber noch länger kann ich nicht zu Hause bleiben.«

Ich legte meine Gabel zur Seite, der Appetit war mir vergangen. Dann sah ich ihn an. »Ich wollte mehr Zeit mit ihr verbringen, ja, aber doch nicht so.«

»Was willst du dann?«

»Unser altes Leben zurück.«

»Das geht aber nicht.«

»Ich weiß, daran bin jedoch nicht ich schuld.«

Rob legte seine Gabel zur Seite und sah mich an. »Willst du jetzt etwa streiten?«

Ich schüttelte den Kopf, natürlich wollte ich das nicht.

»Gut, dann lass uns essen und morgen über alles reden.«

»Das wird nichts ändern.«

»Wie oft soll ich mich noch entschuldigen?«

Ich zuckte mit den Schultern, legte meine Gabel zur Seite, stand auf. »Ich werde schlafen gehen.«

»Du wolltest einen Abend mit mir allein und jetzt willst du ins Bett? Dafür hätte ich Jane nicht bei Jackson lassen müssen.« Er schob seinen Stuhl wütend nach hinten und sah mich böse an.

»Warum hast du es überhaupt getan?«

Er sagte nichts.

»Du wolltest doch gar nicht mit mir allein sein, sonst würdest du nicht den ganzen Abend über Jane reden.«

»Wann sollen wir denn darüber reden? Du gehst

mir dauernd aus dem Weg.«

»Ja, weil ich es nicht ertrage, in deiner Nähe zu sein und keine Zeit mit dir verbringen will.«

»Du bist also noch immer sauer.«

»Ist das dein Ernst? Wie sollte ich nicht mehr sauer auf dich sein?« Ich schüttelte den Kopf.

»Ich bin so wütend auf dich.«

»Was soll ich tun, um das zu ändern?«

»Ich weiß nicht, ob du das ändern kannst«, sagte ich und ging ins Schlafzimmer. Ich wollte nicht mit ihm streiten, ich wollte alleine sein. Dahin war der gute Vorsatz vom Morgen, das hatte ja gut geklappt.

Kapitel 20

Carlie

2010

Es war wieder nur ein Tuten in der Leitung zu hören. Gestresst sah ich zur Uhr und wählte Alinas Nummer. Sie war die Einzige, die mir noch helfen konnte, wenn ich es pünktlich in die Uni zu meiner Prüfung schaffen wollte.

Nach dem zweiten Klingeln nahm sie ab. »Hi, Carlie.« Ich konnte im Hintergrund Brians Lachen hören.

»Kannst du bitte auf Jane aufpassen?«, fragte ich ohne Begrüßung. »Ich muss zur Uni und Rob ist nicht da.«

Alina stöhnte. »Gib mir zehn Minuten. Kommst du dann noch pünktlich?«

Erneut sah ich zur Uhr. »Es wird knapp, aber es wird gehen.«

»Bis gleich.« Alina legte auf und ich atmete erleichtert aus.

Rob hatte mich am Morgen gefragt, ob ich für eine

Stunde auf Jane aufpassen würde. Zwar verpasste ich nicht gerne den Unterricht, aber da ich mit dem aktuellen Thema gut zurechtkam, konnte ich es mir erlauben, die Vorlesung ausfallen zu lassen. Ich hatte zugestimmt und ihm gesagt, dass ich dann nur für die Prüfung zur Uni gehen würde. Rob hatte mir versichert, dass er pünktlich wieder hier sein würde, damit ich es rechtzeitig schaffen würde. Seit über einer Stunde versuchte ich, ihn zu erreichen, leider ohne Erfolg. Natürlich hatte ich auch in der Kanzlei angerufen. Die Sekretärin, mit der ich gesprochen hatte, wollte ihm ausrichten, dass er mich zurückrufen sollte. Nichts war passiert.

Ich hatte Angst, es nicht rechtzeitig zu schaffen. Das Gefühl verstärkte sich, als ich zum Fenster hinaussah und die dunklen grauen Wolken am Himmel bemerkte. Würde es jetzt zu regnen beginnen, könnte ich gleich zuhause bleiben. Der Verkehr in New York war sowieso eine Katastrophe, bei Regen aber erst recht.

Es klingelte, ich eilte zur Tür, um sie zu öffnen. »Zum Glück bist du da.« Ich schnappte mir meine Tasche. »Jane schläft. Wenn sie wach wird, hat sie sicher Hunger. Im Kühlschrank steht was, das musst du nur noch warm machen, und spiel dann bitte etwas mit ihr.«

»Ist gut. Viel Glück.«

»Danke. Bis später.« Ich drückte ihr einen Kuss auf die Wange und verschwand nach draußen.

Alina war meine Rettung. Vermutlich hatte Rob einfach nur vergessen, dass ich zur Uni musste. Ich schüttelte den Kopf bei diesem Gedanken. Er hatte viel zu tun und die Zeit aus den Augen verloren, aber nicht mich. Da er an diesem Tag zum ersten Mal seit einigen Wochen wieder dort war, hatte er sicher viel zu tun.

*

So schnell ich konnte, fuhr ich zur Uni. Noch gerade rechtzeitig kam ich an und schrieb meine Prüfung. Ich hatte ein recht gutes Gefühl und war mir sicher, bestanden zu haben, immerhin hatte ich seit Tagen gelernt.

»Carlie?«, hörte ich eine bekannte Stimme hinter mir rufen, als ich den Prüfungsraum verließ.

Ich drehte mich um. »Hi, Jake.«

»Ich habe dich seit Tagen nicht gesehen, wie geht es dir?«

Ich wühlte in meiner Tasche nach meinem Handy. »Gut.«

»Wie ist deine Prüfung gelaufen?«

»Ich denke, gut. Judy hat mir von deinem Problem erzählt.«

Entsetzt sah ich ihn an, mein Handy, das ich endlich gefunden hatte, ließ ich wieder in meine Tasche fallen.

»Ich werde es keinem sagen.«

Kopfschüttelnd sah ich Jake an. »Das hätte sie nicht tun dürfen.«

»Sie war plötzlich so nachdenklich, nachdem sie mit dir gesprochen hatte, und weil du in letzter Zeit auch so still bist, wollte ich wissen, was los ist. Ich kann dir versichern, es war nicht einfach, eine Antwort zu bekommen.«

»Danke«, sagte ich erleichtert. Es musste keiner erfahren, was los war, ich wollte nicht noch mehr mitleidige Blicke ernten und dauernd gefragt werden, wie es mir gehe.

Ich wollte jetzt nicht länger darüber nachdenken und sah lächelnd zu Jake. »Ihr solltet darüber nachdenken, wieder eine Beziehung zu führen.« Meine Aussage brachte ihn zum Lachen. »Ihr verbringt in letzter Zeit viel Zeit zusammen.«

»Das täuscht«, erklärte Jake und grinste. Er sah einer blonden Studentin hinterher und wandte sich dann wieder mir zu. »Willst du noch einen Kaffee trinken?«

Ich schüttelte den Kopf. »Jane ist allein bei Alina, ich sollte nach Hause.«

»Okay, aber wenn du reden willst, kannst du mich gerne anrufen.

Ich lächelte, in diesem Moment war ich froh, Jake als Freund zu haben. »Danke, wir können ja diese Woche mal einen Kaffee trinken, aber jetzt muss ich wirklich los.«

Jake nickte. »Ich erinnere dich daran.«

Gemeinsam gingen wir nach draußen und betraten eine weiße Straße.

»Oh Mist«, murmelte Jake.

Ich konnte selbst nicht fassen, dass es zu schneien begonnen hatte. Dicke Flocken landeten auf dem Asphalt und bedeckten diesen mit glitzerndem Schnee.

»Wir sehen uns.«

»Tschüss«, sagte ich und machte mich auf den Weg zur U-Bahn, um nach Hause zu fahren.

Ich lief über den Campus. Es schneite immer mehr, die Sicht war nicht besonders gut. Ein Radfahrer fuhr an mir vorbei. Ich wich gerade noch rechtzeitig aus, rutschte aber auf einer glatten Stelle aus und kam ins Stolpern. Es ging alles schneller, als ich realisieren konnte. Plötzlich streifte mich ein Auto am linken Bein. Ich wurde nach hinten gedrückt, landete erst auf meinem Hintern und schlug mit meinem Kopf auf dem Boden auf. Es wurde schwarz vor meinen Augen.

Kapitel 21

Rob

2007

Am nächsten Tag würde ich zurück zu Carlie fliegen und ich dachte immer noch darüber nach, wie ich ihr meinen Seitensprung beichten sollte.

»Was ist denn los? Du bist seit einer Weile so komisch.«

Ich sah meine Schwester an und schüttelte den Kopf.

»Er vermisst Carlie«, rief Jackson.

»Warum bist du nicht vor ein paar Tagen geflogen, so wie du es vorhattest?«

Ich stand auf und verließ die Küche, den weiteren Fragen meiner Schwester wollte ich aus dem Weg gehen. Drei Tage war mein Seitensprung mit Janine nun her, seitdem ging ich auch Alina und Jackson aus dem Weg. Gerade bei meinem Bruder hatte ich Bedenken, dass er sich erschließen könnte, was passiert war. Zu gerne hätte ich mit Jackson gesprochen, mein schlechtes Gewissen belastete mich sehr. Doch das ging nicht. Carlie musste als Erstes davon erfahren, sie sollte es unter keinen Umständen von jemand anderem hören. Die letzten Tage waren schon schwer genug für mich gewesen. Als ich vor ein paar Tagen neben Janine aufgewacht war, hatte ich meine Pläne über den Haufen geworfen. So konnte ich Carlie nicht unter die Augen treten. Natürlich musste ich ihr sagen, was passiert war. Als es passiert war, hatte ich mich jedoch so schlecht gefühlt, dass ich nicht mit ihr hatte sprechen können. Sie verdiente die Wahrheit. Ich konnte nur beten, dass sie mir verzeihen würde. Wenn ich am Abend wieder bei ihr war, würde ich ihr alles beichten.

Ich packte meine restlichen Klamotten in meinen Koffer und sah auf mein Handy. Von Carlie hatte ich seit dem Tag zuvor nichts gehört.

Ein Klopfen an der Tür riss mich aus meinen Gedanken. »Rob?« Mein Bruder.

Die Tür ging auf und vor mir stand nicht mein Bruder, sondern Carlie. Ich traute meinen Augen nicht. »Was machst du denn hier?«

»Ich wollte dich überraschen.«

Sofort nahm ich Carlie in den Arm. Es fühlte sich gut an, sie festzuhalten.

»Ist etwas passiert oder warum hast du dich ins Flugzeug getraut?«, fragte ich vorsichtig.

»Nach unserem Streit habe ich nachgedacht und mich an ein College hier in der Stadt gewandt. Kommendes Semester könnte ich mein Studium beginnen.«

Meine Augen wurden größer, damit hatte ich nicht gerechnet.

»Ich würde gerne herziehen, mit dir zusammen.«

Ich zog meine Freundin zu mir und küsste sie. Natürlich stimmte ich zu.

Kapitel 22

Rob

2007

Acht Wochen waren vergangen, seit ich mit Carlie nach New York gezogen war. Sie hatte endlich ihr Studium begonnen und war viel entspannter. Ich hatte neben meinem Studium angefangen, in der Poststelle meines Onkels zu arbeiten.

Vor meinem ersten Tag in der Kanzlei hatte ich kein gutes Gefühl und wollte absagen. Doch wie hätte ich das begründen sollen? Ich wollte Janine nicht begegnen, wollte nicht an diesen Fehler erinnert werden. Ich ging also hin, auch um noch mal mit Janine zu reden. Doch meine Angst war völlig unbegründet gewesen, sie hatte ihren Job gekündigt. Ich war erleichtert, sie nicht wiedersehen zu müssen.

Die letzten Wochen, seit wir in New York lebten, waren schnell vergangen. Wir wohnten jetzt mit Alina und Jackson zusammen. Durch einen glücklichen Zufall musste Carlie nicht, wie üblich für Erstsemester, auf dem Campus leben. Da sie sehr kurzfristig als Studentin aufgenommen worden war und ein Teil der Unterkünfte renoviert wurde, waren keine Zimmer mehr frei.

Ich stand vor der Uni und wartete auf Carlie, die gleich mit ihrer Vorlesung fertig war. Dann wollten wir noch zusammen etwas essen gehen. Carlie war viel entspannter, seit wir hier waren, es tat ihr gut, ihr Studium begonnen zu haben.

»Rob?«

Ich drehte mich um. »Was machst du denn hier?«

»Wir müssen reden.«

Schnell sah ich mich um, hoffte dass Carlie noch nicht da war. Doch ich konnte sie nicht entdecken. Ich musste Janine unbedingt loswerden. Carlie würde fragen, wer sie war, und dann würde sie vielleicht alles erfahren. Das musste ich verhindern. Sie hatte sich für ein neues Leben mit mir in einer neuen Stadt entschieden. War durch das halbe Land geflogen. Carlie würde es nicht verkraften, wenn sie von meinem Fehler wissen würde. Was sollte ich denn jetzt machen? Ich war überfordert und wusste nicht mehr, was ich denken sollte.

»Ich muss mit dir reden.«

»Du musst von hier verschwinden.«

»Es ist wichtig.«

Ich schüttelte den Kopf. »Das mit uns war eine einmalige Sache.«

Kurz erinnerte ich mich an unsere gemeinsame Nacht. Hätte ich Carlie nicht, würde ich das sicher gerne wiederholen, doch das war keine Option. »Du solltest jetzt gehen, und bitte lass mich in Zukunft in Ruhe.« Ich drehte mich und wollte sie stehen lassen. Janine musste merken, dass es mir ernst war, also ging ich weg.

»Ich bin schwanger.«

Ich blieb wie angewurzelt stehen und drehte mich zu ihr.

»Es ist von dir.«

Wieder sah ich mich um, doch es war weder Carlie noch sonst jemand zu sehen. »Das kann nicht sein.«

»Doch, es ist von dir.«

»Das musst du mir erst mal beweisen.«

»Wenn das Baby da ist, können wir gerne einen Test machen.« Sie lächelte.

Ich nickte. »Bis dahin will ich dich nicht wiedersehen.« Ich bemerkte, dass Carlie gerade das Gebäude verließ. Mein Herz pochte schneller, mir wurde schlecht. »Und jetzt verschwinde.«

Meine Freundin kam näher und winkte mir zu.

Janine sah mich entsetzt an, vermutlich hatte sie mit einer anderen Reaktion von mir gerechnet. Ich erinnerte mich, wie sie sich an dem Abend im Club Jackson angeboten hatte und sich auch von mir nicht hatte abweisen lassen. Es gab sicher viele Männer in ihrem Leben. Ich entspannte mich etwas, als sie sich umdrehte und wegging.

»Hi, Schatz.« Carlie küsste mich kurz. »Wer war das denn?«

»Sie hat nur nach dem Weg gefragt«, erklärte ich schnell. »Sollen wir etwas essen gehen?«

Meine Freundin nickte und küsste mich wieder.

Hoffentlich würde Janine nicht nochmal auftauchen, noch so eine Nummer und Carlie würde möglicherweise doch erfahren, was passiert war.

Kapitel 23

Carlie

2010

»Carlie? Carlie, geht es dir gut?«

Ich öffnete stöhnend meine Augen, mir tat alles weh.

»Oh Gott, endlich wirst du wach.« Jake kniete neben mir und sah mich an.

Ich blickte mich verwirrt um, einige Studenten hatten sich um mich versammelt. Wie waren die so schnell hier gewesen? Es waren sicher keine dreißig Sekunden vergangen, seit ich ausgerutscht war.

Ich versuchte aufzustehen. Ein stechender Schmerz fuhr durch meinen Körper, ich fasste mir stöhnend an den Kopf. An meinen Fingern war etwas Blut. Scheinbar war ich wohl härter aufgeschlagen, als ich vermutet hatte.

»Du solltest liegen bleiben, du könntest ernsthaft verletzt sein«, sagte ein junger Mann, der links neben mir kniete. »Du warst mehr als fünf Minuten nicht ansprechbar. Keine Sorge, ich weiß, von was ich rede, ich bin Medizinstudent. Mein Name ist Adam.«

»Mir ist schlecht.«

»Was ist mit deinem Bein? Kannst du es bewegen?«

Ich hob es ein wenig an und nickte.

»Scheint nicht gebrochen zu sein. So hart hat er dich auch nicht erwischt.«

»Ich wollte das echt nicht.« Hinter Adam tauchte ein weiterer Mann auf. »Du warst plötzlich vor meinem Auto und ich konnte nicht mehr bremsen, es tut mir leid.«

Die Studenten um mich herum wurden nicht weniger. Wieder versuchte ich mich aufzusetzen, doch Adam und Jake hielten mich davon ab.

»Du solltest liegen bleiben, bis der Krankenwagen hier ist.«

Ich sah Jake entsetzt an. »Nein. Ich kann jetzt nicht ins Krankenhaus, ich muss zu Jane.« Ich versuchte aufzustehen, da wurde mir wieder schwarz vor Augen und ich rutschte zurück auf den Boden.

*

Als ich meine Augen wieder öffnete, lag ich in der Notaufnahme. Ich war an Maschinen angeschlossen. Mein Bein war geschient, meinen Oberschenkel hatte man verbunden. Mein Kopf schmerzte noch immer, aber nicht mehr so schlimm. Vermutlich liefen Schmerzmittel durch den Tropf, an dem ich hing. Neben mir saß Jake, der seine Augen geschlossen hatte. »Jake?«, fragte ich vorsichtig.

Er öffnete sofort seine Augen und sah mich erleichtert an. »Endlich bist du wach.« Er stand auf und schob den Vorhang etwas zur Seite. »Sie ist wach«, hörte ich ihn rufen.

Eine junge Ärztin kam zu uns. »Miss Summers, wie geht es Ihnen?«

Ich kam gar nicht dazu, zu antworten.

»Sie haben eine starke Prellung an Ihrem linken Oberschenkel. Die nächsten Tage werden Sie beim Laufen Probleme haben und einige Wochen müssen Sie mit Schmerzen rechnen. Aber es werden sonst keine Einschränkungen auf Sie zukommen. Des Weiteren haben Sie eine starke Gehirnerschütterung, es ist in den nächsten Stunden mit Schwindel, Übelkeit und Kopfschmerzen zu rechnen. Deswegen werden Sie heute Nacht zur Beobachtung hierbleiben«, sagte sie so schnell, dass ich nichts erwidern konnte.

Ich riss meine Augen auf. »Das geht nicht. Ich muss nach Hause.«

Die junge rothaarige Ärztin schüttelte den Kopf, setzte ihre Brille ab und sagte: »Das kann ich nicht verantworten. Sie müssen beobachtet werden. Ihr Zustand könnte sich jederzeit verschlechtern. Sie werden gleich auf ein normales Zimmer verlegt, wo Sie die nötige Ruhe bekommen. Ich werde später wieder nach Ihnen sehen.« Sie drehte sich um und verschwand hinter dem Vorhang.

Ich sah zu Jake und fragte: »Kannst du mich irgendwie raus schmuggeln?«

Er lachte, schüttelte aber den Kopf.

»Wie viel Uhr ist es eigentlich?«

»Halb sechs.«

»Verdammt.«

Normalerweise hätte ich seit mindestens zwei Stunden zu Hause sein sollen. Rob machte sich sicher Sorgen um mich und versuchte mich wahrscheinlich zu erreichen.

»Könntest du mir bitte mein Handy geben?«

»Ich glaube nicht, dass du telefonieren darfst.«

»Aber ich muss doch Alina oder Rob anrufen.«

Jake nickte und erklärte mir: »Hab ich schon gemacht. Sie wollte gleich kommen, doch ich habe ihr gesagt, dass es dir gut geht und sie mit dem Kind bei euch bleiben soll.«

Ich war erleichtert. Später sollte ich Rob definitiv anrufen, um ihm zu sagen, dass es mir gut gehe und er sich keine Sorgen machen müsse.

*

Eine Stunde später lag ich auf Station Drei in einem kleinen Zimmer, zusammen mit einer älteren Frau, die schlief.

Jake war einige Minuten zuvor gegangen, weil er noch ein Date hatte. Erst hatte er bleiben wollen, aber das war nicht nötig. Er musste mir ja nicht beim Schlafen zusehen.

Jetzt lag ich in meinem Bett und hatte ein schlechtes Gewissen, dass ich es nicht zurück zu Jane geschafft hatte. Ich hatte Rob zugesichert, mich um sie zu kümmern, dass ich das nun nicht konnte, widerstrebte mir.

Erschöpft schloss ich meine Augen, nahm mir aber vor, gleich bei Alina oder Rob anzurufen und mich zu erkundigen, ob alles in Ordnung war.

*

Benommen und irritiert öffnete ich meine Augen und sah mich um. Es dauerte einige Sekunden, bis ich mich erinnerte. Ich hatte mich nicht mehr bei Alina oder Rob gemeldet. Mein schlechtes Gewissen machte sich umgehend wieder bemerkbar.

Die Tür meines Zimmers wurde geöffnet. Ich war überrascht, als Rob hereinkam. Ich lächelte.

»Du bist ja schon wach. Wie geht es dir?« Rob stellte einen Pappbecher auf einen kleinen Tisch, der neben meinem Bett stand, und nahm auf einem Stuhl Platz.

Ich setzte mich mühsam auf, ein stechender Schmerz durchzog meinen Kopf und dann mein

Bein. Es dauerte einen Moment, bis es besser wurde. Dann sah ich zu meinem Freund. »Es ist schön, dass du da bist.«

Rob trank einen Schluck aus dem Becher, verzog angewidert sein Gesicht und stellte den Becher wieder auf den Tisch. »Ich bin seit gestern hier. Als ich von Alina hörte, was passiert ist, bin ich sofort hergekommen. Ich habe aber Jake getroffen, der mir versicherte, dass es dir gut gehe. Die Nacht habe ich im Besucherbereich verbracht, weil ich nicht mehr zu dir durfte, aber in deiner Nähe bleiben wollte.«

»Es tut mir leid, dass ich nicht nach Hause konnte.«

Rob sah mich überrascht an. »Du musst dich nicht entschuldigen. Immerhin kannst du nichts dafür, dass du hier gelandet bist.«

»Ich hatte ein schlechtes Gewissen, weil ich Alina allein mit Jane gelassen habe.«

»Schon gut«, unterbrach Rob mich, »du musst dir keine Vorwürfe machen. Ich bin froh, dass dir nicht mehr passiert ist.«

Die Tür des Zimmers öffnete sich wieder, die junge Ärztin, die mich am Tag zuvor schon untersucht hatte, kam an mein Bett. Sie hatte meine Krankenakte in den Händen. »Guten Morgen, Miss Summers.« Sie lächelte und sah zu Rob.

»Guten Tag. Ich bin Dr. Green, die behandelnde Ärztin Ihrer Frau.«

Rob blickte grinsend zu mir. Keiner von uns verbesserte sie.

»Wie geht es Ihnen heute Morgen?«

»Besser«, antwortete ich, »mein Kopf tut noch immer weh und mein Bein schmerzt.«

»Ich werde Sie entlassen, aber nur wenn Sie mir versichern, dass Sie sich die nächsten Tage schonen und sich nicht anstrengen. Bleiben Sie im Bett und ruhen Sie sich aus. Sie müssen damit rechnen, dass

Ihre Kopfschmerzen schlimmer werden. Sollten Sie sich übergeben müssen, suchen Sie bitte umgehend einen Arzt auf. Ihr Bein sollten Sie ebenfalls hochlegen und nicht zu sehr belasten, in ein paar Tagen werden Sie kaum noch etwas spüren.«

Ich nickte.

»Ich werde auf sie Acht geben und dafür sorgen, dass sie im Bett bleibt«, antwortete Rob.

»Ich wünsche Ihnen gute Besserung.« Dr. Green verließ das Zimmer.

Ich war erleichtert, dass ich gehen durfte.

»Das sind doch gute Nachrichten«, sagte Rob.

»Hast du Hunger?«

Ich nickte, ich hatte seit dem vergangenenMorgen nichts mehr gegessen.

»Dann zieh dich um und wir gehen etwas frühstücken.«

Vorsichtig stand ich auf, schlug die Decke zur Seite und fragte ihn: »Was ist mit Jane?«

»Was soll mit ihr sein? Alina kann auch noch eine Stunde länger auf sie aufpassen.«

»Dann lass uns gehen.«

Ein gemeinsames Frühstück, nur wir beide. Ich freute mich, aber es hätte mich nicht gestört, wenn wir nach Hause gefahren wären und mit Jane zusammen gegessen hätten.

*

»Was möchtest du?«

Ich blickte von der Speisekarte auf und sagte:

»Ich nehme Pancakes mit Schokolade, Rühreier mit Bacon und einen Kaffee.«

»Für mich dasselbe.« Rob gab der Kellnerin die Karten zurück und lächelte.

Das kleine Diner, in dem es schien, als sei die Zeit stehen geblieben, lag nicht weit von unserer Wohnung entfernt. Die Hektik von New York blieb draußen, hier ging es ruhig und gelassen zu. Wenn wir es schafften, gingen wir hierher zum Frühstücken.

»Dir geht es wirklich gut?«

Ich nickte und trank einen Schluck von dem Kaffee, den die Kellnerin gerade in unsere Tassen gegossen hatte. »Ja, sehr gut.«

»Was hältst du davon, wenn wir mit Jane rausfahren? Der Schnee gefällt ihr bestimmt. Natürlich nur, solange du dich dazu in der Lage fühlst.«

»Das hört sich gut an. Aber musst du nicht in die Kanzlei?«

Die Kellnerin brachte unsere Bestellung, mein Magen knurrte und ich begann sofort von den Eiern zu essen.

»Es ist Samstag«, sagte Rob zwischen zwei Bissen.

Ich zuckte mit den Schultern. »Du arbeitest sonst auch jeden Samstag.«

»Ja, aber jetzt werde ich das ändern. Jetzt ist Jane da. Ich kann sie doch nicht so oft alleine lassen.«

Das versetzte mir einen Stich, doch ich wollte nicht weiter darüber nachdenken. Sondern nur hier sitzen und mit Rob frühstücken.

»Es scheint gar nicht aufzuhören zu schneien.«

Ich sah zum Fenster hinaus. »In Great Falls ist es zu dieser Zeit besonders schön.«

»Wir können hinfliegen, wenn du willst.«

Lächelnd nickte ich, diesen Vorschlag brachte Rob immer häufiger. Natürlich wollte ich wieder zu meinem Vater fahren, immerhin hatten wir uns seit Jahren nicht mehr gesehen.

»Dein Vater vermisst dich.«

»Woher willst du das wissen?«

»Carlie, du bist seine einzige Tochter, sein Kind vermisst man, das wirst du auch noch lernen.«

»Da weißt du ja so gut Bescheid.« Wie konnte er das sagen? Immerhin war er derjenige gewesen, der seine Tochter über zwei Jahre jedem verschwiegen und offenbar nicht vermisst hatte.

»Ich will nur euer Bestes.«

»Ach ja.« Ich schob mein Frühstück von mir weg und stand auf. »Das hättest du dir eher überlegen sollen.«

»Was ist denn jetzt?«, fragte er mich, als ich mir meine Jacke griff.

Ich verließ das Lokal, ich brauchte etwas frische Luft, das würde mir helfen, mich zu beruhigen.

*

Ich schmiss meine Schlüssel auf den Schrank und schlug die Tür zu. Ich war den Weg zurück in unsere Wohnung gelaufen. Die frische Luft hatte überhaupt nichts gebracht, ich hatte mich nur noch mehr aufgeregt, je länger ich über Robs Worte nachgedacht hatte. Dazu waren meine Schmerzen jetzt noch mehr.

»Rob? Carlie?«

»Alina, ich bin es.«

Meine beste Freundin kam aus der Küche, von Jane war nichts zu hören, vermutlich war sie in ihrem Zimmer und schlief. »Wie geht es dir?« Fragend sah sie mich an. »Wo ist denn Rob?«

Dieser schloss im selben Moment die Haustür auf. »Du spinnst doch.«

»Ich? Du bist derjenige, der nur noch an sich und seine Tochter denkt, ich bin dir offenbar egal.«

»Das ist nicht wahr.«

In diesem Moment brach die Wut aus mir hervor.

»Oh doch, du merkst das ja gar nicht.«

»Ähm«, sagte Alina, »wenn ihr das klären wollt, nehme ich gerne Jane mit.«

»Jane muss nicht immer zu anderen, nur weil Carlie so stur ist.«

Ich hatte keine Ahnung, was ich sagen sollte. Brachte es denn noch etwas, miteinander zu sprechen? Wir würden uns für den Moment einigen, doch der Frieden würde nicht lange anhalten.

»Jetzt beruhigt euch bitte.« Alina sah mich und ihren Bruder verzweifelt an.

»Ich bin ruhig«, fuhr Rob seine Schwester an.

»Mit Carlie kann man nicht mehr normal reden, da ist jedes Wort das falsche.«

Noch immer standen wir zu dritt im Flur, Jane schien zu schlafen. Ihr gegenüber hatte ich ein schlechtes Gewissen, sie sollte nicht mitbekommen, wie wir uns schon wieder stritten.

»Das stimmt doch gar nicht.«

»Komm schon, Carlie, ich muss mich um Jane kümmern.«.

»Das sagst du schon seit Wochen zu mir.«

Es wurde still.

Alina fühlte sich wohl völlig fehl am Platz und ich wäre am liebsten auch woanders gewesen. Doch nach einiger Zeit durchbrach sie das Schweigen. »Ich sollte gehen.« Sie griff nach ihrer Tasche.

»Ja, du hast lange genug auf Jane aufgepasst. Danke noch mal.« Rob sah seine Schwester lächelnd an.

»Du hättest ja nicht ins Krankenhaus kommen müssen«, sagte ich hart und wandte mich ab.

Für einen Moment dachte ich darüber nach, mit Alina zu gehen.

»Red doch keinen Unsinn.« Rob schnaubte verächtlich. Langsam brachte er das Fass zum Überlaufen, und er schien es nicht mal zu merken.

Es klingelte.

Wieder wurden wir still.

Es klingelte ein zweites Mal.

»Ich geh schon«, sagte Alina, als sich niemand von uns beiden rührte.

Ich hatte jetzt keine Lust auf noch mehr Menschen

und hoffte, dass es nur die Post war. Mein Kopf und mein Bein taten weh. Ich brauchte Ruhe und nicht einen solch unnötigen Streit.

»Guten Tag, ich bin Mr. Linus«, hörte ich eine unbekannte männliche Stimme, nachdem Alina die Tür geöffnet hatte.

Alina erwiderte die Begrüßung. »Guten Tag, was kann ich für Sie tun?«

»Ich bin vom Jugendamt«, erklärte er.

Entsetzt sah ich zu Rob.

Kapitel 24

Rob
2007

Ich wählte die Nummer meiner Mutter. Sie war die Einzige, mit der ich reden konnte. Mein Vertrauen in sie war groß, wenn mir jemand einen Rat geben konnte, dann war sie das. Seit Janine mir gesagt hatte, sie sei schwanger, dachte ich dauernd darüber nach. Ich wusste nicht, was ich machen sollte. Ich setzte mich auf eine Bank. Obwohl ich keine Vorlesung mehr hatte, befand ich mich noch auf dem Gelände der Uni. Obwohl der Campus noch immer gut besucht war, aktuell war es der einzige Ort, an dem ich in Ruhe telefonieren konnte. Zu Hause war die Gefahr zu groß, dass meine Geschwister oder sogar Carlie früher nach Hause kommen würden.

»Schatz, es ist schön, dass du anrufst.«

»Ich habe Mist gebaut«, erklärte ich sofort.

»Was ist denn los? Soll ich zu dir kommen?« Sie klang besorgt und ich hatte ein schlechtes Gewissen, dass ich ihr nun ein Geheimnis anvertraute und sie damit belastete.

Ich holte tief Luft.»Nein, Mom. Ich habe Carlie betrogen.«

Stille in der Leitung.

»Es war ein dummer Fehler.«, brummte ich beschämt.

»Hast du mit ihr gesprochen?«, wollte sie wissen, ich hörte wie enntäucht sie war.

»Nein.«

»Robert«, ermahnte sie mich, »du musst es ihr sagen.«

»Sie ist schwanger.«, flüsterte ich.

»Carlie?«

Ich schwieg.

»Oje, mein Junge.«

»Was soll ich denn jetzt machen?«

Sie sagte nichts.

»Carlie wird mich verlassen.«

»Du musst mit ihr sprechen, am besten sofort.«

Meine Mutter seufzte. »Wie lange weißt du es schon?«

»Sie hat es mir vor drei Monaten gesagt. Ich hab es erst nicht geglaubt. Gestern haben sich zwei Kolleginnen darüber unterhalten.«

»Als Erstes sprichst du mit Carlie«, sagte meine Mutter. »Dann redest du mit der Frau, die behauptet, es sei dein Kind. Du musst Verantwortung übernehmen.«

»Aber was, wenn Carlie mich verlässt?«

»Ich kann dir nur raten, mit ihr zu reden und ihr deine Situation zu erklären. Carlie sollte es nicht von jemand anderem erfahren. Alles weitere wird die Zeit zeigen.«

»Du hast wohl recht, ich werde es ihr sagen. Aber ich bitte dich, erzähle niemandem davon.«

»Natürlich nicht«, versicherte sie mir.

Ich konnte nur hoffen, dass Carlie mir das verzeihen würde.

Kapitel 25

Carlie

2010

Ein älterer Mann mit pechschwarzem Haar und Brille stand an der Tür. Er sah in seine Akten und wieder zu Alina. »Bin ich hier richtig bei Hanson?«

Rob drängte sich an seiner Schwester vorbei. »Guten Tag, ich bin Robert Hanson, kommen Sie doch rein.«

Ich sah zu Rob und lächelte, was er erwiderte. Für den Moment war unser Streit vergessen. Wir mussten zusammenhalten und Mr. Linus zeigen, dass es Jane gut bei uns hatte. Egal, wie sauer ich auf Rob war, Jane sollte hierbleiben. Ihr Auftauchen hatte unser Leben verändert und für viel Streit gesorgt. Dennoch wollte ich nicht, dass sie zu einer Pflegefamilie kam. Das sollte ihr erspart bleiben.

Der Mann kam Robs Bitte nach und betrat unseren Flur. »In den Akten steht nichts davon, dass Sie verheiratet sind.«

»Bin ich auch nicht. Alina ist meine Schwester.«

Rob sah zu mir. »Das ist Carlie Summer, meine Lebensgefährtin.«

Er nickte. »Gut, ich bin wegen Ihrer Tochter ... «, er blätterte durch seine Akte, » ... Jane hier. Wo ist sie?«

»Kommen Sie mit«, sagte Rob und ging in Janes Zimmer.

Ich hatte Angst davor, was dieser Besuch zu bedeuten hatte. Verzweifelt sah ich zu Alina, ich hatte meine Freundin bisher sehr selten still gesehen, doch nun war ihr jegliche Farbe aus dem Gesicht gewichen. »Carlie, meldest du dich nachher bei mir? Es ist besser, wenn ich jetzt gehe.«

Ich nickte. »Bis später.«

Alina verließ die Wohnung, ich blieb mit einem mulmigen Gefühl zurück.

Ein Besuch vom Jugendamt hatte nichts Schlimmes zu bedeuten. Das wusste ich. Gerade in dieser Situation war es völlig normal, dass sie zur Kontrolle vorbeikamen. Dennoch hatte ich Angst, dass etwas nicht stimmte.

»Und weswegen sind Sie jetzt hier?«, fragte Rob, als sie das Zimmer von Jane wieder verließen.

»Ein Kontrollbesuch.« Er sah sich um und wand sich an mich. »Und Sie sind?« Was war das denn für eine Frage? Rob hatte mich doch vorgestellt.

Ich ließ mir unseren Streit und den Ärger jedoch nicht anmerken und lächelte freundlich.

»Ich bin Carlie Summer, die Lebensgefährtin von Robert«, sagte ich und blickte zu ihm.

Er sah beunruhigt aus, lächelte aber etwas.

Mr. Linus nickte, sah wieder in seine Unterlagen. »Ach ja, Miss Summer. Wie kommen Sie mit Jane zurecht?«

»Gut.«

»Wer kümmert sich um das Kind, wenn Sie arbeiten?«

Rob sah zu mir, ich antwortete: »Ich kümmere mich um die Kleine, solange Rob in der Kanzlei ist.«

»Sie sind Studentin?« Er sah von seiner Akte auf.

Ich nickte. »Ja, in einem halben Jahr werde ich meine Abschlussprüfungen schreiben.«

Er notierte sich etwas. »Ich sehe, für das Wohl des Kindes ist gesorgt.« Er blickte sich um.

»Nun denn, ich werde in Zukunft öfter vorbeikommen.«

»Warum?«, fragte Rob nach.

»Ich bin mit dem, was ich sehe und höre, zufrieden, ich will kontrollieren, ob das auch so bleibt.«

Rob nickte. »Ich wollte da noch etwas wissen.«

»Um was geht es?«.

»Wie wird es um Jane stehen, wenn ihre Mutter aus dem Krankenhaus kommt?«. Unsicher sah Rob wieder zu dem Mann vom Jugendamt.

»Miss Morgan kümmerte sich bis jetzt trotz ihrer Krankheit sehr gut um ihre Tochter, es wird wohl so sein, dass Jane wieder zu ihr kommt.«

»Wie stehen die Chancen, dass meine Tochter bei uns bleiben kann?«

»Setzten Sie sich, sollte es so kommen, mit mir in Verbindung, dann sehen wir nach Ihren Möglichkeiten.«

Ich drehte mich um und ging in die Küche, ich kämpfte mit den Tränen. Da Rob entschieden hatte, dass er, ohne mich zu fragen, das Sorgerecht für seine Tochter auch im Falle von Janines Genesung haben wollte, wusste ich nicht mehr, was ich noch denken sollte. Ich hörte, wie die Haustür ins Schloss fiel, er war weg. Ich holte tief Luft.

»Danke.«

Fragend sah ich Rob an, der in der Tür zur Küche stand.

»Du hättest mit nur ein paar Worten dafür sorgen können, dass Jane weg muss. Ich bin froh, dass du das nicht getan hast.«

»Was denkst du denn von mir?«, fragte ich aufgebracht. »Es kommt mir so vor, als würdest du mich gar nicht kennen.«

»In den letzten Tagen fiel es mir schwer, dich zu verstehen.«

»Das geht mir momentan auch so mit dir.«

»Was soll das denn heißen?«, fragte Rob genervt.

»Jetzt hast du nachgefragt, ob Jane für immer bei uns bleiben kann, ohne mit mir darüber zu reden.«

»Sie ist meine Tochter, natürlich will ich, dass sie bei mir bleibt.«

»Deine Tochter, für die du dich die letzten Jahre nicht interessiert hast.«

»Aber doch nur, weil ich dich nicht verlieren wollte.«

Ich sah ihn wieder an und sagte: »Aber jetzt tust du alles dafür, dass es passiert.«

Robs Augen wurden größer. »Carlie.«

Ich schüttelte den Kopf, der immer mehr schmerzte. »Ich werde gehen«, sagte ich und ließ ihn stehen.

*

Erst als ich draußen war, konnte ich wieder durchatmen. New York war zu dieser Zeit traumhaft. Ich sah zum Himmel, ein paar kleine Schneeflocken fielen auf mich. Es war viel zu schnell Winter geworden. Die letzten Wochen waren wie im Flug vergangen.

Ich warf einen kurzen Blick nach oben zu unserer Wohnung, doch ich erwartete nicht, dass Rob mir folgen würde. Also entschloss ich mich dazu, einen kleinen Spaziergang zu machen. Ich musste einen klaren Kopf bekommen.

Ich fror, weil ich keine Jacke mitgenommen hatte, ich wollte allerdings nicht schon nach Hause gehen. Rob und ich brauchten beide Zeit für uns. Ich fühlte mich von Tag zu Tag schlechter. Bisher war ich im Winter immer am glücklichsten gewesen. Vor dreiundzwanzig Jahren war ich während eines Schneesturmes auf die Welt gekommen. In Montana war diese Jahreszeit sehr lang und hatte es in sich. Im Winter war mir bisher immer nur Gutes widerfahren, es war alles harmonisch und friedlich. Wenn es auf Weihnachten zuging, waren die Menschen gelöster und schienen ihre Probleme für den Moment zu vergessen. Das wünschte ich mir für jetzt.

Trotz der Schmerzen in meinem Bein lief ich ziellos durch die Straßen, in einem Park beobachtete ich Kinder, die mit ihren Eltern spielten. Verliebte Paare, die glücklich wirkten, schlenderten an mir vorbei. Ich sah Mütter und ihre Töchter, die sich unterhielten und lachten.

In diesem Moment, in dem mein Leben eine Achterbahnfahrt der Gefühle war, vermisste ich meine Mutter unheimlich. Auch wenn schon fast fünf Jahre seit ihrem Tod vergangen war, so war ich noch nicht darüber hinweg. Wie gerne hätte ich ihre Stimme gehört, einen Rat von ihr bekommen.

Meine Mum hätte sich vermutlich längst in ein Flugzeug gesetzt, mit Rob und mir gesprochen und uns gesagt, wie kindisch wir uns verhielten. Leider würde das nicht passieren. Ich musste da alleine durch und wusste nicht, ob ich stark genug war. Meine glückliche Welt, die ich mir in den letzten Jahren aufgebaut hatte, war eingestürzt und ich wusste nicht, mit welchem Stein ich beginnen musste, um sie aufzubauen. Ich wusste nur, dass Rob und ich uns tief in einer Sackgasse befanden und den Weg zurück nicht fanden. Sicher regte er sich auf, weil ich gegangen war. Mir wurde kälter, doch ich wollte nicht nach Hause gehen, ich hatte viel zu große Angst vor dem nächsten Streit.

Ich hatte gar nicht bemerkt, wie weit ich gelaufen war. Plötzlich stand ich vor dem Hochhaus, in dem Amy und Jackson wohnten, und beschloss, mich bei den beiden etwas aufzuwärmen.

An dem Pförtner vorbei ging ich zu den Fahrstühlen und fuhr nach oben, wenig später stand ich vor ihrer Tür und klingelte.

»Carlie«, Amy sah mich überrascht an, »komm rein.« Sie griff nach meiner Hand, als ich nicht sofort reagierte, und sah mich besorgt an. »Du bist ja eiskalt. Komm, ich mach dir einen Tee.« Sie führte mich ins Wohnzimmer, wo ich mich auf das Sofa setzte und wartete, bis sie wieder zurückkam.

Die warme Luft tat auf meiner Haut weh.

»Carlie«, sagte Jackson, »was ist passiert? Müsstest du nicht im Bett sein? Ich habe von deinem Unfall gehört.«

»Wir haben gestritten«, erklärte ich den beiden und bemerkte, wie sie einander ansahen.

»Ich habe dir heißes Wasser einlaufen lassen«, meinte Amy. »Das wird dir guttun, komm mit.«

Ich nickte und stand wieder auf, um ihr ins Badezimmer zu folgen.

»Soll ich dir helfen?«

Ich fühlte mich zu schwach, daher war ich dankbar für ihr Angebot und nickte.

Sie half mir, mich auszuziehen und war auch dabei, als ich mich ins heiße Wasser setzte.

Meine Haut begann zu brennen und zu jucken, es dauerte, bis ich mich daran gewöhnte, langsam taute ich wieder auf.

»Wie geht es dir?«

Ich sah Amy an. »Nicht gut.«

»Du kannst solange hierbleiben, wie du willst. Nach dem Bad wirst du dich ins Bett kuscheln und schlafen. Dann wird es dir besser gehen.«

»Danke.«

»Du musst dich nicht bedanken«, Amy lächelte, »ich werde dich jetzt etwas alleine lassen. Du kannst mich jederzeit rufen.«

Ich nickte, dann verließ sie das Badezimmer.

*

Als ich meine Augen öffnete, war es draußen schon wieder hell. Die Nacht in dem Gästezimmer von Amy und Jackson hatte mir gutgetan. Meine Kopfschmerzen waren verschwunden, mein Bein tat noch weh, doch damit konnte ich leben.

»Du wirst nicht zu ihr gehen«, hörte ich Jackson aufgebracht sagen.

»Sie ist meine Freundin«, vernahm ich Robs Stimme.

Das durfte doch jetzt nicht wahr sein. Warum war er hier? Ich wollte ihn jetzt nicht sehen. Zu groß war meine Angst vor dem nächsten Streit.

»Ja«, erwiderte Jackson. »Ist dir klar, was du angerichtet hast? Sie ist gestern stundenlang durch die Kälte gelaufen, stand dann völlig durchgefroren vor unserer Tür. Ich habe sie die halbe Nacht weinen hören. Ich werde dich nicht zu ihr lassen.«

Es war kurz still, schließlich antwortete Rob:

»Du hast doch keine Ahnung. Erst ihr Unfall, dann stand das Jugendamt vor der Tür. Denkst du, ich wollte, dass es so kommt? Ich dachte, sie geht zu Alina, ich hätte nie vermutet, dass sie lieber in der Kälte ist als bei mir.«

»Du wirst jetzt nach Hause gehen.«

Ich war froh, dass Jackson so reagierte und seinen Bruder nicht zu mir durchließ. Allerdings hatte Rob recht, erst der Unfall, dann das Jugendamt, das war zu viel gewesen. Die letzten beiden Tage waren überhaupt nicht gut gelaufen. Die Umstände hatten zu dem Streit geführt.

Langsam stand ich auf und öffnete die Tür.

Amy, Jackson und Rob waren im Wohnzimmer und sahen mich an. Alle drei wirkten besorgt.

Rob kam auf mich zu. »Ich hatte Angst um dich«, sagte er mir und zog mich in seine Arme.

»Tut mir leid«, flüsterte ich und fragte mich, warum ich mich entschuldigte.

»Komm bitte mit mir nach Hause. Ich will, dass du bei mir bist.« Rob sah mich wieder an. Er wirkte traurig.

»Ich weiß nicht, ob das eine gute Idee ist. Vielleicht würde uns etwas Abstand guttun.«

»Nein. Erinnere dich an unser Gespräch auf dem Dach. Wir werden das schaffen.«

»Ich komme mit dir.«

Rob lächelte.

Jackson sah nicht begeistert aus, auch Amy schüttelte den Kopf.

»Ich verspreche dir, dass ich ab jetzt über alles mit dir reden werde. Wir werden das schaffen.«

Hoffentlich.

Kapitel 26

Carlie

2010

Ich saß in der Bibliothek, versuchte, mich auf die letzte Prüfung dieses Semesters vorzubereiten. Zu Hause hatte ich dazu keine Ruhe.

»Hi.« Der Stuhl neben mir wurde zur Seite gezogen, ich blickte auf und sah in das Gesicht eines jungen Mannes, den ich nicht kannte. Ich schaute mich um. Es waren noch viele Plätze frei, warum setzte er sich neben mich?

»Hallo«, erwiderte ich und schaltete die Musik ab, die ich über meine Kopfhörer hörte.

»Ich wollte mich bei dir entschuldigen.«
Meine Augen wurden größer. Ich fragte mich, ob ich ihn schon mal gesehen hatte. Er kam mir nicht bekannt vor. Ich hatte absolut keine Ahnung, wo ich ihn einordnen sollte.

Er lachte. »Du weißt gar nicht, wer ich bin?«

»Nein«, ich schüttelte den Kopf, »tut mir leid.«
Ein kleines Lächeln entstand in seinem Gesicht.

»Ich bin Marc. Ich habe dich angefahren. Wie geht es dir?«

»Gut.« Ich sah ihn mir genauer an. Eine Woche war seit dem kleinen Unfall vergangen. An die Momente danach erinnerte ich mich so gut wie gar nicht, daher war das nicht verwunderlich.

Marcs Lächeln wurde breiter. »Was macht dein Bein? Ich wollte mich schon eher entschuldigen, hab dich aber nicht gesehen.«

»Die Schmerzen sind so gut wie verschwunden, der Bluterguss ist fast verschwunden. Die Gehirnerschütterung ist auch ohne Folgen geblieben. Es ist also wirklich alles wieder gut.«

»Ich bin echt erleichtert. Nachdem ich dich in den ersten Tagen nicht gesehen hatte, bekam ich Angst, es könnte dir schlecht gehen. Dann habe ich mit deinem Freund gesprochen.«

Fragend sah ich ihn an.

»Jake sagte mir, dass es dir gut gehe, du aber viel Stress hättest und aktuell recht unregelmäßig zur Uni kämst.«

»Ich war nur eine Nacht zur Beobachtung im Krankenhaus. Es war wirklich nicht schlimm.«

Marc schüttelte den Kopf, seine braunen kurzen Locken wippten etwas auf und ab. »Doch, natürlich war es das. Ich habe dich angefahren, es hätte so viel passieren können.«

»Mach dich deswegen nicht verrückt. Es ist nichts passiert.« Ich lächelte. »Es gibt Schlimmeres im Leben, glaub mir.«

»Jemanden anzufahren stand nicht auf der Liste mit Dingen, die ich unbedingt mal machen wollte.« Er lachte. »Du sagst zwar, es war nicht schlimm. Dennoch würde ich dich gerne auf einen Kaffee einladen, um mein schlechtes Gewissen etwas zu erleichtern. Hättest du Zeit?«

Ich sah zur Uhr. In einer Stunde wollte ich zu

Hause sein. Diese sollte ich lieber mit Lernen verbringen, allerdings wusste ich, dass ich mich kaum konzentrieren konnte, daher sagte ich kurzerhand zu.

*

Eine Viertelstunde später saß ich mit Marc in dem kleinen Café, das sich auf dem Campus des Universitätsgeländes befand. Wir hatten beide einen Cappuccino bestellt, ich aß einen Muffin dazu und Marc einen Brownie.

Wir saßen am Fenster und konnten in einen Park sehen. Ich mochte das Gelände hier sehr, es war grün und es gab viele Bäume. Auch wenn die Uni ein hektischer Ort war, fühlte ich mich hier wohl.

Draußen schneite es schon wieder, nachdem die Vorlesungen nachmittags vorbei und die meisten Studenten weg waren, sah man oft viele Kinder auf den Wiesen spielen. Auch heute bauten einige einen Schneemann und veranstalteten Schneeballschlachten.

»Was studierst du?«, fragte mich Marc.

»Sozialpädagogik. Ich will mit Kindern und Jugendlichen arbeiten, die ein oder beide Elternteile verloren haben. Und du?«

»Ein sehr verantwortungsvoller Beruf, das ist gut. Agrarwissenschaft, ich möchte etwas verändern. Auch unsere Enkel sollen noch eine lebenswerte Welt bewohnen. Ich will Lösungen finden, wie wir das Klima verbessern können. Die meisten denken, es ginge dabei nur um die Landwirtschaft, doch da gibt es so viel mehr und das reizt mich«, sagte er begeistert und seine Augen funkelten.

»Das klingt interessant.«

»Es hat einige Jahre gedauert, bis ich wusste, was ich genau möchte. Daher habe ich erst spät mit dem Studium begonnen.«

»Es ist nur wichtig, dass du weißt, was du willst, nicht, wann du damit beginnst. Ich habe auch etwas später begonnen.« Ich lächelte und aß von meinem Muffin.

Marc trank von seinem Cappuccino. »Mein Vater arbeitete in einem großen Konzern, in dem es um Ölförderung geht. Ich wollte jahrelang nichts anderes als auch dort zu arbeiten. Doch dann habe ich schnell gemerkt, dass es nichts für mich ist, ich nicht die Welt zugrunde richten möchte. Ich habe mich dann nach drei Semestern für dieses Studium entschieden.«

»Ein mutiger Schritt.«

Marc nickte und schnappte sich ein Stück von meinem Muffin. »Ja, erst habe ich es meiner Mom erzählt, danach meinem Dad, vor seiner Reaktion hatte ich große Angst. Er hatte viel dafür getan, dass ich zu ihm in die Firma konnte, und dann will ich kündigen und etwas anderes machen. Aber er hat völlig locker reagiert und mich in allem unterstützt.« Nun schob er mir seinen Teller zu, auf dem noch ein Stück von seinem Brownie lag, das ich sofort aß. »Nur dass ich extra nach New York ziehen musste, fiel mir schwer.«

»Wo kommst du eigentlich her?«

»Fort Peck in ... «

»Montana.« Ich lachte. »Ich komme ursprünglich aus Great Falls.« Ich war noch nie in Fort Peck gewesen, sondern kannte den Ort und den See nur von Bildern. Mein Vater hingegen war jahrelang im Sommer zum Angeln hingefahren.

Auch Marc lachte. »Dann kannst du sicher verstehen, was mich an New York stört.«

Ich nickte. »Es sind zu viele Menschen hier.«

»Und Autos und zu wenig freies Land. Ich bin wirklich froh, wenn ich über Weihnachten nach Hause komme, ich genieße die Zeit dort richtig.«

»Das glaube ich dir. Im Winter vermisse ich meine Heimat am meisten.«

»Du fährst nicht regelmäßig nach Montana?«

Ich schüttelte den Kopf und erklärte: »Meine Mom starb kurz nach meinem achtzehnten Geburtstag und ich habe mich einige Monate später mit meinem Dad zerstritten.« Ich stockte und sah Marc an, dann zuckte ich mit den Schultern. »Es ist etwas kompliziert.«

»Ich verstehe.« Er legte seine Hand auf meine und lächelte. »Glaub mir, irgendwann wird es wieder besser. Verbringst du Weihnachten in New York?«

Ich schüttelte den Kopf. »Nein. Ich fahre raus aufs Land in ein kleines Ferienhaus.«

»Okay, sonst hätte ich dir vorgeschlagen, mich zu begleiten, damit du hier nicht allein sein musst.«

Ich lächelte. Auch wenn ich Marc gar nicht kannte, hätte ich sein Angebot gerne angenommen. Mir graute es vor den Feiertagen. Zu groß war meine Angst vor Streit mit Rob. Wir würden zwei Wochen auf engstem Raum mit seinen Geschwistern verbringen. Ich hoffte, dass wir diese Zeit friedlich verbringen würden, glaubte aber kaum daran. Zurück nach Montana zu fliegen hörte sich hingegen sehr verlockend an.

Marc durchbrach die kurze Stille. »Möchtest du noch etwas trinken?«

Ich sah zu meiner Tasse, die leer war, und nickte.

Marc signalisierte der Kellnerin, dass wir nochmal dasselbe wollten, und schaute mich dann wieder an. »Studierst du dieses Fach, weil deine Mom gestorben ist?«

»Nicht nur. Ich wusste schon früh, dass es etwas Soziales sein soll. Nach dem Unfall meiner Mutter kam ein Sozialarbeiter im Krankenhaus zu mir, um mit mir zu reden. Daraufhin kam dann der Wunsch in mir auf, dass ich für Kinder und Jugendliche da sein möchte. Ich denke, gerade durch meine eigenen Erfahrungen kann ich für die Betroffenen eine große Hilfe sein.«

»Ich glaube, dass du erfolgreich sein wirst«, sagte Marc, nachdem die Kellnerin unsere neuen Getränke vor uns abgestellt hatte.

*

»Was sagst du dazu?«

Ich sah zu Marc und schüttelte den Kopf.

»Laura mag rosa, einen ähnlichen hat ihr unser Bruder geschenkt.«

Ich konnte mir nur schwer vorstellen, dass ihr der Pullover mit weißen Rüschen an Kragen und Ärmeln gefallen würde. Dazu waren auf der Brust unzählige rote Herzen aufgedruckt.

Auch wenn sie so einen schon besaß, hieß das nicht, dass er ihr ernsthaft gefiel. Er sah scheußlich aus, sicher für ein kleines Mädchen süß, aber nichts für eine erwachsene Frau. Ich musste Marc klar machen, dass dies nicht das Richtige für seine Schwester war. »Das sieht wirklich schrecklich aus.«

Er schaute sich den Pullover ein weiteres Mal an und nickte. Dann hängte er ihn wieder zurück und sah sich erneut um.

Wir waren in einem großen Kaufhaus und suchten nach einem Weihnachtsgeschenk für seine Schwester. Es war nun schon das dritte Geschäft, in dem wir nach einer Kleinigkeit suchten. Als wir das kleine Café verlassen hatten, hatte Marc gefragt, ob ich noch kurz mitkommen wolle, und ich hatte zugesagt. Auch wenn ich nur vorgehabt hatte, einen Kaffee mit ihm zu trinken und dann nach Hause gehen wollte, tat es mir gut, mich abzulenken. Es war nun schon das dritte Geschäft, in dem wir nach einer Kleinigkeit suchten.

»Du sagtest doch, sie mag Elefanten«, sagte ich zu Marc, der die ganze Zeit die Melodie der Kaufhausmusik summte.

»Ja, sie hat unzählige.«

»Schenk ihr vielleicht ein Fotobuch von einer Safari in Afrika. Oder eine DVD davon. Frag in eurem örtlichen Kino nach, ob ihr sie dort ansehen könnt, dann ist es besonders.«

Marc nickte grinsend. »Das ist eine gute Idee. Ich schenke ihr zu Weihnachten nur etwas Kleines und fahre dann ein paar Tage später mit ihr in die Stadt. Unsere Eltern, unser Bruder und einige Freunde könnten schon im Kino sein. Ich kenne den Besitzer des Kinos, da lässt sich bestimmt etwas organisieren. Das wird ihr sicher gefallen.«

»Das hört sich noch besser an.«

Marc kam ein paar Schritte auf mich zu und zog mich in seine Arme. »Danke.« Er drückte mir einen Kuss auf die Wange und sah mich freudestrahlend an.

Ich lächelte ebenfalls.

Wir kannten uns erst einige Stunden, dennoch schien es mir, als würden wir uns schon ewig kennen. Wir lösten uns wieder voneinander. Marc war ein sympathischer junger Mann, der mich in den letzten Stunden oft zum Lachen gebracht hatte.

»Ich muss jetzt langsam gehen«, Marc sah auf seine Uhr. »Ich treffe mich noch mit einem Freund zum Lernen.«

Auch ich sah zur Uhr. Es war schon kurz nach sechs. Ich hatte eigentlich seit Stunden zu Hause sein wollen, aber völlig die Zeit aus den Augen verloren. Hoffentlich war Rob nicht sauer.

Gemeinsam verließen wir das Geschäft. Es schneite noch immer, die eisige Luft wehte in mein Gesicht. Ich zog meine Wollmütze etwas tiefer.

»Soll ich dich nach Hause begleiten?«

Ich schüttelte den Kopf. »Musst du nicht, aber danke.«

»Okay.« Er nickte. »Ich hoffe, wir sehen uns bald wieder. Du hast meine Nummer, du kannst mich gerne anrufen.«

»Ja.« Auch wenn ich den Nachmittag mit ihm genossen hatte, würde ich mich vermutlich nicht bei ihm melden. »Ich wünsche dir ein schönes Weihnachtsfest.«

»Danke, ich hoffe, dass du die Feiertage auch genießen kannst.« Er zog mich erneut in seine Arme. »Ich berichte dir, wie das Geschenk Laura gefallen hat.« Er küsste mich erneut auf die Wange und stieg in ein gelbes Taxi, das gerade vor uns gehalten hatte.

*

Eine Viertelstunde später öffnete ich die Wohnungstür, einige Sekunden später kam Rob aus der Küche. »Wo bist du denn gewesen?«

»Ich war einen Kaffee trinken. Mit Marc.«

Rob sah mich fragend an.

»Der mich angefahren hat. Er stand plötzlich vor mir und meinte, er wolle sich entschuldigen.« Ich erzählte ihm bewusst nicht, dass wir den ganzen Mittag zusammen verbracht hatte.

Rob nickte. »Ist doch nett von ihm.« Er drehte sich wieder um und ging zurück in die Küche.

»Du hättest dich aber melden können, ich habe mit dem Essen gewartet.«

»Der Akku von meinem Handy war leer«, log ich. Dass ich nicht an Rob oder zuhause gedacht hatte, konnte ich ihm nicht sagen. In unserer aktuellen Situation hätte das nur zu einem Streit geführt, auch wenn ich nichts Verbotenes getan hatte.

Kapitel 27

Rob

2007

Ich schüttelte immer wieder den Kopf, als ich den Brief las. Die letzten Monate hatte ich gehofft, dass das alles bald ein Ende haben und ich nicht an die Nacht mit Janine erinnert werden würde. Doch nun hielt ich in meinen Händen die Bestätigung, dass Jane meine Tochter war. Ich würde für den Rest meines Lebens an diesen Fehler erinnert werden. Mit der ganzen Situation war ich so überfordert, dass ich mir in den letzten Monaten eingeredet hatte, das nichts passiert war. Ich war so überzeugt gewesen, nicht der Vater zu sein, dass ich meine Mutter angerufen und ihr gesagt hatte, dass sie sich keine Gedanken machen müsste. Janine sei definitiv nicht von mir schwanger, ich hatte ihr sogar versichert, dass Carlie Bescheid wisse und mir verziehen habe. Ich war beruhigt, als mir meine Mutter versichert hatte, Carlie nicht darauf anzusprechen. Wie sollte ich das denn alles erklären? Sie wusste nicht, was passiert war, das musste auch so bleiben. Mittlerweile war so viel

Zeit vergangen. Ich hätte von Anfang an ehrlich sein müssen. Jetzt hatte ich keine Hoffnung mehr, dass meine Freundin mir verzeihen würde.

Ich würde für Jane sorgen, seit dem Test hatte ich darüber nachgedacht, wie ich es anstellen musste, damit ich meinen Pflichten nachkam, ohne dass jemand davon erfuhr. Ich hatte ein weiteres Konto eingerichtet, auf das würde ich den Unterhalt zahlen und es von dort aus dann an Janine überweisen. Sollte Carlie also irgendwann meine Kontoauszüge sehen, würde sie von einem Dauerauftrag lesen, aber nicht erfahren, um was es ging und an wen es wirklich überwiesen wurde. Sollte sie nach dem Dauerauftrag fragen, würde mir schon was einfallen.

Mir war klar, dass ich mich mit dieser Aktion weiter in Lügen verstrickte, doch das war egal. Wir waren glücklich und das wollte ich nicht verlieren.

Nach meiner Arbeit machte ich mich auf den Weg zu Janine. Wir würden alles Wichtige besprechen und uns dann nicht mehr persönlich begegnen. Ich wollte mit ihr und dem Kind nichts zu tun haben. Unterhalt würde ich bezahlen, mehr nicht.

»Rob, schön, dass du da bist. Komm rein.« Sie wirkte müde, sah aber dennoch gut aus.

Ich wollte kein langes Gespräch mit ihr führen, also kam ich gleich zum Punkt. »Die Ergebnisse sind da, du hattest recht.«

»Natürlich hatte ich das. Möchtest du etwas trinken?«

Ich schüttelte den Kopf, ich wollte nicht lange bleiben, denn ich war noch mit Carlie verabredet.

»Möchtest du denn Jane sehen?«

»Ich will nur besprechen, wie das in Zukunft laufen wird.«

Janine nickte.

»Ich werde dir monatlich den Unterhalt bezahlen, der dir zusteht. Falls dir etwas fehlt oder du etwas brauchst, sag mir das. Ich komme meinen Pflichten nach.«

»Wie oft willst du Jane sehen?«

»Gar nicht.«

Janine schüttelte immer wieder den Kopf und sagte: »Das kann doch nicht dein Ernst sein, sie ist deine Tochter.«

»Ich will nicht, dass Carlie etwas davon erfährt.«

Ihre Augen wurden größer. »Sie weiß es noch immer nicht? Wie stellst du dir das vor? Irgendwann wird Jane nach dir fragen, sie wird wissen wollen, wer ihr Vater ist.«

»Darüber mache ich mir jetzt noch keine Gedanken.«

»Wenn du Jane nicht sehen möchtest, will ich auch kein Geld von dir.«

»Ich denke nicht, dass das vernünftig ist.« Wie wollte sie denn alles bezahlen?

Janine zuckte mit den Schultern. »Das lass mal meine Sorge sein. Wenn du irgendwann zur Vernunft kommst, kannst du dich melden.«

In den letzten Monaten hatte sie mir immer wieder gesagt, dass ich mich kümmern müsste. Und nun wollte sie gar nichts von mir? Hoffentlich konnte ich mich darauf verlassen. So würde Carlie nichts erfahren.

Kapitel 28

Carlie

2010

Am späten Nachmittag des 23. Dezember parkten wir vor dem Ferienhaus, in dem wir die Feiertage mit Robs Geschwistern verbringen würden. Bis zum Morgen war es nicht sicher gewesen, ob wir überhaupt fahren konnten. Da wir den Bundesstaat hatten verlassen wollen, brauchten wir erst das Einverständnis vom Jugendamt. Nun, da Jane bei uns war, war einfach verreisen nun nicht mehr möglich.

Ich war froh, dass es geklappt hatte. Vielleicht würden wir auf dem Land etwas zur Ruhe kommen und wieder zueinander finden.

Eigentlich verbrachte Robs ganze Familie das Fest zusammen. Im letzten Jahr hatten wir alle bei seinen Eltern in New Orleans gefeiert. Doch sein Vater Peter hatte einen Job in Rom angenommen und schon im Sommer war klar gewesen, dass das große Fest ins Wasser fallen würde.

Als die leiblichen Kinder von Peter und Carla dann verkündet hatten, dass sie ebenfalls nicht kommen würden, hatten Jackson und Alina vorgeschlagen, nur zu viert zu feiern. Wir hatten ein Häuschen am See gemietet, in dem wir im Sommer schon eine Woche verbracht hatten, und uns auf ein kleines Fest gefreut. Das würde nun doch etwas größer werden.

Amy war mit dabei und sogar Brian hatte verkündet, mit uns feiern zu wollen. Noch immer wunderte mich das. In all den Jahren war dies das erste Weihnachten, dass er mit zu Alinas Familie kam und sie während der Feiertage zusammen waren.

Vor ein paar Tagen hatte mir Alina gesagt, dass Einiges anders sei. Sie redeten mehr und sprachen auch über ihre Zukunft. Seit Brian aus Las Vegas zurück war, stritten beide nicht mehr und waren glücklich. Einerseits hoffte ich, dass dies lange halten würde. Auf der anderen Seite hatte ich Angst um meine Freundin. Sie war schon zu oft traurig wegen Brian, hoffentlich würde er ihr nicht das Herz brechen.

Rob und ich hatten geredet und beschlossen, dass wir neu beginnen wollten. Ich hatte ihm zugesichert, dass ich ihn unterstützen würde. Erst hatte ich mich nur mittags um seine Tochter gekümmert. Vor vier Tagen hatten die Semesterferien begonnen, jetzt kümmerte ich mich den ganzen Tag um sie. Wir hatten uns mittlerweile gut eingespielt und meisterten den Tag ohne Probleme.

Das konnte ich von Rob und mir leider nicht behaupten. Sobald er am Abend nach Hause kam, aßen wir zusammen und er brachte Jane ins Bett, wenn er es überhaupt rechtzeitig schaffte. Es war einige Male vorgekommen, dass Rob erst nach neun dagewesen war und Jane gar nicht gesehen hatte.

Doch egal, ob er nun früh oder spät zu Hause war, wir konnten nichts miteinander anfangen. Wir erzählten uns das Wichtigste vom Tag, dann sahen wir fern oder Rob arbeitete noch. Das machte mir große Sorgen. Wie sollten wir neu starten und an unserer Beziehung arbeiten? Wenn wir jedem Gespräch und einer möglichen Lösung aus dem Weg gingen? Vermutlich ging es ihm wie mir und er wollte auch nicht mehr streiten.

Rob holte unsere Koffer aus dem Auto. »Ich freue mich auf die nächsten Tage.«

Ich lächelte und folgte meinem Freund.

Als wir das Haus betraten, kam mir ein vertrauter Geruch von Weihnachten entgegen. Der Duft von Zimt und Nelken stieg in meine Nase. Ein Lächeln breitete sich auf meinem Gesicht aus. Im ersten Moment dachte ich, Carla sei doch hier und würde Plätzchen backen, so wie sie es sonst immer tat. Doch das konnte nicht sein. Sie hatte erst gestern aus Europa angerufen.

Jackson tauchte im Hausflur auf, um uns zu begrüßen.

»Es duftet himmlisch«, sagte ich.

»Dank Amy. Mom hat uns ihre Rezepte geschickt.«

Ich sah mich um.

Das ganze Haus war geschmückt. Die vier waren verrückt, dass sie die Dekoration mitgenommen hatten.

Ein warmes Gefühl breitete sich in meiner Brust aus. Automatisch griff ich nach Robs Hand und drückte sie.

Er sah zu mir und lächelte.

Je näher wir dem Wohnzimmer kamen, desto lauter wurden die Stimmen, die zu hören waren. Wir betraten den großen Raum, in dem schon der Kamin brannte. In der Mitte des Raumes stand ein graues Sofa, dahinter führte eine Treppe nach oben zu den Schlafzimmern.

Alina und Brian saßen auf der Couch, er hatte den Arm um seine Freundin gelegt, ihr Kopf ruhte auf seiner Schulter. Es war ungewohnt, die beiden so vertraut zu sehen.

Wir setzten uns mit auf das Sofa.

Alina legte ihr Handy zur Seite und sah uns an. »Ich hab mit Becky telefoniert. Es geht ihr wohl nicht so gut, Jordan hat die Scheidung eingereicht. Vielleicht hätten wir zu ihr fliegen sollen.«

»Das wollte sie doch nicht«, antwortete Rob seiner Schwester.

»Ich hab dennoch ein schlechtes Gewissen.« Alina sah traurig aus. Im Sommer, nachdem ihre Schwester eine Fehlgeburt hatte, war sie für einige Wochen zu ihr geflogen.

Auch ich hätte Becky gerne gesehen, doch ich konnte verstehen, dass sie lieber alleine war.

»Daddy?«

Wir sahen alle zu Rob und Jane.

»Was ist, mein Engel?«

»Ich bin müde«, sagte Jane und gähnte.

Jackson erhob sich und sagte lächelnd: »Dann zeige ich euch euer Zimmer.«

Rob nickte, stand mit Jane auf und folgte seinem Bruder nach oben in den zweiten Stock.

Ich blieb unten bei dem Rest der Familie sitzen.

»Wie geht es dir?«

»Gut«, ich sah zu Alina, »es geht mir wirklich gut. Ich komme besser damit zurecht.«

»Er hat Angst, dich zu verlieren.«.

»Und das zu Recht«, mischte sich Amy ein.

»Ich hätte ihn schon längst verlassen.«

»Du kennst ihn doch gar nicht«, zischte Alina ihre zukünftige Schwägerin an. »Er hat einige Fehler gemacht, das wissen wir. Aber du kannst das nicht beurteilen. Rob und Carlie sind seit so vielen Jahren ein Paar, die beiden ... «

»Jetzt lasst gut sein«, unterbrach ich sie. » Wir versuchen uns zu arrangieren, entweder klappt es oder nicht, das werden wir dann sehen.« Dann stand ich auf und ging nach draußen. Ich setzte mich auf einen Stuhl und sah in den Garten, der schneebedeckt friedlich vor mir lag.

Im Sommer hatte ich mit Rob hier gesessen, wir hatten uns an die vergangenen Jahre erinnert und einen Blick in die Zukunft gewagt. Es war ein schöner Abend gewesen. Rob hatte gesagt, er würde gerne eine Familie mit mir gründen und in einem großen Haus mit Garten, Hund und vielen Kindern leben. Damals hatte er gesagt, dass wir erst in unseren Berufen Fuß fassen sollten und dann erst an Kinder denken sollten. Obwohl er da schon längst Vater war.

Ich dachte an das, was sich in den vergangenen Monaten alles verändert hatte.

Jackson hatte letztes Weihnachten erzählt, dass er nach Los Angeles gehen würde. Nun war er wieder in New York, verlobt, und würde bald Vater von Zwillingen werden. Alina war traurig gewesen, weil Brian in New York geblieben war, hatte die Beziehung endgültig beenden wollen. Nun saßen beide auf dem Sofa und lachten. Nick, der älteste Sohn von Peter und Carlie, hatte berichtete, dass er und seine Frau Lucy nach Italien fliegen würden. Um dort zu arbeiten und in dieser Zeit alles in die Wege zu leiten, um ein Kind zu adoptieren. Vor zwei Monaten waren sie Eltern geworden. Becky ließ sich scheiden und lebte mit ihren beiden Söhnen allein in Las Vegas.

Nicht nur die Leben von Rob und mir hatte andere Wege genommen.

Ich stand auf und schlenderte durch den Garten.

Wenn man etwa fünfhundert Meter weit ging, kam man an einen kleinen See, den man innerhalb von zehn Minuten umrunden konnte.

Im Sommer hatte ich mit Rob am Abend auf dem Steg gesessen, meine Füße in das kalte Wasser gestreckt und den Sonnenuntergang angesehen.

Ich setzte mich auf eine schneefreie Stelle auf den oberen Teil des Steges und ließ meine Beine baumeln. Das Wasser stand recht tief, sodass ich keine Bedenken haben musste, meine Füße könnten nass werden.

Wehmütig dachte ich an die kommende Zeit. Alles war schon lange geplant. Unser Roadtrip ging im Sommer durch Vermont. Dann würde ich für vier Monate ein Praktikum im Krankenhaus in New York machen, um danach eine feste Anstellung zu bekommen. Ich hatte mich so darauf gefreut und nun hatte ich fast gar nicht mehr daran gedacht. Auch unser jährlicher Roadtrip stand in den Sternen. In der aktuellen Situation wollte ich keine zwei Wochen mit Rob durch einen neuen Bundesstaat fahren. Es gab noch so viel zu klären.

»Süße?« Ich sah zu Rob, der plötzlich neben mir stand. Süße, so hatte er mich seit Wochen nicht genannt.

Obwohl ich es nicht geplant hatte, sagte ich ihm, was mich schon seit Tagen beschäftigte.

»Ich kann das nicht mehr.«

»Was meinst du?« Er sah mich fragend an und setzte sich neben mich auf den Steg.

»Das mit uns. Wir saßen vor ein paar Monaten hier und waren glücklich. Was, wenn es keine Zukunft für uns gibt?«

Rob sah mich traurig an. »Eigentlich wollte ich dir nur sagen, dass keine Betten mehr frei sind und wir zusammen in einem schlafen müssen.«

Ich lachte. »Siehst du? Noch vor ein paar Wochen konnte ich nicht schlafen, wenn du nicht bei mir warst, und jetzt redest du davon, in einem Bett schlafen zu müssen. Rob, ich kann das nicht mehr.«

»Okay, ich habe einen Fehler gemacht, das gebe ich zu. Ich bitte dich, verzeih mir.« Er rückte ein Stück von mir weg und sah mich an. »Wir werden das schaffen.« Rob zog mich in seine Arme zurück und drückte mich an sich. So blieben wir noch lange sitzen.

Kapitel 29

Carlie

2010

Wir lagen das erste Mal seit Wochen wieder nebeneinander im Bett. Ein seltsames Gefühl. Ich wusste nicht, wie ich mich verhalten sollte, Rob schien ähnliche Probleme zu haben. Erst hatte er in der Mitte gelegen, sich dann auf die linke Seite gedreht, nun wälzte er sich auf die rechte.

Die Situation war so absurd, dass wir fast gleichzeitig zu lachen begannen und sich der Moment so entspannte.

»Komm her«, flüsterte Rob und zog mich an seine Seite.

»Wir sind so bescheuert.«

»Das wird besser werden«, versicherte er mir.

Ich legte meinen Kopf auf seine Brust, schloss meine Augen und schlief ein.

*

Noch immer lag ich in den Armen des Mannes, den ich liebte. Am liebsten würde ich das Bett nie wieder verlassen. Im Augenblick fühlte sich alles so einfach an, nichts, was uns belasten konnte. Es war ein tiefer und erholsamer Schlaf gewesen, genau das, was mir seit Wochen gefehlt hatte. Ich war entspannter und Rob ein Stück näher.

»Guten Morgen«, flüsterte ich, als ich bemerkte, dass Rob ebenfalls wach wurde.

»Guten Morgen.« Er drückte mir einen Kuss auf die Stirn und lächelte.

Anstatt des üblichen Kribbelns lief mir ein kalter Schauer den Rücken hinunter. Das lag aber sicher an dem geöffneten Fenster.

»Sollen wir runtergehen?«, fragte Rob.

»Ich will für immer mit dir hier liegen bleiben.«

»Das wäre schön«, sagte er, stand aber dennoch auf. »Ich sehe nach Jane.«

Die Weihnachtstage würde ich nutzen, um mich Rob zu nähern. Wenn der Urlaub vorbei war, würden wir wieder glücklich sein. Ich hoffte, dass sich die Stimmung in den nächsten Tagen verbessern würde. Nicht nur bei uns. Auch bei den anderen. Amy und Alina verstanden sich nicht gut und stritten ständig. Ich hatte das Gefühl, unsere negative Stimmung übertrug sich auch auf die anderen. Ich hatte ein schlechtes Gewissen, weil sich Amy so viel Mühe gegeben hatte und ich alles zunichte machte. Ich war nicht in Weihnachtsstimmung, dennoch riss ich mich zusammen, lächelte und half Amy bei den Vorbereitungen für das große Essen am Abend.

Ich dachte an Carla, meiner Schwiegermutter hatte ich auch oft in der Küche geholfen. Bei dem Gedanken, dass ich Carla wieder Schwiegermutter nannte.

»Was ist denn los?« Amy sah mich besorgt an.

»Nichts. Alles gut.« Ich setzte ein unechtes Lächeln auf und schnitt die Karotten weiter in kleine Würfel.

»Rede keinen Unsinn, du weinst.«

Schnell wischte ich die paar Tränen weg. Ich wollte nicht wieder über meine Gefühle reden, dennoch brach es aus mir raus. »Ich liebe ihn so sehr, dass es wehtut.«

»Es ist schrecklich, dich so zu sehen. Als du nach eurem Streit bei uns warst, hätte ich am liebsten alles versucht, um zu verhindern, dass du mit ihm gehst.«

»Ich weiß nicht, was ich machen soll.«

»Egal was passieren wird, du hast meine vollste Unterstützung. Wenn du dich von Rob trennen willst, bin ich immer für dich da. Du kannst bei uns wohnen oder nach Los Angeles ziehen, dort habe ich ja noch meine Wohnung. Dieses Angebot steht.«

»Was hast du da gesagt?« Alina stand in der Tür.

»Reg dich nicht auf«, sagte ich schnell, doch diese Worte bewirkten eher das Gegenteil.

»Sie schleicht sich in unser Leben, fesselt meinen Bruder an sich und versucht, euch zu trennen«, giftete Alina mich an und sah böse zu Amy.

»Du hast doch nur die Hälfte mitbekommen.« Amy setzte sich neben mich und sah Alina an.

»Was ich mitbekommen habe und was nicht, braucht dich nicht zu interessieren.«

»Was ist denn hier los?«, fragte Rob, der mit Jackson in die Küche kam.

»Ich gehe etwas raus in den Garten«, verkündete ich, verließ den Raum, holte meine Jacke und lief aus dem Haus.

Ich konnte Amy und Alina streiten hören, vermutlich hatten sie nicht einmal mitbekommen, dass ich weg war. Ich griff in meine Tasche und nahm meine Kopfhörer heraus. Auf meinem Handy suchte ich einen Song von *Kelly Clarkson* und lief einfach los.

Im letzten Jahr hatte ich oft bis mitten in die Nacht Spaziergänge mit Rob gemacht, wir hatten Spaß gehabt, gelacht und waren unbeschwert gewesen. Ob wir das je wieder sein würden? Ich hoffte es so sehr, meine Angst vor der Zukunft wurde immer größer.

Nach einigen Metern begann mein Handy zu klingeln. Überrascht las ich Marcs Namen auf dem Display, sicher hatte er sich verwählt. Ich hatte mich nach unserem gemeinsamen Nachmittag nicht mehr bei ihm gemeldet und auch nichts von ihm gehört.

»Hallo?«, fragte ich zögerlich.

»Carlie? Hi. Wie geht es dir?«

»Gut«, sagte ich lächelnd. Es war schön, seine Stimme zu hören, sie hatte etwas Beruhigendes.

»Und dir?«

»Super. Ich hoffe, ich störe nicht.«

»Nein, gar nicht, es freut mich, von dir zu hören.«

»Ach ja? Und warum hast du dich dann nicht gemeldet?«, sagte er ganz ernst, lachte dann aber. »Ich wollte dir erzählen, dass ich alles organisiert habe für das Geschenk meiner Schwester. Das Kino ist reserviert, der Film ist schon da, ich habe viele Freunde, die kommen werden. Mein Bruder sorgt danach für ein typisches afrikanisches Essen.«

»Das klingt super.«

»Das habe ich nur dir zu verdanken.« Ich konnte die Freude in seiner Stimme hören. »Du kannst ja leider nicht dabei sein, ich werde dir Bilder schicken.«

»Danke, das ist nett von dir.« Obwohl ich Laura nicht kannte, konnte ich mir vorstellen, dass sie sich wirklich sehr freuen würde.

»Wie ist es bei dir?«

»Gut. Das Haus ist ziemlich voll und das, obwohl es nicht alle geschafft haben zu kommen.«

»Ich bin froh, dass du nicht einsam bist. Sonst wäre ich sofort zu dir gekommen.« Es folgte Stille, die Marc aber schnell durch ein kurzes Lachen auflockerte. »Ich muss jetzt wieder rein. Meine Mom will sich alte Fotos ansehen, das machen wir jedes Jahr.«

»Viel Spaß.«

»Danke, ich wünsche dir schöne Weihnachten.«

»Danke, ich dir auch.«

Kaum hatte Marc aufgelegt, setzte die Musik wieder ein. Ich ging weiter und dachte über das Gespräch nach. Es war schön, von ihm zu hören. Ich freute mich, die Bilder zu sehen, die er mir schicken wollte. Ein paar Schneeflocken rieselten zu Boden. Würde ich mich doch nur die ganze Zeit so gut fühlen wie in diesem Moment.

*

Es war soweit, gleich wollten wir unsere Geschenke öffnen. Das war in den vergangenen Jahren ein großes Ereignis gewesen, auch wenn wir alle schon erwachsen waren, verhielten wir uns dann immer wie Kinder.

»Komm, Schatz, es geht los.«

»Was?« Ich hob Jane aus ihrem Bett.

»Es gibt Geschenke.«

»Warum?«

»Weil heute Weihnachten ist.«

Die Kleine strahlte übers ganze Gesicht, als wir im Wohnzimmer ankamen, den großen wunderschön geschmückten Baum mit den unzähligen Geschenken darunter sahen.

Aus irgendeinem Grund musste ich plötzlich an meinen Vater denken und hoffte, dass er nicht alleine war.

»Da seid ihr ja, dann sind wir vollständig.«

Amy schob mich und Jane Richtung Sofa. Ich setzte mich neben Rob, die Kleine krabbelte auf meinen Schoß und sah freudig in die Runde. Weihnachtsmusik setzte ein, Rob legte seinen Arm um meine Schultern und zog mich zu sich. Es fühlte sich gut an, in seinen Armen zu liegen.

Wie in jedem Jahr gab eine Kleinigkeit für alle. Amy spendierte uns selbst gemachte Pralinen und ließ eine kleine Schale mit Zetteln durch die Runde gehen. Jeder zog einen Namen und gab der Person, die auf dem Zettel stand, ein Geschenk von dem Stapel unter dem Baum. In den seltensten Fällen war der Überreicher auch der eigentliche Verschenkende. Gerade das machte es besonders lustig.

Nachdem Brian Amy ihr Päckchen von Jackson überreicht hatte, einen selbstgemachten Bilderrahmen mit einem Bild der beiden, zog Alina meinen Namen und gab mir ein kleines Paket, das ich erwartungsvoll auspackte. Ich erwartete nichts Originelles. Konnte mir nicht vorstellen, dass Rob sich viele Gedanken gemacht hatte. Doch da irrte ich mich. In meinen Händen hielt ich eine Schneekugel mit einem weißen Schloss, das in der Mitte eines Sees stand. Genauso eine hatte ich als kleines Mädchen von meiner Mutter bekommen, bei unserem Umzug nach New York war sie leider kaputt gegangen.

»Danke«, flüsterte ich und gab ihm einen kurzen Kuss auf die Lippen. »Ich weiß gar nicht, was ich sagen soll.«

»Als ich sie sah, musste ich sie kaufen. Es ist nicht dieselbe und wird auch nie das Original ersetzen, aber dich immer an deine Mom erinnern.«

»Sie ist wunderschön.«

Dann zog Jackson den Namen seines Bruders und gab ihm das Geschenk von mir. Eigentlich waren es zwei, ich hatte es schon vor Wochen besorgt. Wie in jedem Jahr schenkte ich ihm eine Krawatte, als Anwalt konnte er die gut gebrauchen. Zusätzlich dazu einen Gutschein für ein Seminar für junge Anwälte in Seattle.

»Danke, Schatz«, sagte er grinsend.

»Davon hattest du doch gesprochen, oder?«

»Ja, genau.« Er nickte. »Du kannst mitkommen

und auf dem Rückweg fahren wir bei deinem Dad vorbei.«

»Mal sehen.« Ich lächelte und gab ihm erneut einen kurzen Kuss.

Rob zog mich wieder in seine Arme.

Es war eine gute Idee, zu meinem Vater zu fahren. Doch zurzeit wollte ich das noch nicht. Erst wenn es zwischen Rob und mir wieder besser lief.

Als nächstes war Jackson dran, er schenkte Amy zwei Strampelanzüge, auf dem in Rosa stand *I love my Da*d und auf dem blauen *I love my Mom*.

Als letzte wartete Alina auf ihr Geschenk von Brian, das sie von Jackson überreicht bekam. Vorsichtig packte sie die kleine Schachtel aus und sah dann zu ihrem Freund. In den letzten Jahren hatte er ihr immer Schmuck geschenkt, so auch in diesem, doch er überraschte uns alle mit seinem Geschenk.

»Willst du meine Frau werden?«

Ich sah geschockt zu meiner besten Freundin.

Rob verkrampfte sich, Jackson verschluckte sich an seinem Kaffee. Alle Augen ruhten nun auf dem Paar, viele schüttelten den Kopf. Alina sah in die Runde. Hoffentlich würde sie Nein sagen.

»Ja.«

Ich konnte es nicht fassen. Während Alina ihrem Verlobten um den Hals fiel, stand Jackson wütend auf und verließ das Wohnzimmer. Kurz darauf folgte ihm Rob.

*

Ich ging zu dem See, an dem ich vor ein paar Tagen schon gesessen hatte, ich wollte etwas Ruhe haben. Die Stimmung wurde immer angespannter, Rob und ich redeten kaum miteinander, nichts verbesserte sich.

Mein Handy klingelte. Freudig nahm ich den Anruf entgegen, als ich Marcs Namen auf dem Display las. »Hallo.«

»Hey, Carlie. Störe ich?«

»Nein, alles gut.«

»Hast du die Bilder bekommen?«, fragte er.

»Ja, es sah super aus.« Ich setzte mich auf eine Bank und blickte auf den See.

»Danke noch mal. Laura war begeistert und war so glücklich.«

»Das freut mich.«

»Wann wirst du wieder in New York sein?«

»In der zweiten Januarwoche.«

»Super. Hättest du dann Lust auf einen Kaffee?«

»Sehr gerne.«

»Telefonieren wir in den nächsten Tagen noch mal? Ich muss jetzt leider los.«

»Klar, ich melde mich bei dir«, versicherte ich ihm. Wir verabschiedeten uns voneinander, dann legten wir auf.

Kapitel 30

Rob

2008

»Carlie? Baby, bist du da?«

Es war totenstill in der Wohnung.

»Schatz«, hörte ich sie überrascht rufen, »du bist schon da?«

»Störe ich etwa?«, fragte ich lachend und ging Richtung Wohnzimmer. Eigentlich hätte ich noch in der Uni sein sollen, doch ich hatte keine Lust mehr auf Lernen gehabt und gewusst, dass Carlie zu Hause war, ich wollte lieber mit ihr zusammen sein.

»Nein, nein«, rief sie schnell, »es ist alles okay, du darfst nur nicht reinkommen.«

»Was ist denn los?«, fragte ich neugierig.

»Ich ... Du kannst nicht reinkommen«, sagte Carlie unsicher. »Du darfst nicht sehen, was ich anhabe.«

»Komm schon«, ich blieb vor der geschlossenen Wohnzimmertür stehen, »du siehst in allem gut aus.« Ich war wirklich gespannt, was hinter dieser Tür auf mich wartete.

»Das ist lieb von dir. Trotzdem, das ist peinlich.«

»Vor mir muss dir nichts peinlich sein.«

Es folgte eine längere Pause, bis sie schließlich sagte: »Gut, dann komm rein.« Sie hatte sich schon seit Langem nicht mehr so unsicher angehört. »Aber du darfst nicht lachen.«

»Versprochen«, stimmte ich zu und öffnete die Tür.

Es verschlug mir die Sprache, vor mir stand die wunderschönste Frau, die ich je gesehen hatte. Ich wusste, dass meine Schwester etwas damit zu tun haben musste, Carlie würde sich nie von sich aus so sexy anziehen. Meine Freundin sah traumhaft aus. Das tat sie immer, doch diesmal hatte sich Alina selbst übertroffen. Da stand Carlie vor mir, dezentes Make-up, die Haare hochgesteckt, ein paar Locken fielen ihr über ihre Schulter. Sie trug ein knappes schwarzes Babydoll, Netzstrümpfe und High Heels. Ich wusste, dass meine Schwester etwas damit zu tun haben musste, Carlie würde sich nie von sich aus so sexy anziehen.

»Es gefällt dir nicht«, sagte sie leise.

Aber das war ganz und gar nicht der Fall, ich wäre am liebsten sofort über sie hergefallen. Doch ihr Anblick war viel zu faszinierend, ich konnte meinen Blick einfach nicht von ihr abwenden. Ich wusste, dass ich eine sexy Freundin hatte, doch an diesem Abend hatte sie dem Ganzen noch eins draufgesetzt. Mir wurde wieder bewusst, wie sehr ich diese Frau liebte.

»Ich geh und ziehe mich um. Danke, dass du nicht gelacht hast«, sagte sie, Traurigkeit lag in ihrer Stimme. Sie wollte an mir vorbei ins Badezimmer gehen.

Doch ich ließ sie nicht durch, sondern griff nach ihrem Arm und zog sie zu mir. »Wage es ja nicht, dir das jetzt auszuziehen«, flüsterte ich.

»Du siehst so sexy aus, wenn dir das jemand auszieht, dann bin ich das.«

»Es gefällt dir?«, fragte sie vorsichtig.

Ich antwortete nicht, sondern küsste sie einfach.

»Es gefällt dir!«, stellte sie überrascht fest, als sich unsere Lippen lösten.

Meine Hose wurde mir langsam zu eng, meine Erregung war deutlich zu erkennen. »Und wie es mir gefällt.« Ich sah sie nochmals an. Allein ihr Anblick war fast besser als der Sex, den wir gleich haben würden. »Womit hab ich das verdient?«

»Alina...«

Ich unterbrach sie mit einem Kuss und zog Carlie zum Sofa, küsste sie immer wieder.

»Sollen wir nicht ins Schlafzimmer?«

»Dafür haben wir keine Zeit.« Ich zog sie auf meinen Schoß.

Carlie öffnete meinen Gürtel und zog mir meine Hose ein Stück nach unten.

Ich wollte sie sofort spüren.

»Verdammt«, fluchte plötzlich jemand. »Wo ist denn ... « Wir sahen in Jacksons geschocktes Gesicht, der anfing zu lachen.

Carlie versteifte sich unter mir und griff panisch nach einer Decke, kurz zweifelte ich sogar, dass sie noch atmete.

»Was machst du denn hier?«, fragte ich.

»Ich wohne hier«, sagte er und lachte wieder.

»Echt jetzt? Mitten im Wohnzimmer?«

Carlie hatte die Augen geschlossen, mit der einen Hand hielt sie die Decke fest, die andere lag auf ihrer Stirn.

»Könntest du jetzt bitte verschwinden?!«, fuhr ich meinen Bruder an.

Dieser lachte noch immer, griff dann nach seinem Handy und verließ das Wohnzimmer, kurz darauf die Wohnung.

»Ist er weg?«, fragte Carlie vorsichtig und öffnete langsam ihre Augen.

»Ja.« Genauso wie ihre Lust, dachte ich mir etwas frustriert.

In den letzten Wochen war es irgendwie ständig passiert, dass entweder Alina oder Jackson in ungünstigen Situationen hereingeplatzt waren.

Carlie setzte sich auf, die Decke hielt sie noch immer zum Schutz vor ihrem Körper.

So konnte das nicht weitergehen.

»Wir müssen ausziehen«, stellte ich fest.

»Du hast wohl recht«.

Kapitel 31

Carlie

2010

Es war der 31. Dezember, achtzehn Stunden bis zum neuen Jahr.

Wenn ich schon so früh wach war, würde ich etwas die Ruhe genießen. Ich goss mir einen Kaffee ein, zog mir meine Jacke an und ging leise nach draußen.

Ich setzte mich auf die große Hollywoodschaukel mit wunderschönem Blick über den ganzen Garten. Die letzten Tage waren nicht gut verlaufen, für keinen von uns. Alle gingen sich irgendwie aus dem Weg. Rob und Jackson konnten nicht fassen, dass Brian ihre Schwester heiraten wollte und diese Ja gesagt hatte. Die Feiertage schienen für keinen von uns besinnlich und erholsam zu sein.

»Guten Morgen.« Jackson hatte mich aus meinen Gedanken gerissen. Ich hatte ihn gar nicht kommen hören.

»Guten Morgen.« Ich lächelte.

Er setzte sich neben mich. In den letzten Tagen hatten wir noch nicht einmal die Zeit gefunden, uns in Ruhe und alleine zu unterhalten. »Du bist früh wach.«

»Ich konnte nicht schlafen«, sagte ich und trank einen Schluck von meinem Kaffee. Es tat gut, wie die warme Flüssigkeit meinen Hals hinunterfloss.

»Das geht schon die ganze Woche so«, bemerkte Jackson.

Ich war überrascht, dass er das mitbekommen hatte. Immerhin war er immer viel später aufgestanden, meist sogar als letzter.

»Ich will es nicht wieder sagen, immerhin ist Rob mein Bruder und du bist wie eine kleine Schwester für mich. Aber denk darüber nach, ob es nicht besser wäre, die Beziehung zu beenden. Ihr leidet doch beide und ...«

Ich hatte es so satt, die ganze Woche hörte ich mir das schon an. »Und wer ist daran schuld? Du!«

»Was?«

»Du bist schuld. Wegen dir ist Rob nach New York geflogen. Wegen dir hat er Janine kennengelernt.«

Jackson sah mich entsetzt an.

Ich konnte selbst nicht glauben, was ich gerade gesagt hatte. Sofort tat es mir leid, ihn traf doch gar keine Schuld, sondern Rob allein. Auch wenn diese wegen seines Bruders nach New York gekommen war, so war es seine Entscheidung gewesen, mit Janine zu schlafen und mir alles zu verheimlichen. Jackson war der letzte, den Schuld traf. Er saß da und nickte nur. »Es tut mir leid.«

»Das muss es nicht.«

»Doch.« Tränen schossen mir in die Augen, ich wollte nicht wieder weinen. Jackson zog mich in seine Arme und hielt mich fest. Ich wusste, dass er mir nicht böse war, dafür war ich wirklich dankbar.

»Es muss dir nichts leidtun, irgendwo hast du ja recht.« Jackson hielt mich fest. »Alles wird wieder gut.«

Ich sagte nichts. Daran konnte ich nicht mehr glauben, auch wenn ich ständig versuchte, es mir einzureden.

*

170

Die Stunden des restlichen Tages waren nur langsam vergangen. Wir saßen im Garten, ich hatte Jane auf meinem Schoss, Rob beantwortete ein paar Mails. Es lag eine friedliche und angenehme Stille zwischen uns. Nach meinem Gespräch mit Jackson war mir endgültig klargeworden, dass es so nicht mehr weitergehen konnte. Ich wollte uns dreien eine wirkliche Chance geben. Bevor wir zurück nach New York fahren würden, sollten wir am besten alles Wichtige besprochen haben.

»Rob?«

»Was ist los?«

»Wie soll es weitergehen, wenn wir wieder zu Hause sind?«

Rob lächelte, schien froh zu sein, dass ich das Thema angesprochen hatte. »Darüber wollte ich auch schon mit dir reden.« Er klappte seinen Laptop zu. »Bis Jane alt genug ist, in den Kindergarten zu gehen, sollten wir eine Nanny kommen lassen. Ist dir das recht?«

»Natürlich«, stimmte ich sofort zu. Eine geregelte Betreuung für seine Tochter klang wunderbar. Vielleicht bedeutete das sogar, dass wir etwas mehr Zeit zu zweit haben würden.

»Gut, ich bringe Jane in ihr Bett. Das Essen ist bestimmt bald fertig.«

»Nein, lass. Ich mach das, du kannst noch etwas arbeiten.«

»Danke.« Rob setzte sich wieder und lächelte. Ich stand mit Jane auf, um mit ihr nach oben zu gehen.

*

Es dauerte nur eine halbe Stunde, bis Jane eingeschlafen war, wir hatten uns mittlerweile gut aufeinander eingespielt. Ich blieb noch ein paar Minuten neben ihrem Bett stehen und sah ihr beim Schlafen zu. Sie war so ein süßes, unschuldiges Mädchen.

Nun musste ich nur noch einen neuen Weg mit Rob finden und die Kleine hätte endlich die Familie, die sie verdiente.

Ich gab ihr einen Kuss auf die Stirn und verließ das Zimmer, um wieder nach unten zu den anderen zu gehen. Für die nächsten Tage wollte ich alles hinter mir lassen und die Feiertage genießen.

Da ich gerade eine Nachricht bekommen hatte, zog ich mein Handy aus meiner Hosentasche. Ich lächelte, als ich Marcs Namen las. Seit ich hier war, hatten wir zweimal telefoniert und schrieben uns über den Tag verteilt immer wieder.

»Ich weiß nicht, ob das eine gute Idee ist.«

Ich zuckte zusammen.

Brian tauchte neben mir auf und sah mich an. »Ich beobachte dich nun schon ein paar Tage, hab sogar mitbekommen, dass du mit ihm telefoniert hast. Was läuft da?«

»Ich wüsste nicht, was dich das angeht«, antwortete ich selbstsicher, war aber dennoch nervös.

»Stimmt, vermutlich geht es mich nichts an. Aber die Situation zwischen euch erinnert mich an Alina und mich.«

»Willst du mir jetzt auch noch Ratschläge geben?«

Brian antwortete mir lachend: »Bestimmt nicht. Ich denke, ich bin der letzte, auf den du hören würdest.« Er setzte sich auf eine große, breite Fensterbank. »Wenn eine Nachricht von ihm kommt, wirkst du immer so locker und entspannt. Dein Lächeln bei einer Nachricht von ihm ist nicht zu übersehen.«

Ich setzte mich neben ihn und erklärte ihm:

»Da ist nichts, wir sind nur Freunde.«

»Kann sein, kann aber auch sein, dass er dein Zeichen ist.«

»Mein Zeichen?«

»Das erkläre ich dir gleich. Obwohl ihr immer alle denkt, ich sei Gefühlslos und würde nur auf mich sehen, ist dem nicht so. Ich kenne Rob und dich schon lange und das, was ihr hier veranstaltet, ist nichts, was eine Zukunft hat. Ich bin eher auf Amys Seite.«

»Lass das ja nicht Alina hören.«

»Ist wahrscheinlich besser.« Er lächelte. »Wie heißt er?«

»Marc.«

»Da war es wieder.«

Ich sah ihn fragend an.

»Das Lächeln und das Funkeln in deinen Augen, als du seinen Namen gesagt hast. Das hattest du auch nach euren Telefonaten oder den Nachrichten, die von ihm kommen. Bis vor ein paar Wochen hab ich das nur bei dir gesehen, wenn du von Rob gesprochen hast.«

Ich nickte, war aber überrascht über seine Worte.

»Das meine ich, wenn ich sage, er ist vielleicht dein Zeichen.« Brian stand auf und ging in sein Schlafzimmer.

Was er da sagte, war Unsinn. Ja, ich fand Marc nett, mehr nicht. Ich kannte ihn doch gar nicht richtig. Die paar Nachrichten, die wir ausgetauscht hatten, das hatte nichts zu bedeuten.

Ich blieb noch einige Minuten sitzen und sah raus in den Garten, bevor ich nach unten in die Küche ging, wo ich auf Amy und Rob traf.

»Schläft sie?«, fragte Rob.

»Ja, ich habe ihr noch kurz vorgelesen und schon war sie eingeschlafen.«

»Das freut mich.« Rob lächelte, er zog mich in seine Arme und plötzlich lagen meine Lippen auf seinen. Es war der erste richtige Kuss seit Wochen zwischen uns, ich bemerkte, wie sehr er mir gefehlt hatte. Wie hatten wir es nur so weit kommen lassen können?

»Nehmt euch ein Zimmer«, sagte Jackson lachend.

»Raus hier.« Amy zog ihren Verlobten aus der Küche.

Ich sah Rob an und lächelte. »Du fehlst mir«, flüsterte ich.

»Du mir auch.« Er schloss seine Arme um mich, ich vergrub mein Gesicht an seiner Brust und atmete seinen Duft langsam ein. Ich liebte das Parfüm, das er trug.

Rob und ich gingen ins Wohnzimmer zu den anderen, er hatte seinen Arm um meine Schulter gelegt. Es fühlte sich zum ersten Mal wieder wie früher an, ich war in diesem Moment wirklich glücklich, das redete ich mir zumindest ein. Ich wusste insgeheim, dass der Kampf noch nicht gewonnen war und wir viel Arbeit vor uns hatten.

»Alles klar?«, fragte Alina.

Ich nickte, kuschelte mich in Robs Arme und hoffte, dieser Moment würde nie enden.

*

»Zehn.«

Rob und ich lächelten uns an.

»Neun.«

»Acht.«

Ich griff nach seiner Hand und drückte fest zu, ich rieb mit meinem Daumen über seinen Handrücken.

»Sieben.«

»Sechs.«

Ich wollte alles Negative hinter uns lassen und glücklich in das neue Jahr starten.

»Fünf.«

»Vier.«

Wir sahen uns lächelnd an.

»Drei.«

»Zwei.«

»Eins.«

Mitternacht. Überall schossen Raketen in die Luft.

Mein Freund zog mich in seine Arme, wir lächelten einander an und küssten uns kurz. Kaum war das Feuerwerk leiser geworden, konnten wir Jane weinen hören. Rob ging ins Haus, um nach ihr zu sehen, und ich gesellte mich zu den anderen.

Amy nahm mich zuerst in den Arm, danach wünschte mir auch Brian ein frohes neues Jahr

Dann stellte ich mich zu Jackson. Zögerlich sah ich ihn an, seit dem Morgen hatten wir nicht miteinander gesprochen. Er war nicht nachtragend, das wusste ich, doch was ich am Morgen zu ihm gesagt hatte, war nicht richtig gewesen. »Ich wünsche dir ein frohes neues Jahr.«

Über unseren Köpfen explodierte noch immer das farbenfrohe Feuerwerk. Ein paar Meter von uns entfernt köpfte Brian eine Sektflasche, es war ein lautes Plop zu hören und dann das Lachen von Amy und Alina. Es war schön, dass alle so fröhlich waren.

Jackson zog mich in seine Arme und sagte zu mir: »Ich dir auch.«

»Du bist mir wirklich nicht böse?« Wir lösten uns aus der Umarmung und sahen einander an.

»Wegen was denn?«

»Wegen heute Morgen.«

»Ach, Carlie«, Jackson lachte, »das war im letzten Jahr, das habe ich schon längst vergessen.«

Ich grinste und war erleichtert, dass er nicht böse war.

»Ich bin froh, dass ihr euch wieder etwas angenähert habt.«

»Ja, das bin ich auch.«

»Geht es dir gut?«, fragte er.

Ich nickte, wollte etwas sagen. Doch dann hörten wir Amy aufgeregt nach ihrem Verlobten rufen.

»Was ist los?« Jackson sah sich sofort nach ihr um. »Amy, was ist passiert?« Er ließ mich stehen und ging zu ihr.

Sie lächelte ihn strahlend an und sagte: »Sie haben mich getreten, fühl mal.« Amy nahm seine Hand und legte sie auf ihren Bauch.

»Ich merk nichts«, sagte er, seine Stimme klang traurig. »Doch ... warte, jetzt hab ich es auch gespürt!« Er zog sie glücklich in seine Arme und küsste sie.

Die beiden waren so ein schönes Paar.

Ich spürte plötzlich Robs Hand auf meiner Hüfte und sah ihn an, er lächelte und ich tat es ihm gleich. Ich hatte all die Jahre immer ein Kribbeln verspürt, wenn wir uns angesehen hatten, das war weg, aber vielleicht bildete ich mir das auch nur ein.

*

»Carlie«, sagte Rob, »darf ich?«

Ich nickte und er setzte sich zu mir. Ich hatte allein in der Küche gesessen. Es war fast fünf Uhr, alle waren schon in ihren Betten, nur ich konnte nicht schlafen.

»Bist du nicht müde?«, riss mich Rob aus meinen Gedanken.

Ich schüttelte den Kopf und mir wurde klar, dass wir seit Wochen kein vernünftiges Gespräch geführt hatten. Wenn es nicht um Jane ging, dann nur darum, dass ich nicht wusste, ob ich ihm verzeihen konnte. Über seine Arbeit und die Uni hatten wir seit langem nicht geredet, wir wussten im Moment eigentlich gar nichts über das Leben des anderen. Noch nie waren wir so weit voneinander entfernt gewesen. Selbst vor unserer Beziehung war es ganz anders gewesen. Das konnte ... nein, das durfte so nicht weitergehen.

»Soll ich dich alleine lassen?«

»Nein, ich war nur in Gedanken.«

»Ich hoffe, dass wir das neue Jahr besser beginnen, als das letzte aufgehört hat.«

»Das hoffe ich auch.« Ich lächelte.

»Wie sieht es aus? Willst du etwas von dem Kuchen?«

»Von dem Mississippi Mud Pie?« Ich sah ihn an und grinste.

Er nickte.

»Das können wir nicht machen, nicht schon wieder.«

Plötzlich lachten wir beide. Das hatten wir schon lange nicht mehr zusammen gemacht.

»Das stört doch diesmal niemanden, Mom ist nicht hier und Amy weiß nicht, dass wir ihn letztes Jahr gegessen haben«, sagte Rob, stand auf und holte den Kuchen aus dem Kühlschrank. Als er ihn in die Mitte vor uns stellte, griffen wir beide sofort nach den Gabeln und begannen davon zu essen.

»Der schmeckt, als hätte Carla ihn gemacht«, bemerkte Rob nach ein paar Bissen.

»Ich bezweifle aber, irgendwer würde noch mal

glauben, dass es Jackson war. Immerhin bekam er letztes Jahr zur Strafe keinen Kuchen.«

Rob lachte. »Eher nicht.«

»Dieses Mal wird er uns ja nicht nackt auf dem Sofa erwischen und die Schuld auf sich nehmen, nur um Witze über uns machen zu können.«

»Da hast du wohl recht.« Er hatte traurig geklungen und mir tat es leid, dass ich das überhaupt gesagt hatte.

Dennoch musste ich lächeln. Wir unterhielten uns seit langem wieder über ein anderes Thema, das tat uns beiden wirklich gut.

»Schade, dass wir nicht dieselben sind wie im letzten Jahr.« Er schüttelte den Kopf. »Das ist allein meine Schuld, hätte ich dir sofort die Wahrheit gesagt, hätte alles anders kommen können.«

»Wir haben noch eine Chance, wieder dieselben zu werden.«

»Meinst du?«

»Natürlich, ich hoffe es zumindest.«

»Ich auch«, er griff nach meiner Hand, »ich will dich nicht verlieren. Niemals.«

Es tat gut, das zu hören. Ich stand auf und ging zu ihm.

Rob zog mich in seine Arme, wir küssten uns. Ich versuchte, mich fallen zu lassen. Wollte jeden Kuss genießen, ich wusste, dass jeder der letzte sein könnte, etwas, das ich unbedingt verhindern musste.

»Ich liebe dich«, flüsterte Rob.

Ich fühlte dasselbe, doch diese Worte brachte ich zurzeit nicht über meine Lippen und so küsste ich ihn einfach noch mal.

Immer wieder küssten wir uns. Erst nur kurz und sanft, dann immer gieriger. Rob packte mich und setzte mich auf den Tresen.

Seine Hand fuhr unter mein Shirt, er streichelte meinen Bauch.

Kurz bevor er an meinem BH ankam, stoppte ich unseren Kuss und sah ihn an. »Ich kann nicht, noch nicht.«

Rob nickte, er schien enttäuscht zu sein.

»Es tut mir leid.«

»Das muss es nicht.« Er gab mir einen sanften Kuss. »Ich kann warten. Ich gebe dir die Zeit, die du brauchst, es macht mir nichts aus.«

Ich war erleichtert. Jede andere Reaktion von ihm hätte uns nur geschadet. Wir befanden uns auf einem guten Weg, das sollten wir uns nicht kaputtmachen.

»Komm, lass uns in Bett gehen.« Rob griff nach meiner Hand und gemeinsam gingen wir nach oben in unser Schlafzimmer.

Kapitel 32

Rob

2009

»Was willst du?«, fragte ich Janine genervt, nachdem ich ans Telefon gegangen war. Für gewöhnlich
ignorierte ich sie. Da das schon das dritte Mal war,
dass ich ihren Namen auf dem Display las, ging ich
ran.

»Du musst kommen, Jane geht es nicht gut«, sagte
sie und hörte sich an, als hätte sie geweint.

»Muss das sein?«

»Bitte.«

Eigentlich hatte ich einen ruhigen Nachmittag mit
Carlie geplant. Doch ich hatte Janine versprochen,
dass ich ihr immer helfen würde, sollte es Jane nicht
gut gehen. Das kleine Mädchen konnte nichts für
meine Dummheit. »Okay, ich komme«, sagte ich
und legte auf.

»Was ist los?«, fragte Carlie, als sie in die Küche
kam.

»Ein Freund ... vom Studium ... seine Freundin hat
sich getrennt«, log ich.

»Geh ruhig. Ich lerne noch etwas.«

»Sicher?«

Carlie nickte. »Wir holen das einfach nach.«

»Ich liebe dich«, sagte ich und küsste sie.

*

»Hallo, wie geht es dir? Komm doch rein.«

Ich folgte Janine in ihre Wohnung, Jane war nicht zu hören.

»Möchtest du ein Bier?«

»Nein«, sagte ich, da drückte sie mir eine Flasche in die Hand. »Ich dachte, Jane geht es schlecht.«

»Das habe ich als Vorwand genutzt, um mit dir reden zu können. Sonst wärst du nicht gekommen, tut mir leid.«

Das schlechte Gewissen wuchs, ich hatte Carlie nicht nur belogen und ihre Gutmütigkeit ausgenutzt, sondern das Ganze war auch noch unnötig, weil Janine mich hereingelegt hatte. Ich hätte es wissen müssen. Das durfte kein weiteres Mal passieren. Aber wenn ich jetzt schon mal da war, sollten wir alles Nötige klären.

»Was willst du besprechen?«

Sie setzte sich nah neben mich. Der Duft ihres Parfüms stieg mir in die Nase, es erinnerte mich an die Nacht, die wir zusammen verbracht hatten. Ich rückte ein Stück von ihr weg und musterte sie. Sie sah gut aus, sexy, sie trug ein kurzes Kleid, das ihr bis knapp über den Po ging. Ich konnte sehen, dass sie keine Unterwäsche trug. Mir war klar, was hier gespielt wurde. Sie wollte nicht mit mir reden, sie wollte etwas anderes.

Und was tat ich? Ich blieb einfach sitzen und genoss Janines Aufmerksamkeit.

»Also, Rob.« Sie rückte wieder ein Stück näher. Ihre Brüste waren groß und das Kleid zu eng für sie. Ich saß da und sah sie an. Ich war dumm und dachte, ich hätte alles unter Kontrolle. Janine war anziehend, das stand außer Frage.

»Komm schon, Rob, du willst es doch auch!« Sie drückte ihre Lippen auf meine.

Sofort schob ich sie von mir weg und sah sie an.

Ein Lächeln lag auf ihrem Gesicht.

»Janine!«, ermahnte ich sie, da tat sie es wieder. Mein Widerstand bröckelte und ich ließ den Kuss geschehen. Meine Hände umschlossen ihre Hüfte, ich zog sie näher zu mir und erwiderte den Kuss.

Janine rieb sich an mir und stöhnte. »Komm, lass uns ins Schlafzimmer gehen.«

Ich schüttelte den Kopf, drückte sie von mir weg und begann hektisch meine Hose zu öffnen.

Janine zog ihr Kleid etwas nach oben und setzte sich wieder auf mich.

In diesem Moment hörte ich Jane weinen.

Janine bewegte sich nicht mehr und sah kurz in die Richtung, aus der die Geräusche gekommen waren.

Als Janine wieder zu mir sah, schüttelte ich den Kopf. Ohne noch ein Wort zu sagen, stand ich auf und verließ ihre Wohnung.

*

Ich war froh, dass ich meinen Kopf eingeschaltet hatte und es nicht wieder passiert war. Der Kuss war schon schlimm genug.

Als ich die Tür von unserer Wohnung öffnete, hatte ich das Gefühl, man würde mir ansehen, was geschehen war. Wie sollte ich Carlie nur unter die Augen treten?

»Rob«, rief Carlie, »ich hab ein süßes kleines Motel gefunden.« Sie kam auf mich zu, griff nach meiner Hand und zog mich ins Wohnzimmer.

»Wie geht es deinem Freund?«

»Was?«, fragte ich verwirrt. Da fiel mir wieder die Lüge ein, wegen der ich gegangen war und fast einen Fehler gemacht hätte. »Es geht ihm gut.«

Carlie lächelte und sagte: »Du warst gar nicht so lange weg.« Sie gab mir kurz einen Kuss.

Wieder dachte ich an Janine. Für einen Moment verglich ich ihren Kuss mit dem meiner Freundin und schämte mich noch mehr.

»Ist etwas passiert? Du wirkst abwesend.«

Ich schüttelte den Kopf, zog Carlie zu mir und küsste sie. Ich musste den Gedanken an Janine verdrängen. Ich zog sie auf unser graues Sofa und öffnete den Reißverschluss meiner Jeans.

Carlie lächelte aufgeregt und streifte ihren Rock nach unten, der auf den Fußboden fiel. Ich setzte mich, Carlie setzte sich auf mich.

Es brauchte nicht viele Worte, wir verstanden einander blind.

Carlie küsste mich, ich konnte ihre Lust schmecken und drang in sie ein. Sie stöhnte in unseren Kuss hinein.

Wieder hatte ich Janine vor Augen und hasste mich dafür. Die Frau, die ich über alles liebte, saß auf mir und ich dachte an eine andere.

Kaum bewegte sich Carlie, passierte es. Ich zuckte und es war vorbei. Sie sah mich überrascht an. Ich wusste, dass sie enttäuscht war, doch das würde sie nie zugeben.

»Verdammt«, fluchte ich. »Sorry, Baby.«

»Schon gut.«

»Ich hab dich nicht verdient«, flüsterte ich. Ich drückte Carlie an mich, als wäre es das letzte Mal, dass ich die Gelegenheit hatte, sie in meinen Armen zu spüren.

»Red keinen Unsinn.« Sie kicherte. »Komm, ich zeig dir das Motel.«

Kapitel 33

Carlie

2011

»Wie geht es ihr?« Rob ging in der Küche auf und ab, immer wieder fuhr er sich durch seine Haare, die mittlerweile schon in alle Richtungen abstanden, er sah besorgt aus.

Zehn Minuten zuvor hatte beim Frühstück das Telefon geklingelt, Rob hatte sich entschuldigt und war in der Küche verschwunden. Nach einer Weile war auch ich aufgestanden, um nach ihm zu sehen. Er hatte mir zu verstehen gegeben, dass es sich um das Krankenhaus handelte, in dem Janine lag, Genaueres hatte ich bisher nicht in Erfahrung bringen können. Es wunderte mich, dass das Telefonat so lange dauerte. Normalerweise bekam Rob nur einmal die Woche einen kurzen Bericht.

»Konntest du was rausfinden?«

»Nein, nicht wirklich«, antwortete ich Alina, die neben mir aufgetaucht war.

»Wir müssen zurück.« Nun war es Rob, der mich aus meinen Gedanken riss. Er sah mich verzweifelt an. »Das Krankenhaus ... Es steht schlecht um Janine, sie sind nicht sicher, ob sie es noch lange schafft. Sie meinen, es wäre gut, wenn Jane sich verabschieden könnte.«

»Was?«, rief Alina. »Aber ihr wolltet doch am Sonntag mit uns zurückfahren.«

»Spinnst du?«, fuhr Rob seine Schwester an.

»Hättest du dich etwa nicht von unseren Eltern verabschieden wollen? Die Mutter meiner Tochter liegt im Sterben. Denkst du, ich will mir später Vorwürfe machen, dass ich ihr die Chance genommen habe, ihre Mutter noch mal zu sehen? Ich fahre heute noch mit Jane nach New York ... kommst du mit?« Er sah mich an.

»Natürlich.« Er brauchte mich. Wenn ich hierbleiben würde, hätte das für unsere Beziehung das Ende bedeutet, das wusste ich.

»Danke.« Er lächelte. »Dann sollten wir jetzt packen.« Rob verließ die Küche.

»Klar.« Ich nickte und wollte nach oben gehen. Da sah ich die Tränen in Alinas Augen und nahm sie in meine Arme. »Es tut ihm sicher schon leid, dass er dich so angefahren hat.«

»Denkst du?«

»Natürlich, du bist seine Schwester und er liebt dich. Er ist im Moment nur sehr angespannt.«

»Du solltest ihn nicht ständig in Schutz nehmen«, sagte Amy. »Ich weiß, du liebst ihn, aber er verhält sich seiner ganzen Familie gegenüber wie ein Idiot.«

»Du kennst ihn doch gar nicht richtig«, fuhr Alina Amy an. »Nur weil du Jacksons Kinder bekommst und jetzt leider zur Familie gehörst, heißt das nicht, dass wir dich mögen, und schon gar nicht, dass du dich überall einmischen musst.«

Amy riss die Augen auf. »Was sagst du da?«

»Ich mag dich nicht.«

»Gut, musst du ja nicht. Ich liebe Jackson, ich bin seine Verlobte, wir bekommen zwei Kinder. Du und ich werden bald verwandt sein. Es tut mir zwar weh, doch ich kann dich zu nichts zwingen. Ich werde meine Meinung über Rob nicht ändern, er hat Carlie nicht verdient.«

»Amy, was sagst du denn da?« Jackson, der ebenfalls in die Küche gekommen war, sah seine Verlobte geschockt an.

»Die Wahrheit. Nur die Wahrheit.« Sie drehte sich um und ging ins Wohnzimmer.

»Da hast du dir ja eine schöne Zicke ausgesucht.« Alina sah ihren Bruder an und verließ ebenfalls die Küche.

*

Knapp drei Stunden später hatten wir unsere Koffer gepackt. Ich hatte Angst davor, was passieren würde, wenn Janine sterben würde. Das würde wieder alles verändern.

»Habt ihr alles?«, fragte Jackson, der uns gemeinsam mit Amy zum Auto begleitet hatte. »Wir holen das nach.« Er sah mich an. »Ich werde dich bei Battlefield schlagen.«

Ich lachte.

»Wir sollten langsam los.« Rob schnallte Jane an und stieg selbst in den Wagen ein.

»Im nächsten Jahr könnt ihr sicher länger bleiben.« Amy lächelte aufmunternd.

Ich hoffte, dass sie recht hatte. Doch dazu müssten Rob und ich endlich miteinander reden und uns nicht immer nur streiten.

»Ruft an, wenn ihr zu Hause seid.« Jackson zog mich in seine Arme. »Ich hoffe, dass alles gut wird.«

*

Es war kurz nach zehn, wir waren vor vier Stunden in New York angekommen.

Rob hatte Jane und mich in unsere Wohnung gebracht, er wollte erst schnell allein nach Janine sehen und dann eventuell Jane zu ihr bringen.

Das war vor drei Stunden gewesen. Ich war verletzt, er hätte sich doch wenigstens melden können. Früher

185

hatte er das immer getan, wenn er sich nur um ein paar Minuten verspätet hatte.

Vielleicht sollte ich die Zeichen endlich ernst nehmen und einsehen, dass wir keine Zukunft mehr hatten.

Ich brach in Tränen aus, wie konnte ich nur so denken? Rob liebte mich, ich müsste uns einfach noch etwas Zeit geben. Ich durfte auch nicht davon ausgehen, dass er nur kurz ins Krankenhaus ging, sicher hatte ein Arzt mit ihm reden wollen. Außerdem war es jetzt wichtig, dass Jane jemanden hatte, der für sie da war.

Endlich hörte ich den Schlüssel in der Tür und sprang auf. Ich musste wissen, was passiert war, wie es Janine ging.

Rob stand in der Tür und sah mich traurig an.

Ich nahm ihn in den Arm. »Wie geht es ihr?«

»Die Ärzte konnten mir nicht viel sagen. Es tut mir leid, dass ich so lange weg war. Ich habe vergessen, mich zu melden.« Er sah mich an, ich löste mich aus der Umarmung. »Ich habe die ganze Zeit bei ihr am Bett gesessen. Der Arzt sagte, ich sollte Jane erst morgen zu ihr bringen, es wäre jetzt zu spät, dann wollte ich nicht einfach wieder gehen.«

»Du warst die ganze Zeit bei ihr?«

Er nickte. »Die Ärzte sind sich nicht sicher, ob sie es noch lange schafft. Ihr Zustand ist soweit stabil, doch sie braucht dringend eine Spenderniere. Es geht um wenige Tage, wenn nicht sogar wenige Stunden.«

Ich hörte nicht mehr richtig zu, ich wusste, wie es um sie stand. Viel mehr Sorgen machte es mir, dass er die ganze Zeit bei ihr gewesen war und mich vergessen hatte. Es hätte mir wohl nichts ausgemacht, wenn er gesagt hätte, dass er noch auf der Arbeit gewesen sei oder einen Freund getroffen hätte, doch dass er so lange bei Janine war, verletzte mich.

»Alles klar, Carlie?«, fragte er.

»Ja, alles klar.« Ich versuchte zu lächeln, spürte, wie mir Tränen in die Augen schossen. »Ich gehe mal unter die Dusche.« Schnell verschwand ich im

Badezimmer und vermied es so, dass ich ihm Vorwürfe machte oder es zum Streit kommen würde.

Ich drehte das heiße Wasser auf und stellte mich
unter die Dusche. Es dauerte nicht lange, da begann
ich zu weinen. Mir war klar, ich würde das nicht
mehr lange durchhalten.

Kapitel 34

Carlie

2011

Am nächsten Morgen wurde ich durch das Weinen von Jane geweckt.

Rob hatte wieder auf dem Sofa geschlafen, er hatte gar nicht den Versuch unternommen, zu mir zu kommen.

»Guten Morgen«, sagte ich, als sich Rob mit Jane auf dem Arm zu mir drehte.

»Guten Morgen.« Er lächelte, ich tat es ihm gleich. »Ich habe angefangen, Frühstück zu machen. Ich wollte dich gleich wecken.«

»Das hört sich gut an.« Bevor Jane da war, hatte Rob jeden Sonntag das Frühstück gemacht.

Ein paar Minuten später saßen wir am Tisch, aber wir unterhielten uns nicht. Ich sah zu, wie Rob Jane einen von seinen selbstgemachten Blaubeerpfannkuchen in kleine Stücke schnitt.

Sie verteilte selbstständig Sirup darauf und griff dann mit ihren Fingern zu. Jane beobachtete mich dabei, wie ich meine Pfannkuchen aß. Sobald ich mit meiner Gabel in ein neues Stück pickte, kicherte

Jane und griff nach einem Stück Pfannkuchen.

Rob sah zufrieden zu. »Ich habe eine Agentur angeschrieben, die Nannys vermitteln. Heute kommt jemand vorbei.«

Jane steckte ihre mit Sirup verschmierte Hand in ihren Mund und sah mich glücklich an.

»Oh, das hört sich gut an.«

»Hoffentlich kommt Jane mit jemand Neuem zurecht.«

»Bestimmt, wir lassen sie ja nicht sofort alleine.«

Ich wollte noch etwas sagen, da klingelte Robs Handy. Er entschuldigte sich und stand auf.

Ich sah zu Jane, sie schleckte ihre Finger ab, die mit Sirup benetzt waren.

Es dauerte ein paar Minuten, bis Rob wiederkam. »Das war das Krankenhaus, sie haben einen Spender gefunden. Janine wird noch heute operiert.« Er setzte sich an den Tisch und sah mich zufrieden an.

»Das ist ja eine Überraschung.«

»Ja, das ist es. Ich hoffe, dass alles gut geht und sie es schafft.« Er sah zu Jane, die völlig ahnungslos ihre Pancakes zerzupfte und in den Sirup tunkte.

Ich wusste ja, dass es ihm nur um Jane ging und er nicht wollte, dass sie ihre Mutter verlor. Doch damit, dass er sich so darüber freute, kam ich nicht klar. Wieder schossen mir Tränen in die Augen. Warum störte mich das denn nur so?

»Was ist los?«

»Es ist nichts, ich freue mich und irgendwie fällt gerade eine schwere Last von mir ab.«

»Ich verstehe schon«, plötzlich lag seine Hand auf meiner, »ich hoffe, dass alles gut geht und wir dann endlich wieder wir sein können.«

Ich lächelte und fühlte mich sofort besser.

*

Rob hatte sich am Nachmittag auf den Weg ins Krankenhaus gemacht. Am Telefon konnte man ihm nicht viel sagen und so wollte er sich vor Ort ein Bild machen. Ich hatte angeboten, ihn zu begleiten, doch das hatte er abgelehnt. Er wolle mir das nicht zumuten.

So saß ich nun in der Küche und wartete auf das Kindermädchen. Ich war gespannt, ob es wirklich klappen würde. Da Janine operiert wurde und sich bald wieder um ihre Tochter kümmern könnte, schien die Situation leichter zu sein.

Ich verschloss das Fenster, es hatte zu schneien begonnen.

»Wo ist Papa?«

»Er ist im Krankenhaus, er kommt bald wieder.«

Sie lächelte. »Warum?«

»Das erzähle ich dir später.«

Sie nickte und ich war froh, dass es sich damit erledigt hatte. Jane wusste zwar, dass ihre Mutter im Krankenhaus war. Doch ich wollte nicht, dass sie sich Hoffnungen machte, wenn ich ihr nun zu viel erzählen würde.

»Komm, ich lese dir etwas vor.«

Ich wollte gerade aufstehen, da klingelte es an der Tür, vermutlich das Kindermädchen. Sie war früh dran, ein gutes Zeichen, fand ich. Ich erklärte Jane, dass wir später lesen würden und öffnete die Tür.

»Hallo«, sagte eine freundliche junge Frau zu mir, »ich bin Sandy. Bin ich richtig bei Hanson? Ich bin von Nanny Time und soll mich hier vorstellen.« Sie war mir gleich sympathisch. Sie war etwa in meinem Alter und trug eine einfache Jeans und einen blauen Pullover, ihre blonden Haare hatte sie zu einem Zopf gebunden.

»Hallo, ich bin Carlie, kommen Sie doch rein.«

Lächelnd trat Sandy in die Wohnung und sah sich um.

»Wollen Sie etwas trinken?«

Sie schüttelte den Kopf.

»Dann gehen wir gleich zu Jane.«

Sandy nickte und folgte mir in die Küche, wo ich die beiden einander vorstellte.

»Hallo, Jane.«

Janes Lächeln verschwand, sie begann zu weinen.

»Keine Angst, kleine Maus. Ich tue dir nichts.«

Sandy nahm Jane auf den Arm, ich fand gut, dass sie gleich die Initiative ergriff und Jane beruhigen wollte. »Das geht vielen Kindern bei fremden Menschen so, das legt sich schnell wieder«, sagte sie und widmete sich dann erneut Jane. »Du musst nicht weinen.«

Sandy versuchte alles, um sie zu beruhigen, doch es klappte nicht, erst auf meinem Arm hörte Jane auf und sah mich mit großen Augen an.

»Was ist denn hier los?« Wir sahen beide zur Tür, dort stand Rob mit dem Mann vom Jugendamt. Was machte er hier? Rob hatte ihm vor unserem Abflug mitgeteilt, dass wir erst in der zweiten Januarwoche wieder in der Stadt sein würden.

»Guten Tag. Das ist Sandy, sie hat sich um die Stelle als Kindermädchen beworben«, erklärte ich kurz.

Wie schon bei seinem letzten Besuch notierte er etwas in seiner Akte und sagte dann: »Scheint mir nicht sehr erfolgreich gewesen zu sein.« Er schüttelte den Kopf und sah Sandy an.

»Ich weiß auch nicht, was sie hat.« Die Nanny schien wirklich niedergeschlagen zu sein. »Kinder mögen mich eigentlich sehr gerne.«

»In diesem Fall wohl nicht.« Mr. Linus schüttelte den Kopf. »Ich denke, Sie gehen besser. Wir haben noch Einiges zu besprechen.«

Sandy nickte und verschwand nach einer kurzen Verabschiedung aus der Wohnung.

Ich brachte Jane in ihr Zimmer, wo sie sich sofort mit ihrem Spielzeug beschäftigte. Rob und der Mann vom Jugendamt saßen in der Küche und ich ging zu ihnen. Ich hatte kein gutes Gefühl bei der ganzen Sache.

Ich setzte mich neben Rob und legte meine Hand auf seine, er sollte merken, dass ich nun für ihn da war.

»Also, Mr. Hanson, Sie wollen ein Kindermädchen einstellen?«

»Ja, ich muss nächste Woche wieder in die Kanzlei und Carlie zur Uni. Nur wenn wir beide nicht da sind, soll sich jemand um Jane kümmern.«

Mr. Linus notierte sich etwas in seinen Akten. »Ich wurde darüber in Kenntnis gesetzt, dass ihre Mutter heute operiert wird.«

Rob nickte.

»Die Ärzte haben mich darüber informiert, dass sie in vier bis sechs Wochen das Krankenhaus wieder verlassen kann, wenn alles gut läuft.«

Rob nickte abermals. »Das wurde auch mir gesagt.«

»Sie verstehen hoffentlich, dass ich in Anbetracht dieser neuen Entwicklung einer Nanny kritisch gegenüberstehe.« Er sah erst zu mir und dann wieder zu Rob. »Das kleine Mädchen musste in der kurzen Zeit schon mit so vielen Veränderungen klarkommen. Ich hatte auch nicht den Eindruck, dass das funktionieren würde.«

Nun mischte ich mich ein. »Aber sie hat sie heute zum ersten Mal gesehen.«

»Das stimmt wohl. Dennoch empfinde ich es nicht als gute Idee und würde es lieber sehen, wenn sie eine andere Lösung finden würden.« Er notierte sich wieder etwas in seinen Akten. »Miss Morgan wird sich auf lange Sicht wieder um ihre Tochter kümmern können.«

Wieder sah ich zu Rob. Er wollte Jane bei sich haben, wir hatten zwar nicht mehr darüber geredet, doch ich konnte mir nicht vorstellen, dass sich an seiner Meinung etwas geändert hatte.

»Wie haben Sie sich das mit der Betreuung vorgestellt?«, fragte nun Rob.

»Sie müssen eine Lösung finden, einer von Ihnen sollte bei Jane bleiben.« Er sah wieder zu mir, dann zu Rob.

Die Lösung, die wir in den letzten Wochen hatten, war regelmäßig gescheitert. Ich traute mich nicht, etwas zu sagen. In der aktuellen Situation war es besser, wenn ich still war.

»Das geht nicht.«

Überrascht sah ich zu Rob.

»Ich habe meinen ersten eigenen Fall bekommen.«

Ich lächelte, es freute mich, dass er seinen eigenen

Fall bekommen hatte, doch ich erfuhr gerade mal so nebenbei davon. Mir wurde wieder klar, wie weit wir uns voneinander entfernt hatten.

»Und das heißt?«, fragte Mr. Linus.

»Ich werde in den nächsten Wochen mehr Zeit in der Kanzlei verbringen müssen. Meine Arbeit kann ich nicht von jemand anderem machen lassen.«

Wieder notierte er sich etwas in seinen Unterlagen.

»Gut, ich stimme zu, dass ein Kindermädchen auf Jane aufpasst. Sollte dies aber nicht klappen, müssen Sie eine andere Lösung finden.«

»Dann werde ich den Fall abgeben«, sagte er traurig.

Ich fasste im selben Augenblick einen folgenschweren Entschluss. »Nein, das musst du nicht. Ich werde eine Pause bei meinem Studium einlegen.«

»Nein«, Rob schüttelte den Kopf, »das geht nicht. Ich weiß, wie lange du dafür gekämpft hast.«

»Und ich weiß, wie viel Arbeit du in deine Karriere gesteckt hast. Die ist jetzt wichtiger als mein Studium, diese Chance kommt vielleicht nicht so schnell wieder. Ich habe kein Problem damit, eine Pause zu machen. Es wäre ja auch nur die Notlösung.«

Rob lächelte.

»Gut, dann scheinen wir ja zu einer Entscheidung gekommen zu sein.« Mr. Linus stand auf. »Ich werde jetzt wieder gehen. Denken Sie noch mal über alles nach, ich melde mich Ende der Woche bei Ihnen, um zu fragen, ob es dabei bleibt.«

»Danke, ich bringe Sie zur Tür.« Rob erhob sich und begleitete ihn nach draußen.

Ich blieb in der Küche sitzen. Natürlich liebte ich mein Studium, doch ich konnte Rob nicht hängen lassen und da es Janine besser zu gehen schien, würden es nur ein paar Wochen sein. Natürlich war ich nicht sicher, ob ich das Richtige tat, doch es war das Einzige, was ich jetzt tun konnte. Ich stand auf und ging zum Fenster, öffnete es und ließ die eisige Luft in die Küche, es schneite noch immer.

»Danke.«

Ich drehte mich um und sah zu Rob, der wieder in

der Tür stand. »Du musst dich nicht bedanken.«

»Doch, muss ich. Ich hätte nie damit gerechnet, dass du das machst. Du warst immer so niedergeschlagen, wenn es mit der Collegeaufnahme nicht geklappt hat.«

»Nachdem du von deinem ersten eigenen Fall geredet hast, konnte ich nicht zulassen, dass du das Angebot ablehnst. Wer weiß, wann so eine Chance wiederkommt.«

Rob nickte lächelnd. »Ich will dieses Angebot fast nicht annehmen.«

»Es ist ja nicht für immer.«

»Bist du sicher? Ich würde verstehen, wenn du es dir überlegst.«

»Ich bin mir sicher.«

Rob nahm mich in seine Arme.

Ich drückte mich fest an ihn. Endlich könnten wir es schaffen.

Kapitel 35

Rob

2009

Seit ich Janine das letzte Mal gesehen hatte, waren einige Monate vergangen. Der Kuss hatte mich noch lange beschäftigt. So etwas durfte nicht wieder passieren. Deswegen hatte ich weitere Anrufe und Nachrichten von ihr ignoriert. Hatte sogar mit dem Gedanken gespielt, ihre Nummer zu blockieren. Dagegen stand aber, dass, wenn es wirklich einen Notfall geben sollte, sie plötzlich vor der Tür stehen konnte. Ignorieren war die einzige Möglichkeit. Da sie mich allerdings schon seit Tagen versuchte zu erreichen, blieb mir nichts anderes übrig, als zu ihr zu gehen. Das musste ein Ende haben.
Janine lächelte, als sie mir die Tür öffnete. Sie trug ein verwaschenes, altes graues Shirt und eine schwarze Jogginghose, ihre blonden Haare waren kürzer geworden.

»Rob. Ich habe dich gar nicht erwartet.«

»Was willst du? Ich hab dir doch gesagt, dass du dich nur melden sollst, falls es einen Notfall gibt«, sagte ich, noch bevor sie mich begrüßen konnte.

»Den gibt es auch. Möchtest du reinkommen?« Sie ging zur Seite.

Ich betrat die Wohnung. »Was ist der Notfall?«

»Wollen wir uns kurz setzen? Dann erkläre ich dir alles?«

Widerwillig nickte ich, ich wollte nicht länger bleiben als nötig.

»Jane ist heute bei einer Freundin.«

Ich hätte sie eh nicht sehen wollen. An meiner Einstellung hatte sich nichts geändert.

»Trinkst du ein Bier?«

»Verdammt, Janine, ich hab für deine Spielchen keine Zeit. Sag, was los ist«, fuhr ich sie genervt an.

»Gib doch zu, dass du gelogen hast.«

Überrascht sah sie mich an, es dauerte kurz, dann nickte sie.

Hatte ich es doch gewusst. Wieder war ich darauf hereingefallen.

»Möchtest du dennoch ein Bier?«

»Du musst begreifen, dass das mit uns nie etwas werden wird. Ich liebe Carlie und will sie nicht verlieren.«

»Irgendwann wird sie es erfahren.«

Ich schüttelte den Kopf. Das wusste ich zu verhindern.

Janine reichte mir ein Bier. Ich hatte meine Termine etwas verschoben und so die nötige Zeit. Mir war klar, dass es besser wäre, ich würde wieder gehen. Erneut hatte ich Janine zu verstehen gegeben, dass ich nichts mit ihr zu tun haben wollte. Mich jetzt mit einem Bier auf ihr Sofa zu setzen, vermittelte ein falsches Bild. Dennoch konnte ich nichts dagegen tun.

»Nur kurz.«

Sie nickte und setzte sich neben mich auf das Sofa.

*

Ich stimmte in Janines Lachen mit ein und trank wieder einen Schluck von dem Bier.

Zufällig sah ich zur Uhr. Ich hatte völlig die Zeit vergessen. Aus einem Bier waren vier geworden.

Wir hatten uns über unsere Arbeit in der Kanzlei erzählt und festgestellt, dass wir ähnliche Erfahrungen gesammelt hatten.

Janine legte ihre Hand auf meine und sah mich an. »Es tut mir leid«, flüsterte sie. »Ich weiß, dass du mit Carlie glücklich bist. Es war nicht richtig, dass ich versucht habe, dieses Glück zu zerstören.«

Es lag ein trauriger Ton in ihrer Stimme, der dazu führte, dass ich ihr glaubte. Janine war nett und wären die Umstände anders, hätten wir sicher befreundet sein können. Es war schade, dass Carlie sie nie kennenlernen würde, sie hätte sie bestimmt auch gemocht.

Ich schüttelte den Kopf. Was dachte ich da denn?

»Ich muss gehen.«

»Kommst du mal wieder vorbei?«

Ich schüttelte den Kopf. Weitere Treffen durfte es nicht geben.

Kapitel 36

Carlie

2011

»Wo ist denn die Milch?«

Es dauerte ein paar Sekunden, bis ich merkte, dass er mit mir sprach. »Im Kühlschrank steht doch eine Packung.«

»Die ist leer.« Zur Demonstration schüttelte er den Karton hin und her.

»Ich stelle keine ausgetrunkenen Packungen in den Kühlschrank.«

»Aber ich, oder was?«, fragte er, schmiss die Packung in die Spüle und sah mich wütend an. »Verdammt«, fluchte er.

»Reg dich jetzt nicht auf.«

»Ich soll mich nicht aufregen? Du machst die Milch leer, behauptest, es nicht gewesen zu sein.«

»Rob«, setzte ich an, entschied mich aber, nicht auf seine Aussage einzugehen, um eine Eskalation zu vermeiden. »Es tut mir leid. Ich besorge Milch.«

»Du machst es dir ja einfach.«

»Was willst du eigentlich?«

»Du verstehst nicht, wo das Problem ist.«

Ich schüttelte den Kopf. Damit es nicht schlimmer wurde, gab es nur eine Möglichkeit. Ich nahm meine Schlüssel, sagte Rob, dass ich Milch holen würde, und verließ die Wohnung.

Zwanzig Minuten später verließ ich gerade einen kleinen Supermarkt, ich wollte Rob eine Nachricht schreiben, dass ich wieder nach Hause kommen würde, da stieß ich mit jemandem zusammen.

»Carlie. Hallo, schön dich zu sehen.«

»Marc.« Ich lächelte. »Hallo.«

»Das trifft sich gut. Ich wollte mich noch bei dir melden, wie sieht es aus? Hast du Zeit für einen Kaffee?«

Ich ließ mein Handy wieder in meine Tasche gleiten und stimmte zu. Rob würde auch noch etwas länger warten können.

*

Wir betraten ein kleines Café, eine wohlige Wärme umhüllte mich. Es schneite zwar nicht, dennoch war es eisig kalt draußen, sodass ich froh war, mich aufwärmen zu können.

»Geht es dir nicht gut?«, fragte Marc und schaute mich besorgt an. »Du siehst nicht gut aus.«

»Alles gut, ich hatte in den letzten Tagen nur etwas Stress.«

»Ich habe dich in den letzten Tagen gar nicht in der Uni gesehen.«

Ich nickte. Es war tatsächlich passiert, dass Jane mit dem Kindermädchen nicht zurechtkam. Daher passte ich nun den ganzen Tag auf sie auf. Ich entschloss mich aber dazu, ihm nichts davon zu erzählen. Sonst hätte ich ihm alles sagen müssen, was den Rahmen gesprengt hätte.

»Ich musste mich um einige Dinge kümmern«, war deshalb meine schlichte Erklärung.

Marc griff nach einem Stück des Muffins, der vor mir lag, und stopfte ihn sich in den Mund, was mich zum Lachen brachte. Er grinste und im selben Moment fiel die Anspannung von mir ab. »Du solltest öfters lachen, das steht dir gut.«

Ich lächelte.

»Was hast du heute noch vor?«

»Ich muss ins Krankenhaus, jemand besuchen.«

Janine war stabil genug, um Besuch zu empfangen.

»Und morgen?«

»Warum fragst du?«

»Wir könnten ins Kino oder zusammen etwas essen.«

Ich wusste nicht, was ich sagen sollte.

»Wenn du nicht möchtest, ist das auch okay.«

»Doch, ich würde gerne, morgen geht es aber nicht.«

»Gut«, Marc grinste, »dann habe ich noch etwas mehr Zeit, mir einen schönen Abend zu überlegen. Passt es dir diesen Freitag?«

»Ja.« Augenblicklich bekam ich ein schlechtes Gewissen, weil er sich Hoffnungen machte und ich mich nicht überwinden konnte, ihm von Rob zu erzählen. Das war nicht fair, doch zurzeit genoss ich die Unbeschwertheit mit Marc zu sehr.

»Perfekt.« Er trank von seinem Kaffee.

Ich freute mich darauf, mit ihm ins Kino zu gehen, einen entspannten Abend zu verbringen. Kurz dachte ich an Brians Worte, Marc könnte mein Zeichen sein. Vielleicht hatte er recht.

＊

Eine halbe Stunde später schloss ich die Tür zu unserem Apartment auf. Wir wollten mit Jane zu ihrer Mutter fahren. Vor einigen Tagen war sie in ein normales Zimmer verlegt worden. Natürlich war ich froh, dass es ihr langsam besser ging und sie in ein paar Wochen das Krankenhaus verlassen durfte.

»Rob.« Ich schloss die Tür. »Wenn du willst, können wir los.«

»Da bist du ja endlich.« Er hörte sich gestresst an. »Wo warst du? Ich habe versucht, dich zu erreichen.«

Er kam aus der Küche und sah mich sauer an. »Ich muss in die Kanzlei.«

»Warum das denn? Ich dachte, wir wollten mit Jane ins Krankenhaus.«

»Mein Mandant, es ... Ach egal, es dauert zu lange, dir das zu erklären, ich muss los.«

Ich nickte, war zu verwirrt, um zu reagieren.

»Gegen Abend bin ich zurück.«

»Fahren wir dann morgen ins Krankenhaus?«

Rob blieb stehen und sah mich an. »Nein, du musst alleine gehen.«

»Was?«

»Du musst alleine gehen«, wiederholte er völlig selbstverständlich, als sei Janine eine alte Freundin und nicht die Frau, mit der er mich betrogen hatte.

»Das kannst du nicht von mir verlangen.«

Er stöhnte genervt, schloss die Tür wieder und sagte: »Es macht keinen Unterschied, ob ich dabei bin oder nicht.«

»Natürlich, ich komme doch nur dir zuliebe mit. Ist dir eigentlich klar, was du da von mir verlangst?«

»Carlie, ich habe keine Zeit für Diskussionen, tu mir bitte diesen Gefallen.«

Zögerlich nickte ich.

Rob lächelte zufrieden und verschwand nach draußen.

Wie angewurzelt blieb ich stehen, konnte nicht glauben, dass er das von mir verlangte. Schon gar nicht konnte ich fassen, was er als Letztes gesagt hatte. Ich versuchte doch die ganze Zeit, ihm alles recht zu machen.

*

Eine Stunde später war ich mit Jane im Krankenhaus. Den ganzen Weg hatte ich mit mir gehadert, denn ich wollte Janine nicht treffen. Jane hatte sich zu sehr gefreut, ihre Mutter zu sehen, und auch Janine wollte ich es nicht verweigern, ihre Tochter zu sehen.

Als wir in ihr Zimmer eintraten, war sie sichtlich

überrascht, freute sich aber, ihre Tochter wiederzusehen. Sofort merkte ich, wie sehr Jane ihre Mutter
vermisst hatte.

Es war die richtige Entscheidung gewesen, mit
Jane herzukommen, auch wenn mir das schwerge-
fallen und ich sauer auf Rob war.

Nachdem ich Janine und Jane eine Zeit lang allein
gelassen hatte, ging ich wieder zurück zu ihrem Zimmer. Ich holte tief Luft und öffnete die Tür.

»Hallo.« Janine lächelte.

»Hallo.« Ich sah zum Bett. Sie hatte ihre schlafen-
de Tochter in den Armen, was bedeutete, dass wir
noch nicht gehen konnten.

Nur ungern setzte ich mich auf einen Stuhl, der am
Fenster stand. Ich wollte nicht mit Janine reden, um
die Zeit zu überbrücken.

»Danke, dass du sie hergebracht hast. Ich kann mir
vorstellen, dass es nicht leicht für dich ist.«

Ich nickte, sah hinaus in einen kleinen Park.

»Es tut mir leid, was passiert ist. Dass ich mit Rob
geschlafen habe, obwohl ich wusste, er hat dich.
Dass Jane daraus entstanden ist, tut mir jedoch nicht
leid, etwas Besseres als sie konnte mir nicht passieren.«

»Ich glaube dir«, sagte ich und sah wieder zum
Fenster hinaus, beobachtete einen Mann, der seine
Frau im Rollstuhl zum Auto schob.

»Du musst mich hassen.«

Ich sah überrascht zu ihr.

»Wie ich früher war, dafür hasse ich mich. Rob war
nur ein Abenteuer, mehr nicht, ich hatte nie vor, ihn
wiederzusehen. Erst der positive Schwangerschafts-
test hat das geändert.«

Ich nickte. Janine wirkte nett und ehrlich. Jane hatte ihr Leben wohl sehr verändert. Dennoch keimte in
mir eine Frage auf, auf die ich unbedingt eine Antwort brauchte. »Wie kannst du dir sicher sein, dass
Rob der Vater ist?«

Janine streichelte ihrer Tochter über den Kopf, sah
mich nicht an, als sie sagte: »Nach Rob hatte ich lange keinen anderen Mann.«

»Gibt es einen Vaterschaftstest?«

Janine nickte. »Ja, Rob hatte mir kein Wort geglaubt.«

»Wie oft habt ihr euch getroffen?« Sofort bereute ich meine Frage und war nicht sicher, ob ich die Antwort hören wollte.

»Von der Schwangerschaft habe ich ihm in der achten Woche erzählt. Die Schwangerschaft über habe ich ihn nicht gesehen. Als die Wehen eingesetzt haben, rief ich ihn an. Dann recht regelmäßig, nach ein paar Monaten, wurden seine Besuche weniger und er kam nur noch alle paar Monate vorbei.«

Rob hatte mich belogen, er hatte behauptet, sie nicht gesehen zu haben. Es war nicht zu fassen, dass er deswegen nicht ehrlich zu mir war. Dann schoss mir ein weiterer Gedanke durch den Kopf. War er bei der Geburt dabei? Das konnte ich mir eigentlich nicht vorstellen, ich hätte gemerkt, wenn er stundenlang nicht da gewesen wäre. Allerdings hatte ich auch nicht bemerkt, dass er mehrmals die Woche bei ihr gewesen war. Ich sah Janine an, stellte ihr dieselbe Frage und hatte Angst vor der Antwort.

»Nein, erst zwei Tage später war er kurz da, nur um den Test zu machen. Er sah Jane nicht einmal an.«

Ich war froh, dass er nicht bei der Geburt dabei gewesen war. Noch hatte ich aber noch nicht genug Antworten. »Habt ihr noch mal miteinander geschlafen?« Ich musste es einfach von ihr hören, Rob würde mir nie die Wahrheit sagen.

»Versucht habe ich es, immerhin wollte ich eine glückliche Familie für Jane haben.«

»Das beantwortet nicht meine Frage.«

Sie sah ihre Tochter an und dann wieder zu mir. »Ja.«

Ich wollte nicht wissen, wie oft er mich noch belogen hatte. Daher fasste ich den Entschluss zu gehen, Rob zu verlassen.

»Danke, dass du mir das gesagt hast.«

»Es tut mir leid.«

»Das muss es nicht.« Ich stand auf und nahm Jane auf den Arm, die noch immer schlief. Ich konnte nicht länger hierbleiben, ich musste nach Hause und meine Koffer packen.

*

Zurück in unserem Apartment fing ich gleich damit an, während Jane in ihrem Zimmer spielte. In der untersten Schublade fand ich ein Fotoalbum und blätterte es durch. Darin waren Fotos von meinem Abschlussball. An diesem Abend hatten wir uns versprochen, den anderen nicht zu verletzen. Ein Versprechen, das nun nichts mehr wert war.

Ich würde es nicht länger mit Rob in unserer Wohnung aushalten. Am liebsten wäre ich sofort verschwunden. Aber da ich Jane nicht allein lassen konnte, wartete ich auf Rob. Gerade, als ich das Fotoalbum in den Koffer legte, hörte ich den Schlüssel in der Tür.

»Carlie?«

»Ich bin im Schlafzimmer.«

Ein paar Sekunden später stand er in der Tür.

»Ich werde gehen«, beantwortete ich seine nicht gestellte Frage und öffnete die nächste Schublade.

»Was ist passiert?«

»Ich habe mit Janine gesprochen. Sie hat mir erzählt, wie oft ihr euch getroffen habt, und sie hat mir gesagt, dass ihr noch mal miteinander geschlafen habt. Ich will gar nicht wissen, wie oft du mich noch angelogen hast.«

»Was?« Er schien verwirrt. »Jetzt hör auf.« Er schaute mich traurig an. Das letzte Mal hatte ich diesen Blick an ihm gesehen, als er mir von Janine erzählt hatte. »Keine Ahnung, was sie zu dir gesagt hat, aber nichts davon stimmt. Ich habe nur einmal mit ihr geschlafen, das musst du mir glauben.«

»Sie hat mir aber etwas völlig anderes erzählt.«

»Janine hat dich angelogen.« Er klang verzweifelt.

»Wollte sie dich verführen?«

Rob nickte.

Ich zog den Reißverschluss meines Koffers zu und stellte ihn auf den Boden.

»Du kannst nicht gehen.«

»Ich muss.«

»Lass uns darüber reden.«

Ich schüttelte erneut den Kopf. In diesem Moment klingelte das Handy von Rob. Er zog es aus seiner Hosentasche und drückte den Anruf weg. »Ich rufe Jackson an, er und Amy sollen Jane holen, dann reden wir.«

»Nein, Rob, ich werde gehen.«

Sein Handy klingelte abermals, er sah auf das Display und dann wieder zu mir. »Das Krankenhaus, warte bitte kurz.« Rob nahm den Anruf entgegen und ich verließ das Schlafzimmer. Solange er telefonierte, konnte ich die Wohnung verlassen, es war einfach das Beste.

Als ich die Haustür öffnete, tauchte Rob hinter mir auf und sagte: »Carlie ... Janine wird gerade in den OP gebracht. Ihr Körper stößt die Spenderniere ab.«

Ich ließ meine Schultern hängen und schloss die Tür wieder, ich wusste, was das zu bedeuten hatte. Würden die Ärzte nicht binnen weniger Stunden eine neue Niere für Janine finden, hätte Jane ihre Mutter heute zum letzten Mal gesehen.

Rob sah mich verzweifelt an.

Ich nahm meinen Koffer, ging an Rob vorbei und schloss die Tür zum Schlafzimmer. Um mit ihm zu reden fehlte mir die Kraft. Ich rutschte an der Tür runter, saß mit angewinkelten Knien auf dem Boden und mir wurde bewusst, dass es längst zu spät war zu gehen.

Kapitel 37

Carlie

2011

Mein Herz raste, ich wischte meine schweißnassen Hände an meiner Jeans ab. Ich blickte durch das Fenster in die dunkle Nacht. Es schneite schon wieder, es sah so friedlich aus, wie die weißen Flocken vom Himmel fielen. Die Worte von Rob hallten in meinem Kopf wider. Stundenlang hatte ich gehofft, dass alles gut werden würde. Ich wollte aus diesem schrecklichen Albtraum aufwachen, in dem ich mich gefangen fühlte, doch es gelang mir nicht. Die Hand meines Freundes lag plötzlich auf meiner Schulter, durch die Fensterscheibe konnte ich sehen, dass es auch ihm nicht gut ging. Er sah traurig aus. Das war ich auch, heiße Tränen liefen meine Wange hinab.

»Komm her«, Rob zog mich in seine Arme. »Alles wird gut.«

Seine Worte kamen nur leise bei mir an, denn es stimmte nicht, nichts würde mehr gut werden. Janine hatte die Operation nicht überlebt.

*

Ich hatte mich das letzte Mal mit dem Tod auseinandersetzen müssen, als meine Mutter gestorben war. Doch diesmal war alles anders. Ich trauerte oder weinte nicht, machte mir keine Gedanken über die Beerdigung oder all die Verwandten, die ich treffen musste. Dieses Mal wollte ich nur, dass alles schnell vorbei war und seinen gewohnten Lauf nahm. Doch es würde nie wieder wie früher werden.

Janine war verbrannt worden. Ihre Schwester hatte ihre Asche abgeholt, die einzige Verwandte, die sie noch hatte. Meine Hoffnungen ruhten auf ihr, dass sie Jane würde erzählen können, wie ihre Mutter gewesen war. Sie würde persönliche Dinge von Janine aufbewahren, bis Jane alt genug war. Janine und ihre Schwester hatten nicht das beste Verhältnis, sodass sie kein Interesse daran hatte, ihre Nichte kennenzulernen. Das tat mir für Jane leid, sie war ein unschuldiges kleines Kind. Sie war der Grund, warum ich noch hier war. Ich hatte vor ein paar Tagen den Entschluss gefasst, zu gehen, und daran hielt ich fest. Ich wollte unsere Beziehung nicht mehr, ich wollte mein Leben zurück, eigentlich unser altes Leben. Als der Anruf aus dem Krankenhaus gekommen war, hatte ich gewusst, dass dies nicht mehr gehen würde. Zurzeit wusste ich noch nicht, wie ich Rob meinen Entschluss mitteilen sollte. Er war den ganzen Tag auf der Arbeit, kam spät nach Hause und ging früh aus der Wohnung. So hatte es auch noch keine Gelegenheit gegeben, ihm zu sagen, dass ich das College für das komplette letzte Semester pausiert hatte.

Ich würde mich fürs Erste den Tag über weiter um Jane kümmern, bis ein Platz im Kindergarten für sie frei wäre. Aktuell war nicht abzusehen, wie lange das noch dauern würde. Wir standen auf einigen Wartelisten. Nur weil ich nicht mehr mit ihm in einer Wohnung leben wollte, würde das nicht bedeuten, dass ich ihn im Stich lassen würde.

Wenn ich daran dachte, auszuziehen, fühlte es sich

an, als würde mein Herz brechen. Doch ich hatte keine Kraft mehr und deswegen schon mit Amy gesprochen. Sie hatte mir zugesichert, dass ich in ihrem Gästezimmer unterkommen konnte, bis ich wusste, wie es genau weitergehen würde.

Mein Entschluss war gefasst, am Wochenende würde ich mit Rob darüber reden.

*

»Carlie?« Ich sah zu Rob, der gerade zur Tür hereinkam. Wenigstens diesmal war er pünktlich.

»Gut, dass du da bist. Ich muss los.«

Verwirrt schaute er mich an. »Was? Wohin denn? Ich wollte mit dir reden.«

»Ich hab dir doch gesagt, dass ich mich mit Jake zum Lernen treffe.«

Obwohl das nicht stimmte. Ich war mit Marc im Kino verabredet. Auch wenn ich wusste, dass Rob nichts dagegen gehabt hätte, belog ich ihn deswegen. Es war Freitagabend. Wie ich Marc eine Woche zuvor zugesichert hatte, wollten wir ins Kino, um uns *Black Swan* anzusehen.

Zögerlich nickte er. »Ja, hast du. Kannst du das nicht verschieben?«

Ich griff nach meiner Jacke und zog sie an. »Wir können morgen reden, da hast du doch frei.«

Rob schüttelte den Kopf. »Ich muss morgen ein paar Stunden in die Kanzlei. Martin ist im Urlaub.«

»Ich kann das jetzt nicht verschieben. Jane schläft schon. Bis später.«

Rob griff nach meinem Arm, als ich beabsichtigte, an ihm vorbeizugehen. »Bitte bleib.« Ich hatte das Gefühl, Rob wollte nicht nur, dass ich blieb, um zu reden, sondern auch, um zusammen zu sein. Es lag viel in diesen beiden Worten. Doch sie erreichten mein Herz nicht und änderten nichts an meiner Entscheidung.

Wieder schüttelte ich den Kopf, ich wollte nicht

bei ihm bleiben, sondern Marc sehen. »Nein.« Rob ließ meinen Arm los und ich verließ die Wohnung.

*

»Möchtest du Popcorn oder Nachos?«

»Popcorn, mit Butter und etwas salzig.« Ich sah zu Marc, der nickte und dann bestellte.

Marc gegenüber wurde mein schlechtes Gewissen immer größer. Ich merkte, dass sich von seiner Seite aus etwas veränderte. Hatte das Gefühl, dass es nicht nur Freundschaft war, weswegen er Zeit mit mir verbringen wollte. Ich schaffte es aber nicht, ihm zu sagen, dass dies von meiner Seite aus nicht möglich war. Solange ich das mit Rob nicht klären konnte, durfte ich gar nicht an etwas anderes mit Marc denken als an eine Freundschaft.

»Wir sind viel zu früh.« Marc gab mir eine Tüte mit Popcorn. »Der Film beginnt erst in zwanzig Minuten.«

»Sollen wir noch etwas trinken?«

»Ja, was magst du denn?«

»Eine Cola, bitte.«

Marc drehte sich erneut um, um uns etwas zu holen.

Die Zeit, in der er weg war, nutzte ich, um kurz auf mein Handy zu sehen. Ich wollte sichergehen, dass ich nichts verpasst hatte. Rob hatte sich nicht gemeldet.

»Wir könnten nach dem Film noch einen Burger essen.«

Ich sah zu Marc und nickte. Wir setzten uns an einen kleinen Tisch.

Er stellte mir und sich ein Bier hin. »Stimmt etwas nicht?«

»Nein, warum denn?«

»Du wirkst irgendwie traurig. Ist es wegen deinem Studium?«

Ich nickte, ja, auch das war ein Grund, weswegen es mir nicht gut ging.

»Eine Pause einzulegen hat nichts mit Versagen zu

tun. Wenn du denkst, dass du Zeit für dich brauchst, dann musst du dir diese Zeit nehmen.«

»Ich weiß, aber das will ich doch gar nicht.«

»Wo ist dann dein Problem? Komm am Montag wieder zur Uni und mach weiter, als sei nichts gewesen. Manchmal helfen ein paar Tage Abstand schon.«

»Damit hast du wahrscheinlich recht.«

»Natürlich habe ich das.« Marc lachte und trank von seinem Bier. »Du hast bei unserem ersten Treffen so begeistert von deinem Studium erzählt, da hatte es mich eh schon gewundert, dass du nun für ein halbes Jahr unterbrechen willst. Mir ist klar, dass sich die Pläne, die man macht, plötzlich ändern können. Willst du mir erzählen, was wirklich los ist?«

»Nicht heute, der Film geht gleich los.«

Marc sah zur Uhr und nickte. »Dann lass uns mal zu unseren Plätzen gehen.« Er stand zuerst auf. Als auch ich mich erhob, griff er nach meiner Hand und lächelte.

Händchenhaltend gingen wir in den Kinosaal und setzten uns in die Sessel. Marc legte seinen Arm um mich und wieder waren alle negativen Gedanken vergessen.

*

»Wo sollen wir etwas essen gehen?«, fragte Marc und sah mich an.

Ich musste nach Hause, denn ich ahnte, wie der Abend sonst enden würde. »Ich weiß es nicht.«

»Wie wäre es mit einem Burger? Nicht weit von hier bekommt man die besten.« Er wartete meine Antwort nicht ab, sondern nahm meine Hand und ging einfach los. Wortlos folgte ich ihm und beschloss, auch den restlichen Abend zu genießen.

Der Laden lag recht zentral. Nicht weit von der Uni weg, auch nicht weit von der Wohnung entfernt, in der wir nach unserem Umzug nach New York gelebt hatten. Wie ich gesehen hatte, gab es das kleine Restaurant schon seit den 80ern. Jackson würde es hier lieben.

»Und?« Erwartungsvoll sah Marc mich an, nachdem ich den ersten Bissen hinuntergeschluckt hatte.

»Lecker«, antwortete ich und biss erneut in den saftigen Burger. Der Salat knackte, als ich ihn zerkaute, etwas von dem geschmolzenen Käse lief meine Finger hinab.

»Wusste ich doch, dass es dir schmecken wird. Warte, bis du die Pommes probiert hast.« Er griff nach meinen Pommes, aß die erste Fritte selbst, die nächste hielt er mir vor den Mund.

Als ich zu Ende gekaut hatte, nahm ich die Fritte entgegen und war überrascht. Sie waren außen kross, innen ganz weich und fluffig.

»Sie schmecken dir«, stellte er fest und aß weiter.

»Ich wohne schon so lange hier, ich kann gar nicht glauben, dass ich noch nie hier war.«

»Ist zwar recht zentral, aber etwas versteckt und von außen sieht es nicht so aus, als würde man hier so gut essen.«

Ich nickte.

»Die Soßen musst du unbedingt noch versuchen. Hier wird alles selbstgemacht.« Als wenn er Angst hätte, dass ich es nicht tun würde, griff er wieder nach einer Fritte, tunkte sie in das dunkle Ketchup und hielt sie mir vor meinen Mund.

Grinsend öffnete ich ihn und die Fritte verschwand darin.

Die Aromen, die sich in meinem Mund entfalteten, waren unglaublich. Jedes Ketchup, das ich bisher gegessen hatte, schmeckte viel zu süß. Dieses hier nicht, frische Tomaten mit einer leichten Süße. Frisch gemahlener Pfeffer und etwas Salz.

»Wow«, entwich es mir, als ich dann auch noch die restlichen Soßen probierte.

»Hier müssen wir öfters zusammen hingehen. Dann musst das Pulled Pork versuchen.«

»Ja, das sollten wir.« Wieder biss ich in den Burger.

»Die Frauen, mit denen ich bisher hier war, waren nie begeistert. Es wäre zu viel, zu fettig, zu ungesund.«

»Ist doch Unsinn. Manchmal kann es gar nicht zu

fettig oder ungesund sein.«

»Da geb ich dir recht.« Marc griff nach seiner Cola, trank einen großen Schluck und sah mich dann wieder an. »Ich bin echt froh, dass wir hier sind.«

»Das bin ich auch.« Ja, es war eine gute Entscheidung gewesen, nicht nach Hause zu gehen.

*

Ich sah auf mein Handy, es war fast halb zwei. Viel später, als ich gedacht hatte. Wir hatten gerade erst das kleine Restaurant verlassen, wo ich völlig die Zeit vergessen hatte. »Ich muss nach Hause.«

Marc nickte. »Ich begleite dich, es ist schon spät.«

»Nein. Ich werde ein Taxi nehmen, du musst in eine ganz andere Richtung.«

Marc nickte wieder, ich konnte sehen, dass ihm das nicht recht war. Nicht, weil er sich ein anderes Ende wünschte, nein, er wollte nur, dass ich gut nach Hause kam. »Du meldest dich aber, sobald du zu Hause bist.«

Nun war ich es, die nickte.

»Gut. Wiederholen wir das bald?«

»Unbedingt.«

Marc lächelte, nahm meine Hand, zusammen gingen wir ein Stück und blieben vor einem Taxi stehen, aus dem kurz zuvor jemand ausgestiegen war. Marc öffnete die Tür. Er beugte sich zu mir und küsste mich sanft auf meine Lippen. Nach wenigen Sekunden sah er mich wieder an.

»Schlaf gut.«

»Du auch«, antwortete ich und stieg in das Taxi.

Eine Stunde später lag ich in meinem Bett und versuchte zu schlafen. Doch es gelang mir nicht. Immer wieder dachte ich an diesen kurzen Kuss und musste grinsen. Ich verspürte ein Kribbeln in meinem Magen. Plötzlich hatte ich ein schlechtes Gewissen Rob gegenüber, konnte aber nicht aufhören zu hoffen, dass ich Marc schon bald wiedersehen würde.

Kapitel 38

Carlie

2011

»Du willst bei ihm bleiben?«, fragte Alina.

Ich antwortete nicht, sondern sah zu Amy. Zum Glück sagte sie auch nichts. Wenn Alina den wahren Grund erfahren würde, warum ich hier war, würde sie sich nur aufregen.

»Ich bin froh, dass ihr zusammenbleiben werdet. Es ist schön, dass ihr eurer Liebe eine Chance geben werdet.«

Amy hustete.

Alina sah sie böse an. »Was hast du denn jetzt wieder?«

»Ich hab nur gehustet, bezieh doch nicht immer alles auf dich.«

»Schon klar, nur gehustet. Dir passt es nicht, dass Carlie und Rob zusammenbleiben.«

»Du bist die Einzige, die auf Robs Seite ist«, legte Amy nun nach. »Dauernd nimmst du ihn in Schutz, weil er dein Bruder ist, nicht weil du denkst, dass er recht hat.«

»Das stimmt doch nicht.«

»Oh, natürlich tut es das.«

»Stopp«, unterbrach ich die beiden. »Es reicht mir, immer dasselbe mit euch, können wir nicht endlich mal über was anderes reden?«

»Warum so unentspannt?«, fragte Alina und ich zuckte mit den Schultern.

»Ganz klar«, warf Amy ein, »zu wenig Sex, Jackson ist dann auch immer gereizt.«

»Kann ich mir vorstellen, Rob hatte die letzte Woche viel zu tun.«

Ich nickte und begann zu lachen, ohne dass ich es gewollt hatte.

»Was ist? Wann hattet ihr das letzte Mal Sex?«

Ich überlegte, mittlerweile wusste ich das selbst nicht mehr.

»Das muss ja verdammt lange her sein, wenn du so lange nachdenken musst.« Amy sah mich an.

»Vier Monate«, stellte ich fest.

Beide sahen mich entsetzt an.

»Wie lange?«, fragte Amy.

»Vier Monate«, wiederholte ich und zum ersten Mal wurde mir selbst bewusst, was für ein langer Zeitraum das war.

»Wow.« Amy schüttelte den Kopf.

»Willst du nicht?«, wollte Alina wissen.

»Wir schlafen ja nicht mal in einem Bett.« Und das würde sich auch nicht mehr ändern. Wenn Rob am Mittag von der Arbeit kommen würde, würde ich ausziehen.

»Denkst du immer noch, die beiden schaffen das?« Amy sah zu Alina.

Diese schüttelte den Kopf. Langsam schien auch sie einzusehen, dass sie Amy nicht mehr widersprechen konnte. »Dagegen solltet ihr dieses Wochenende etwas tun. Zwar müssen Jackson und Brian dann allein zum Eishockey gehen, aber die zwei werden sich schon nicht die Köpfe einschlagen.«

»Eishockey?«, fragte ich verwirrt.

»Rob und Jackson haben das gestern Abend vereinbart, bevor Rob nach Hause gegangen ist.«

»Was? Wann war er bei euch?«

»Oh, das wusstest du gar nicht?«

Ich schüttelte den Kopf. »Rob sagte, er hätte Überstunden gemacht.«

»Was für ein Idiot.« Alina wollte etwas einwerfen, doch Amy sprach weiter. »Du musst ihn nicht in Schutz nehmen.« Sie sah mich traurig an. »Rob war die ganze Woche nach der Arbeit bei uns.«

»Das glaube ich nicht.« Ich hatte zu Hause gesessen, auf Jane aufgepasst und gedacht, er würde Überstunden machen. Dabei war er bei seinem Bruder gewesen und hatte mich belogen. Mal wieder.

»Carlie?«

»Was?«, fuhr ich Alina an.

»Rob ist ein guter Kerl.«

»Nur merkt man das nicht«, antwortete Amy.

»Ich würde diesen Rob, den du immer beschreibst, gern mal kennenlernen. Wirklich gerne sogar, doch das wird wohl nicht passieren. Er verliert gerade das Beste, das ich, in seinem Leben passieren konnte, und merkt es nicht. Er ist in meinen Augen kein guter Kerl, sondern ein Idiot.«

»Amy«, zischte Alina, »du machst dich immer unbeliebter, oder, Carlie?«

Ich sagte nichts, Amy wusste auch so, dass ich ihr recht gab. Amy legte ihre Hand auf meine und ich war froh, dass ich sie kennengelernt hatte. »Ist er denn heute wenigstens im Büro?«

Ich sah die beiden an.

Rob wollte wegen Jane samstags zwar nicht mehr arbeiten, doch an diesem Tag musste er dennoch zwei Stunden arbeiten. Nachdem ich nun wusste, dass es nicht zu so vielen Überstunden gekommen war, wie er gesagt hatte, glaubte ich auch nicht, dass er in diesem Moment im Büro war.

»Also ... « Alina brach ab. »Ich habe vorhin mit Onkel Martin gesprochen, sie arbeiten heute zusammen«, fuhr sie schließlich fort, doch ich glaubte ihr kein Wort.

»Nur blöd, ich weiß, dass euer Onkel im Urlaub ist, deswegen macht Rob angeblich Überstunden.«

Alina sagte nichts mehr.

Ich verstand nicht, warum sie ihren Bruder die ganze Zeit in Schutz nahm, das ergab doch keinen Sinn. Damit fiel sie mir ständig in den Rücken. Ich verlor nicht nur das Vertrauen in meinen Partner, nein, auch in meine beste Freundin. Am Ende würde ich vielleicht sogar beide verlieren.

»Ich wollte dich nicht belügen« Alina sah mich an.

»Du musst dich nicht rechtfertigen, sag mir nur, wo er ist.«

»Er ist mit Brian unterwegs. Carlie, ich wollte dich nicht belügen«, sagte sie wieder.

»Warum tust du es dann?«, fragte Amy sauer.

»Das geht dich gar nichts an.« Alina schnaubte wütend. »Ich sag dir, das war das letzte Mal, dass wir uns zu dritt getroffen haben oder ich überhaupt etwas mit dir unternommen habe.«

»Du kannst ja nur die Wahrheit nicht ertragen.« Amy schüttelte ihren blond gelockten Kopf.

»Jackson hat mir so viel von dir und deinem Bruder erzählt. Aber Rob lügt, betrügt und beachtet Carlie nicht, sieht alles als selbstverständlich an. Und du nimmst ihn in Schutz, siehst nur das Gute in ihm und belügst deine beste Freundin. Ich weiß, Familie kann man sich nicht aussuchen, aber mit dem hier will ich nichts mehr zu tun haben.«

Nun legte auch Alina richtig los: »Bitte, geh doch, dich braucht hier keiner.«

»Wenn hier jemand geht, dann du, denn das hier ist immer noch meine Wohnung.«

Alina sah ihre zukünftige Schwägerin wütend an. »Gut, ich kann auf deine Anwesenheit verzichten.«

Die beiden wurden mit jedem Wort lauter, ich war froh, dass Jane das Ganze nicht zu interessieren schien und sie in Ruhe weiterspielte. Mir wurde es aber auch zu viel. Ich wollte nichts mehr von den beiden hören. »Jetzt seid endlich still.«

»Entschuldige, aber Amy hat ... «

»Das interessiert mich nicht, ich werde nach Hause gehen«, unterbrach ich Alina. »Später werde ich mit Rob reden.« Die Offenbarung einer weiteren Lüge von Rob bestärkte mich nur noch in meinem Vorhaben. Es gab keine Chance mehr für uns.

Kapitel 39

Rob

2008

Leise Gitarrenmusik war aus einer der Nachbarwoh-nungen zu hören und überdeckte etwas den Lärm, der von der Straße kam.

»Es ist schön, dass du hier bist.«

Ich sah Janine an und lächelte, ich fand es auch angenehm bei ihr, ich wusste aber, dass ich das nicht zur Gewohnheit machen durfte. Erst vor vier Wo-chen hatte ich sie kurz besucht. Wie auch heute hatte es damals ebenfalls keinen Grund gegeben, zu ihr zu gehen. Vor einer Stunde hatte ich mein Büro ver-lassen, anstatt nach Hause zu gehen, war ich zu ihr gegangen. Das war mir erst bewusst geworden, als ich geklingelt hatte.

»Willst du noch etwas trinken?«

Ich nickte.

Janine stand auf, stolperte dabei und fiel wieder aufs Sofa zurück.

Ich lachte, erinnerte mich an den Abend in der Bar, an die Nacht mit ihr und spürte das unglaubliche Verlangen nach Janine, das ich die ganze Zeit unterdrückt hatte. Ich griff nach ihrem Arm, zog sie zu mir und küsste sie.

Janine war überrascht, das bemerkte ich, aber es dauerte nicht lange, da erwiderte sie den Kuss und setzte sich auf meinen Schoß.

»Verdammt«, murmelte ich und sah Janine an.

Wieder küsste sie mich und öffnete meinen Gürtel und meine Jeans.

Ich konnte nicht mehr nein sagen, ich wollte sie.

Die ganze Zeit hatte ich sie gewollt, jetzt konnte ich mich nicht mehr zurückhalten.

»Diesmal aber mit Kondom«, sagte sie und griff neben sich, um eine kleine silberne Packung aus ihrer Handtasche zu nehmen.

Noch hätte ich abbrechen können, doch ich schaffte es nicht. Wieder betrog ich Carlie und hatte keine Ahnung, wie ich ihr das je erklären sollte.

Kapitel 40

Carlie

2011

Jane war bei Amy und ich auf dem Weg nach Hause, ich wollte meine Koffer packen, auf Rob warten und ihm sagen, dass ich gehen würde. Doch mein Weg führte mich nicht nach Hause. Ohne dass ich darüber nachgedacht hatte, stand ich vor der Tür des Hauses, in dem Marc wohnte. In der letzten Woche hatte er mich öfters zu ihm eingeladen, ich hatte immer abgelehnt. Nun war ich hier. Kurzerhand schrieb ich Rob eine Nachricht, dass ich etwas später kommen würde, und klingelte.

Er sah mich überrascht an, als er mir die Tür öffnete. »Hey. Ich habe gar nicht mit dir gerechnet.«

»Störe ich?«

»Nein.« Er lächelte und ging zur Seite. »Komm rein. Es freut mich, dass du da bist.« Marc schloss die Tür.

Ich folgte ihm in sein Wohnzimmer. Es war das erste Mal, dass ich bei ihm war. Zwar hatte er mich in den letzten Wochen öfters gefragt, ob ich mit zu ihm wollte, das hatte ich aber immer abgelehnt. Ich hatte ein schlechtes Gewissen, dass ich nun hier war.

»Was verschafft mir die Ehre?«

»Ich war in der Nähe und dachte, ich überrasche dich.«

»Eine schöne Überraschung. Möchtest du etwas trinken? Ich hatte vor zu kochen, du könntest mir helfen. Meine Mitbewohner sind nicht da, wir sind ungestört.«

Ich nickte. »Was hast du geplant?«

Marc lächelte, griff nach meiner Hand und zog mich in die Küche.

»Magst du es scharf?«

»Ja.«

Marc nahm eine Chilischote aus dem Kühlschrank und begann, diese klein zu schneiden.

»Die Karotten müssen etwas feiner sein.« Ich nickte. Es machte Spaß, mit ihm zu kochen, er hatte mir erzählt, dass ihm seine Oma das Rezept beigebracht hatte und seine Mutter sich immer freute, wenn er es zu Hause kochte.

»Hast du dir schon Gedanken über die Uni gemacht?«

Ich sah ihn fragend an.

»Du sagtest doch gestern, dass du die Pause gar nicht mehr möchtest.«

»Ich denke noch darüber nach.«

Marc nickte, er sah mich einige Sekunden an, wandte sich dann aber wieder den Zwiebeln zu.

Ich musste ihm erzählen, was los war. Es war zwar nicht der richtige Zeitpunkt, doch wann würde der schon sein?

»Bist du soweit?« Ich nickte und schon griff er nach dem Schneidbrett und beförderte die Karotten zu dem anderen Gemüse in den Topf für die Soße.

»Das riecht super.«

Marc lächelte.

»Ich habe schon lange nicht mehr richtig gekocht.« Dabei dachte ich nicht an Rob, sondern an meine Mutter. Vor ihrem Tod hatten wir sonntags das Essen oft zusammen zubereitet.

»Wir können ja öfter kochen.«

Ich trank von meinem Bier, gab ihm keine Antwort. Ich dürfte ihm nicht noch weitere Versprechungen machen.

*

Eine Stunde später saßen wir in seiner kleinen Küche am Tisch und aßen unsere Spaghetti. Ich hörte gespannt der Geschichte zu, die mir Marc gerade erzählte.

»Wir waren etwa zehn Jahre alt, es war der Geburtstag meiner Tante. Uns Kindern war langweilig, also wollten wir eine Schnitzeljagd machen.« Marc lachte. »Wir haben uns in drei Gruppen aufgeteilt, je vier Personen. Keine Ahnung, wer die Idee hatte, den Weg abzukürzen und durch den kleinen Bach zu gehen. Jedenfalls haben wir die Strömung unterschätzt und steckten fest, wären wir weitergegangen, wären wir sicher abgetrieben.«

»Was ist dann passiert?«

»Wir wollten ja keinen Ärger von unseren Eltern bekommen. Zum Glück sah uns die andere Gruppe und beschloss, uns zu helfen. Am Ende waren alle Kinder in dem Bach und kamen nicht weiter. Dann schaffte mein Bruder es, ans Ufer zu kommen. Er holte Hilfe und am Ende zogen uns unsere Eltern mit Seilen, die sie uns zugeworfen hatten, aus dem Wasser.«

Marc lachte, ich stimmte sofort mit ein. Dies war die dritte Geschichte aus seiner Kindheit, die er mir erzählte.

»Unsere Eltern fanden das natürlich nicht lustig. Es stimmt schon, es hätte viel schlimmer enden können, aber wir haben ein echtes Abenteuer erlebt.«

»Das ist auch wichtig, Kinder sollen Spaß haben.«

»Ja, etwas, das man seinem Nachwuchs in New York nicht bieten kann. Spätestens wenn ich eine Familie gründe, will ich wieder nach Montana. Wie ist das bei dir?«

»Ich sehe das auch so.« Rob und ich hatten geplant, in ein kleines Haus außerhalb der Metropole zu ziehen. Auch ich wollte nicht, dass unsere Kinder in der Stadt groß wurden. Aber eine Zukunft mit Rob war fraglich. Darüber wollte ich jetzt auch gar nicht nachdenken. Zum Glück wechselte Marc das Thema.

»Das ist gut.« Marc lächelte. »Willst du noch ein paar Spaghetti?«

Ich nickte.

*

»Es ist schön, bei dir zu sein.«

»Finde ich auch.« Marc grinste, legte seinen Arm um mich und zog mich näher zu sich. »Das hört sich jetzt vielleicht komisch an, aber ich bin froh, dass ich dich angefahren habe.«

Ein kurzes lachen entwich mir. »Ich auch«, flüsterte ich und legte meinen Kopf auf seine Schulter. Obwohl ich nicht hier sein durfte, konnte ich gerade nicht anders.

»Carlie.«

Ich blickte auf, sah Marcs braune Augen und lächelte.

Er küsste mich vorsichtig, wie schon am Abend zuvor, bevor ich ins Taxi gestiegen war.

Auch in diesem Augenblick verspürte ich ein Kribbeln. Wir sahen einander an, diesmal ergriff ich die Initiative und drückte meine Lippen sanft auf seine. Für einen Moment dachte ich daran, dass ich noch nie jemand anderen als Rob geküsst hatte, ließ diesem Gedanken aber keinen weiteren Spielraum.

»Warum hat das so lange gedauert?«, fragte mich Marc und sah mich an.

Ich antwortete nicht, sondern küsste ihn wieder. Ich fühlte mich so gut wie schon ewig nicht mehr, dieses Gefühl wollte ich nicht zerstören.

Zu Anfang waren es nur kurze Küsse, doch schnell vergaß ich alles um mich und ließ mich fallen. Zum ersten Mal seit Wochen entspannte ich mich und dachte an gar nichts mehr.

Ich lag auf dem Rücken, meine Beine angewinkelt,

Marc dazwischen, meine Arme hatte ich um seinen Hals gelegt. Wir küssten uns noch immer. Er hatte mein Shirt etwas nach oben geschoben und streichelte meinen Bauch, kurz vor meinem BH stoppte er und sah mich lächelnd an. »Du schmeckst so gut.« Er fuhr mit seiner Hand über meinen Bauch und öffnete meine Hose. »Ich wollte nicht, dass es zu schnell geht, aber ich weiß nicht, ob ich noch warten kann.« Marc küsste mich kurz auf den Mund und bewegte sich dann langsam nach unten, er küsste meinen Bauch und wollte mir meine Hose ausziehen.

Das war der Moment, in dem ich begriff, dass dies falsch war, obwohl ich jede Berührung genoss und mehr wollte. »Warte.« Ich drückte ihn von mir weg.

»Was ist los?« Marc sah mich überrascht an. »Hab ich etwas falsch gemacht? Wenn dir das zu schnell geht ...«

»Ich habe einen Freund.«

Marc sah mich entsetzt an und rückte ein Stück von mir weg. »Was?«

»Seit sieben Jahren.«

»Was?«, fragte er aufgebracht und stand auf.

»Warum hast du das denn nicht gesagt?«

»Es ist im Moment alles so kompliziert.« Ich sah Marc an und begann zu weinen.

»Willst du mir erzählen, was los ist?«, fragte er fast schon verständnisvoll.

Alle Hemmungen, ihm die Wahrheit zu erzählen, verschwanden und ich erzählte ihm jedes Detail, vom Beginn unserer Beziehung bis zu dem Tag, der alles verändert hatte. Ich berichtete ihm, wie es in den letzten Monaten mit uns gewesen war und dass ich nicht wusste, was ich tun sollte.

Marc hörte bis zum Ende zu, es tat gut, ihm endlich alles zu sagen. Am Ende stellte er eine einzige Frage. »Liebst du ihn noch?«

»Ich denke schon, aber ich weiß es nicht.«

Marc schüttelte den Kopf, mittlerweile saß er mir gegenüber auf dem Sofa, er hatte so viel Platz zwischen uns geschaffen, wie es ihm möglich war. »Du solltest dir darüber klar werden, was du willst. Wenn du das weißt, können wir uns irgendwann vielleicht noch mal treffen.«

»Es tut mir leid.«

»Das glaube ich dir.« Marc stand auf. »Ich werde jetzt gehen, ich muss einen klaren Kopf bekommen. Wenn du noch bleiben willst, kannst du das tun. Zieh dann die Tür hinter dir zu.«

»Marc, das musst du nicht.«

»Mach's gut, Carlie.« Wenige Sekunden später war er aus seiner eigenen Wohnung verschwunden.

Kapitel 41

Carlie

2011

Den Weg zurück in unser Apartment hatte ich genutzt, um darüber nachzudenken, was ich Rob sagen würde. Ich musste unsere Beziehung jetzt beenden und ihm sagen, dass ich ausziehen würde. Das hatte ich lange genug hinausgezögert.

In der Wohnung war alles still. Vorsichtig zog ich meine Jacke und Schuhe aus. Auf der Kommode lag immer noch der Zettel, den ich Rob am Mittag geschrieben hatte. Kurz fragte ich mich, ob er überhaupt zu Hause war, da hörte ich ein leises Schnarchen.

Langsam ging ich ins Wohnzimmer. Auch wenn es mitten in der Nacht war, ich musste das endlich mit ihm klären. Überrascht sah ich zum Sofa, das in den letzten Monaten zu Robs Bett geworden war. Er lag nicht da. Seine Decke und sein Kissen waren auch nicht mehr dort. Ich konnte ihn aber wieder schnarchen hören.

Vorsichtig ging ich ins Schlafzimmer. Kaum hatte ich die Tür geöffnet, wurde das Geräusch lauter und ich sah Rob in unserem Bett liegen.

Behutsam setzte mich auf die Kante des Bettes und berührte sanft seine Schulter.

Rob öffnete seine Augen, sah mich an und lächelte. »Carlie«, er rückte zur Seite und hob die Decke, »komm, leg dich zu mir.«

»Ich muss mit dir reden.«

Rob schüttelte den Kopf, griff nach meinem Arm und zog mich zu sich. Obwohl das gegen meinen Plan war, schlüpfte ich zu ihm unter die Decke.

Er zog mich an sich und schlang seine Arme um mich.

Jetzt, wo ich neben ihm lag, fiel es mir schwerer, aber ich musste es tun. »Ich muss mit dir reden«, wiederholte ich. »Es ist wichtig.«

»Nein, sag nichts. Lass uns einfach alles vergessen und wieder glücklich sein.«

Mein Kopf ruhte auf seiner Brust, vorsichtig küsste er mein Haar. Es beruhigte mich, seinen Herzschlag zu hören. Vielleicht hatte er recht, wir sollten alles vergessen und von vorne beginnen.

Doch das würde nicht funktionieren. »Ich muss dir etwas erzählen.«

Es war so dunkel, dass ich Rob kaum sehen konnte, dennoch wusste ich, dass er mich ansah.

»Ich liebe dich. Das ist das Einzige, worüber wir reden müssen. Liebst du mich?«, fragte Rob mich.

»Ja«, hauchte ich, dann spürte ich Robs Lippen auf meinen.

Seine Hand fuhr unter mein Shirt, er streichelte über meinen Bauch und drückte seinen Unterleib an meinen.

Ich konnte seine Erregung spüren. Ein Gedankenblitz erinnerte mich an Marc, seine Berührungen waren sanfter und vorsichtiger gewesen. In Robs lag etwas Drängendes, Forderndes. Er öffnete meine Jeans und zog sie dann nach unten. Er küsste mich wieder und sah mich erneut an.

Ich nickte.

Rob zog seine Schlafhose aus, ich spreizte meine Beine und sah ihn an.

Ich wollte ihn wirklich, ich brauchte ihn bei mir. Wir

küssten uns erneut, als Rob dann in mich eindrang. Es fühlte sich gut an. Endlich war ich ihm wieder nahe.

*

Rob atmete schwer, ich lauschte seinem schnellen Herzschlag. Ich war glücklich, in diesen Momenten war alles Negative vergessen. Nichts hätte diesen Moment zerstören können.

»Willst du meine Frau werden?«

Ich hob den Kopf und sah Rob überrascht an.

»Gestern habe ich einen Verlobungsring gekauft. Du warst aber nicht da, als ich dich fragen wollte.«

Er griff hinter sich und reichte mir ein kleines Päckchen, das ich mit zittrigen Händen öffnete. Zum Vorschein kam ein silberner Ring mit einem schlichten Diamanten.

Eigentlich hätte ich die glücklichste Frau auf Erden sein sollen, doch es stellte sich kein gutes Gefühl ein, eher im Gegenteil. Ich bekam Angst und fragte mich, wie er nur auf die Idee kam, mir einen Antrag zu machen. Nach all den Streitereien in den vergangenen Wochen war dies das Letzte, das ich erwartet hatte. War das sein Versuch, unsere Beziehung zu retten? In mir überschlugen sich die Gedanken und Gefühle. Was sollte ich denn sagen?

Ich saß mit dem Ring in den Händen da. Er war wunderschön, ganz schlicht, mit einem kleinen Diamanten, Rob hatte genau meinen Geschmack getroffen.

»Carlie?«, riss Rob mich aus meinen Gedanken. Ich sah in sein lächelndes Gesicht, er saß da und wartete offenbar auf eine Antwort, die ich ihm einfach nicht geben konnte.

Was würde denn passieren, wenn ich Nein sagen würde?

Ich war überfordert mit der ganzen Situation, Panik stieg in mir auf, Tränen schossen mir in die Augen. Irgendwie fühlte es sich alles so falsch an. Wir konnten an diesem Punkt unserer Beziehung nicht

228

über eine Hochzeit nachdenken. Oder doch? Vielleicht war es ja genau das, was wir machen sollten.

»Carlie?«

Ich sah wieder zu Rob und wollte etwas sagen, doch kein Wort kam über meine Lippen.

»Ganz ruhig, atme ganz ruhig!«

Ich schnappte nach Luft, es gelangte nicht so viel Sauerstoff in meine Lungen, wie ich gerade brauchte. Ich begann zu hyperventilieren.

Rob beruhigte mich, und nach ein paar Minuten konnte ich wieder in Ruhe atmen und fühlte mich besser. Ich sah ihn wieder an. Eine Antwort war ich ihm noch immer schuldig. Je mehr Zeit verstrich, umso unruhiger wurde ich.

»Ich hab mit Vielem gerechnet, aber nicht damit, dass du Panik bekommst.« Er schien weder enttäuscht noch sauer zu sein, sondern lächelte weiterhin.

»Warum jetzt?«, fragte ich vorsichtig.

»Ich bin mir bewusst, dass es vielleicht nicht der richtige Zeitpunkt ist, doch wann ist der schon? Ich war ein Idiot, habe Fehler gemacht, ich will, dass du weißt, dass ich dich nicht verlieren will. Du bist das Beste, was mir passieren konnte, ich will für immer mit dir zusammen sein. Ich kann mich mehr als glücklich schätzen, dass du bei mir geblieben bist und mit diesem Ring will ich dir für alles danken, was du in den letzten Wochen für mich getan hast. Dass du noch immer bei mir bist... und ich will dir damit sagen, dass ich dich nie verlieren will. Ich liebe dich und will, dass du meine Frau wirst. Also frage ich dich hiermit, ob du, Carlie Summers, mich, Robert Hanson, einen Idioten, der dich eigentlich gar nicht verdient hat, aber dich über alles auf dieser Welt liebt, heiraten willst.«

In diesem Moment konnte ich erst recht nichts mehr sagen, ich fiel ihm um den Hals und drückte mich fest an ihn.

»Du musst mir jetzt keine Antwort geben.«

Ich sah ihn an, war froh, dass er das sagte.

»Du kannst in Ruhe darüber nachdenken. Das kam

jetzt ja ziemlich überraschend für dich.«

Meine Anspannung löste sich, die Panik war verschwunden. Ich beugte mich zu Rob und drückte ihm einen kurzen Kuss auf seine Lippen.

»Der Ring ist wirklich schön.«

»Es freut mich, dass er dir gefällt. Ich habe ihn gestern mit Brian gekauft«, sagte er lächelnd. Das war also der Grund, warum er bezüglich seiner Arbeit gelogen hatte.

»Ich kann im Moment wirklich keine Entscheidung fällen.«

»Ist schon gut, du hast nicht sofort Nein gesagt, das beruhigt mich.«

Ich beugte mich nochmals zu ihm und küsste ihn.

»Dein Vater ist übrigens einverstanden«, sagte mir Rob, nachdem wir uns voneinander gelöst hatten.

Fragend sah ich ihn an. Wann hatte er mit meinem Dad gesprochen? Die beiden hatten nie ein gutes Verhältnis gehabt. Da bekam ich ein schlechtes Gewissen, ich hatte mich seit Monaten nicht mehr bei meinem Dad gemeldet. Das machte mich traurig, wieder hatte ich Tränen in den Augen. »Wann hast du mit ihm geredet?«

»Gestern. Es schien mir der einzig richtige Weg. Mir ist klar geworden, was ich in den letzten Wochen alles falsch gemacht habe, und da wollte ich wenigstens jetzt alles richtig machen.«

»Was hat er gesagt?«, fragte ich. Es hätte mich nicht gewundert, wenn mein Vater gegen eine Verlobung gewesen wäre.

»Er war völlig überrascht, von mir zu hören. Er dachte, es sei etwas passiert. Du hast dich seit Monaten nicht bei ihm gemeldet. Ich erklärte ihm, warum ich anrief. Dann fragte ich ihn am Telefon, ob er damit einverstanden ist, wenn du meine Frau wirst.«

»Und er hat Ja gesagt?«

Rob nickte. »Er will, dass du glücklich bist. Er meinte, er vermisst dich, und wir sollten unseren Streit vergessen und ihn besuchen, gerne zu dritt.«

Ich riss meine Augen auf. »Du hast ihm von Jane erzählt? Was hat er gesagt?«

»Ich hab ihm nur erzählt, dass wir eine Tochter haben.«

»Bitte was? Jetzt denkt er, es sei seine Enkelin.« Ohne dass ich es gewollt hatte, war ich lauter geworden.

»Dein Vater weiß, dass es nicht deine Tochter ist.« Er klang enttäuscht, versuchte aber zu lächeln.

Irgendwie war ich erleichtert. Ich sah zu Rob. »Lass uns schlafen, wir reden morgen noch mal darüber.«

»Damit bin ich einverstanden«, sagte Rob lächelnd und zog mich in seine Arme. Er drückte mir einen Kuss auf die Stirn und sah mich dann wieder an. »Lass uns die Streitereien vergessen. Wir finden eine Lösung, wenn wir das nur wollen.«

»Natürlich will ich das.«

Ein paar Minuten später lagen wir zusammen in unserem Bett. Ich war froh, dass er an meiner Seite schlief. Eigentlich könnte alles wieder besser werden.

Warum schwirrten noch immer negative Gedanken durch meinen Kopf? Warum konnte ich nicht einfach abschalten, glücklich sein und Ja sagen? Natürlich war viel passiert, aber ich war gewillt, ihm zu verzeihen und bei ihm zu bleiben. Allerdings brauchte einfach noch etwas Zeit, um mich zu entscheiden, und war froh, dass ich die von Rob bekommen würde.

Kapitel 43

Carlie

2011

»Du bist ja schon wach. Ich wollte dich gerade wecken, ich hab uns Frühstück gemacht.« Rob stand in der Tür und sah zu mir.

»Ich komme gleich«, sagte ich lächelnd und erhob mich.

Es duftete nach Kaffee, frischen Brötchen, Eiern und Speck. Ein gutes Gefühl stieg in mir auf, ich zog mir meinen Morgenmantel über und ging in die Küche zu Rob. Dieser legte gerade Speck auf unsere Teller. Früher hatte ich ihm auch immer beim zubereiten des Frühstückes zugesehen.

Früher. Es waren nur vier Monate, aber es fühlte sich wie eine Ewigkeit an.

»Komm, setz dich doch.«

Ich nickte und nahm Platz. Noch immer war ich unsicher, ob ich seinen Antrag annehmen sollte oder nicht. Ich wollte uns eine Chance geben und das war die perfekte Gelegenheit. »Ich will dich heiraten.« Zwar ratterten in meinem Kopf noch immer sämtliche Gedanken wild durcheinander, aber mit der Entscheidung fühlte ich mich erleichtert.

»Willst du wirklich meine Frau werden?«

»Ja«, sagte ich lächelnd.

»Oh, Carlie, du machst mich so glücklich.«

Ich drückte meine Lippen auf seine, endlich hatte ich kein beklemmendes Gefühl mehr dabei, ihn zu küssen.

Rob sah mich lächelnd an.

»Aber lass es uns langsam angehen.«

»Natürlich«, stimmte Rob zu, »wir können uns mit allem Zeit lassen und in Ruhe planen. Es gibt ja Vieles, das berücksichtigt werden muss. Ich werde später noch eine Mail ans Jugendamt schreiben und ihnen von unserer Verlobung erzählen.«

Ich sah ihn überrascht an. »Ist das so wichtig?« Sollten wir es nicht erst unseren Freunden und unseren Familien sagen?

»Auf jeden Fall, das ändert einiges.«

»Vermutlich hast du recht.« Ich wollte nicht weiter darüber nachdenken, also wechselte ich das Thema. »Alina wird sich freuen.«

»Endlich liegt sie mir damit nicht mehr in den Ohren. Seit Jahren muss ich mir anhören, dass ich dir einen Antrag machen soll«, sagte Rob lächelnd, er klang erleichtert.

»Ich weiß.«, Ich kicherte und griff nach meinem Kaffee und trank einen großen Schluck.

»Zum Glück hat das jetzt ein Ende.«

Irgendetwas passte mir nicht daran, wie er das sagte, nur wusste ich nicht, was.

»Sollen wir nach dem Frühstück in den Park g hen?«

»Gerne. Ich ruf Amy an, dann können wir Jane abholen.«

»Nein, musst du nicht, ich bin froh, dass wir nur zu zweit sind. Es tut uns gut, allein zu sein.«

»Das stimmt.«

Rob stand plötzlich auf und kam kurz darauf mit dem Ring zurück. Lächelnd kniete er sich vor mich und nahm meine Hand. »Ich bin froh, dass du mich zum Mann nehmen willst.« Mit diesen Worten steckte er mir den Ring an meinen Finger und zog mich zu sich.

Ich verspürte vieles in diesem Moment. Anspannung und Nervosität, doch glücklich war ich nicht.

*

Etwa eine Stunde später, nach einem reichhaltigen Frühstück und einer gemeinsamen Dusche, wollten wir die Wohnung verlassen. Da klingelte das Telefon.

»Komm, lass uns gehen«, sagte Rob, »so wichtig kann es nicht sein.«

»Aber was, wenn etwas mit Jane ist?« Er nickte und ich nahm ab. »Hallo?«

»Hey, Carlie«, hörte ich Jacksons fröhliche Stimme. »Keine Sorge, es ist alles okay«, beruhigte er mich sofort, ohne dass ich etwas sagen musste.

»Was gibt es?«

»Ich wollte fragen, wann wir Jane bringen sollen?«

»Wir wollten gerade zu zweit in den Park. Gegen Abend wäre gut«, antwortete ich und musste kichern, als Rob mir im Vorbeigehen in meinen Po kniff, es fühlte sich fast wieder wie früher an.

»Okay, gebe ich so an Amy weiter. Du hörst dich glücklich an.«

»Ja, Jackson, alles gut.«

Er lachte lauthals.

»Was soll denn das jetzt?«

»Da hat Amys Plan wohl gut geklappt.«

»Ja, das auch.«

»Das auch?«, fragte er, seine Stimme veränderte sich etwas, Jackson schien angespannt zu sein. »Er hat es also wirklich gemacht?«

»Du weißt davon?«

»Natürlich weiß ich, dass er dich heiraten will. Amy wird sauer sein, wenn sie davon hört.«

»Warum?«, wollte ich vorsichtig wissen.

»Dich das nur zu fragen, weil er dann leichter das Sorgerecht für Jane bekommt, ist ja schon ein Scheißgrund.«

»Was?«

Jackson zog scharf die Luft ein. »Du wusstest das gar nicht? Scheiße, verdammt, Scheiße.« Er fluchte immer wieder.

»Carlie? Ich bin es, Amy. Was ist los?«

Ich sagte nichts, immer wieder hörte ich die Worte von Jackson in meinem Kopf. Jackson erklärte seiner Verlobten, was gerade passiert war. Ich stand da und blickte zu Rob, der aus der Küche kam. Geschockt sah ich in das lächelnde Gesicht meines Verlobten. Das musste ein Scherz von Jackson sein.

»Stimmt das, Amy?«, fragte ich dann vorsichtig.

»Ja«, bestätigte sie leise. »Jackson hat mir gestern davon erzählt. Ich hätte nie gedacht, dass Rob das wirklich macht. Aber vielleicht ist alles nur halb so schlimm, vielleicht wollte er dich eh fragen und ... «

»Nein, ist schon gut, du musst ihn nicht in Schutz nehmen.«

Rob sah mich fragend an.

»Rede mit ihm«, forderte mich Amy auf.

Das würde ich tun, nur würde ich keine Ausreden mehr gelten lassen - diesmal nicht.

»Was ist los?«, fragte Rob unsicher. »Ist etwas passiert?«

Ich schüttelte den Kopf. »Danke, Amy, es ist gut, das zu wissen.«

»Rede in Ruhe mit ihm, lass ihn alles erklären.«

»Ich lege jetzt auf.« Ich legte den Hörer zur Seite.

»Was ist denn los?«, fragte Rob abermals, er klang unsicher und nervös.

»Warum willst du, dass ich deine Frau werde?«

»Weil ich dich liebe und will, dass wir wieder glücklich werden.«

»Sind das die einzigen Gründe?« Ich sah ihm in die Augen. Schon wieder hatte er mich eiskalt belogen.

»Lass mich erklären.«

Ich nickte, ein letztes Mal sollte er mir seine Beweggründe schildern.

»Das ich dich heiraten will, weiß ich seit unserer ersten Begegnung. Mit einem Antrag habe ich immer gewartet, bis wir beide arbeiten und uns eine schöne Hochzeit leisten können. Aber nachdem Janine starb, kamen die vom Jugendamt und meinten, das mit dem Sorgerecht ginge schneller, wenn wir verheiratet wären. Also hab ich beschlossen, dich jetzt schon zu fragen. Aber das ändert doch nichts.«

Das dachte auch nur er. Für mich änderte es alles. Ich wollte ihn heiraten, weil wir einander liebten, und nicht aus den Gründen, die er gerade hatte.

»Ach komm schon, so schlimm ist das doch nicht«, sagte er, Gleichgültigkeit lag in seiner Stimme.

»Ich dachte, du liebst mich.«

»Das tue ich. Wann ich dir den Antrag mache, macht keinen Unterschied.«

»Natürlich macht das einen Unterschied«, erwiderte ich aufgebracht, »das macht einen großen Unterschied.«

»Wäre es dir lieber gewesen, ich hätte dir die Wahrheit gesagt?«

»Ja, natürlich. Ich hätte wahrscheinlich sogar Ja gesagt. Aber dass du mir das verschwiegen hast, verstehe ich nicht.« Vor Wut stiegen mir Tränen in die Augen.

»Jetzt reg dich mal nicht so auf.« Sein Blick war nicht deutbar.

»Ich soll mich nicht aufregen? Du hast mich schon wieder belogen.«

Das Gefühl, einen Fehler gemacht zu haben, als ich den Antrag angenommen hatte, wurde stärker. Ich war der Meinung gewesen, alles würde besser werden. Die schlechten Gedanken, die negativen Gefühle waren wieder da.

»Ich hab dich doch jetzt nicht belogen.«

»Du hast mir etwas Wichtiges verschwiegen«, fuhr ich ihn laut an. »Ich bin mir bei nichts mehr, was du sagst, sicher, ob es die Wahrheit ist oder nicht!«

»Jetzt übertreib mal nicht!«

»Ich kann das so nicht«, sagte ich leise.

»Warten wir ein paar Monate mit der Hochzeit.«

»Du verstehst das nicht ... Ich kann das alles nicht mehr.« Mein Entschluss war gefasst. Unsere Beziehung endete in diesem Moment. Ich hatte keine

236

Kraft mehr und sah keine andere Möglichkeit mehr.
»Diese Verlobung bringt dir doch auch mehr als genug Vorteile.«

»Bitte was?«, fragte ich. Ich wollte mit ihm verlobt sein, weil ich ihn liebte, nicht, weil es mir Vorteile brachte.

»Wir können ein Kindermädchen einstellen, du kannst endlich das College abschließen, du kannst ...«

»Darum geht es doch gar nicht«, unterbrach ich ihn. Es war besser, er würde nicht noch mehr sagen, das würde am Ende alles nur schlimmer machen.

»Wenn du jetzt immer sauer bist, weil ich dich betrogen habe, kann ich mich nur wieder entschuldigen.«

Ich schüttelte den Kopf. »Es geht schon lange nicht mehr darum, dass du mich betrogen hast.«

»Um was dann?«, fragte Rob nun erwartungsvoll, als würde meine Antwort noch irgendetwas ändern.

Ich konnte nicht sagen, wann, aber ich hatte ihm diesen Seitensprung verziehen. Doch die Lügen und die Geheimnisse konnte ich ihm nicht verzeihen.

»Ich kann nicht mehr, Rob.«

»Was soll das heißen?«

»Ich denke, es ist besser, ich gehe.«

»Gut, wenn du nachdenken willst, bitte. Aber irgendwann sollte das ständige Nachdenken auch ein Ende finden.« Er schüttelte den Kopf, sah mich an.

Das ständige Nachdenken, wie er es nannte, hatte ein Ende gefunden. Ich hatte einen Entschluss gefasst.

»Ich packe und werde gehen.«

»Spinnst du?«

»Abstand wird uns guttun.«

»Wenn du jetzt gehst, brauchst du nicht wiederzukommen.«

Ich nickte.

»Dann ist es vorbei, das ist dir hoffentlich klar.«

Wieder nickte ich, stand mit Tränen in den Augen vor ihm. Es war das Beste. Wir standen uns nur selbst im Weg und machten es uns nur schwerer. So konnten wir nicht mehr glücklich werden.

»Gut, dann geh!«, antwortete er. Keine Emotion war in seiner Stimme zu hören, als wäre ihm das völlig egal.

Ich ging ins Schlafzimmer, nahm meinen Koffer und packte meine Sachen. Die ersten Tränen liefen meine Wange hinunter.

Rob stand in der Tür und sah mir zu, er sagte kein Wort. Warum hatte er sich so sehr verändert?

»Bist du dir sicher?«

Nein, ich war mir bei gar nichts mehr sicher. Ich wollte, dass wieder alles wie früher war, doch das würde nicht passieren. Das hatte ich nun begriffen. Ich sagte nichts, sah ihn auch nicht mehr an, sondern packte meine Kleidung und die wichtigsten Hygieneartikel in meinen Koffer und verließ schweigend die Wohnung.

Ich verstaute mein Gepäck im Kofferraum eines Taxis, das zufällig an der Straße stand, und stieg ein.

Der Fahrer startete den Motor, nachdem ich ihm die Adresse genannt hatte, wo es hingehen sollte.

Ich zog mein Handy aus der Tasche und wählte die Nummer der einzigen Person, zu der ich nun noch konnte.

Kapitel 44

Rob

2010

Jetzt war das passiert, was ich hatte vermeiden wollen. Janine war bei uns zu Hause aufgetaucht. Noch schlimmer, sie war vor unseren Augen zusammengebrochen. Um Carlie und der Erklärung, wer Janine war, noch etwas aus dem Weg zu gehen, fuhr ich mit ins Krankenhaus. Vielleicht würde ich dann auch erfahren, was los war. Dass es Janine nicht gut ging, glaubte ich ihr. Aber ich fragte mich, warum sie nicht eher Kontakt mit mir aufgenommen hatte. Nach meinem erneuten Seitensprung mit ihr hatte ich sämtlichen Kontakt zu ihr abgebrochen. Seit ein paar Monaten hatten wir uns nicht mehr gesehen, ich hatte nichts mehr von ihr gehört. Für mich gab es keine Erklärung, was mit ihr los war. Ungeduldig wartete ich auf einen Arzt, seit über einer Stunde war ich nun hier und wusste noch immer nichts.

»Mr. Hanson?« Ich drehte mich um, ein Arzt war hinter mir aufgetaucht.

»Wie geht es ihr?«, fragte ich besorgt.

Der Arzt erklärte mir, dass Janine sich am Mittag

selbst entlassen hätte. Ihr Zustand sei aber stabil. »Sie können zu ihr, sie möchte mit Ihnen sprechen. Aber nur kurz.«

Ich nickte und betrat das Zimmer, auf das er wies. Das Bild, das sich mir bot, war erschreckend. Janine lag in einem Bett, war mit etlichen Maschinen verbunden, war noch blasser als zuvor. Sie sah nicht gut aus und auch ohne es von dem Arzt gehört zu haben, wusste ich, dass es nicht gut um sie stand.

»Janine.« Ich setzte mich zu ihr und nahm ihre Hand. Sie wirkte so zerbrechlich, dass ich Angst hatte, sie anzufassen. Von der lebenslustigen jungen Frau, die ich gekannt hatte, war nichts mehr übrig.

»Rob«, flüsterte sie, »es tut mir leid. Ich weiß, dass ich nicht zu dir kommen soll.«

»Mach dir darüber keine Gedanken.«

»Du musst dich um Jane kümmern«, bat sie.

»Das Jugendamt war da. Es geht nicht mehr, dass meine Nachbarin auf sie aufpasst.« Wieder brach sie ab, Tränen liefen ihre Wange hinab.

»Der Sachbearbeiter sagte, wenn ich keine Lösung finde, muss sie zu einer Pflegefamilie oder ins Kinderheim.«

Das war keine Option. Was ich durchgemacht hatte, würde Jane nicht erleben müssen. »Ich kümmere mich um meine Tochter.« Erst nachdem ich das gesagt hatte, bemerkte ich, dass ich Jane das erste Mal als meine Tochter bezeichnet hatte.

»Ehrlich?«, fragte sie.

»Du musst dir keine Gedanken machen. Ich hole sie morgen zu mir.«

Janine lächelte. »Danke.« Sie schloss ihre Augen. »Es tut mir leid. Alles.«

»Ist schon gut.«

Auch wenn ich keine Ahnung hatte, wie ich Carlie von all dem erzählen sollte, wusste ich, dass ich mich meiner Verantwortung stellen musste.

Kapitel 45

Carlie

2011

Ich blickte zu dem großen gelben Haus, das offensichtlich frisch gestrichen war. Als ich das letzte Mal hier gewesen war, war die Farbe verblasster gewesen. Auch die Fensterrahmen hatten einen neuen Anstrich bekommen. Einst waren sie grau, nun erstrahlten sie in Weiß.

Langsam zog ich meinen Koffer hinter mir her und ging die Einfahrt entlang. Ich war schon Jahre nicht mehr hier gewesen und hatte etwas Angst, was mich erwarten würde. Noch konnte ich gehen. Ich nahm all meinen Mut zusammen und drückte mit zitternden Fingern auf die Klingel.

Wenige Augenblicke später ging die große weiße Tür auf. Vor mir stand eine Frau. Es dauerte einen Moment, bis ich sie zuordnen konnte.

»Carlie«, sagte sie überrascht und begann zu strahlen, »was für eine Überraschung.«

»Ich wollte zu meinem Dad.«

»Natürlich«, sie ging zur Seite, »komm rein, dein Vater ist in der Küche.«

Langsam betrat ich das Haus meiner Kindheit.

Erinnerte mich an all die schönen Stunden, sah das Sofa, auf dem ich mit meiner Mutter gesessen hatte. Ihr Lachen war mit einem Mal wieder in meinem Ohr. Ich dachte an die Weihnachtsfeste, die wir zusammen gefeiert hatten.

Ich dachte aber auch an die letzten Monate, die ich hier gelebt hatte. Sie waren voll mit Streit, Vorwürfen und Geschrei gewesen. Mein Vater hatte mir regelmäßig verboten, zu Rob zu fahren, hatte gehofft, unsere Beziehung so zum Scheitern zu bringen. Die letzten Wochen mit Rob waren ähnlich gewesen.

»Charlie«, sagte Susanna, als sie die Küche betrat, »du hast Besuch.«

»Wer ist es denn, Schatz?«

Ich schluckte schwer, die Stimme meines Vaters hatte ich vermisst, sein dunkles und tiefes Lachen. Ich musste daran denken, wie er mir früher Geschichten vorgelesen hatte. Wie wir im Garten in einem Zelt übernachteten und er mir schaurige Märchen erzählt hatte und meine Mutter ihm gesagt hatte, er solle mir keine Angst machen.

Er kam aus der Küche und blieb ruckartig vor mir stehen. Was wohl in ihm vorging? War er noch immer sauer auf mich, weil ich nach unserem letzten Streit meine Koffer gepackt hatte und gegangen war? Ohne ein Wort zu mir zu sagen, kam er auf mich zu und zog mich in seine Arme.

All die Anspannung fiel von mir ab, ich konnte klar denken und war froh, dass ich zu ihm gekommen war.

Als ich ein paar Tage zuvor nach dem letzten Streit mit Rob bei Jake vor der Tür gestanden hatte, hatte ich nicht weitergewusst. Dort war ich auch auf Judy getroffen. Sie hatte mich überredet, zu meinem Vater zu fliegen, um den Kopf freizubekommen. In New York, in Robs Nähe, würde ich das nie schaffen.

»Was machst du hier?«, fragte mein Dad und sah mich an. Er hatte sich kaum verändert, einzig seine Haare waren grauer geworden.

»Ich hab dich vermisst«, stellte ich mit Tränen in den Augen fest.

Er lächelte.

»Ich musste aus New York raus.« Mehr sagte ich nicht und war froh, dass er sich mit dieser Antwort zufriedengab.

»Schatz«, er sah zu Susanna, »das Essen ist gleich fertig. Würdest du den Tisch für drei Personen decken?«

Sie nickte.

Erst da fiel mir auf, dass er sie zum zweiten Mal Schatz genannt hatte. In den letzten Jahren hatte ich oft Angst gehabt, dass er alleine war. Ich war froh, dass er nach dem Tod meiner Mutter wieder glücklich war.

*

Spät am Abend saß ich in meinem alten Zimmer, es hatte sich nichts verändert. Ich fühlte mich in die Zeit zurückversetzt und sah mir die Fotos an, die an der Wand hingen. Erinnerte mich an die Momente, in denen sie aufgenommen worden waren. Hätte ich doch nur die Zeit zurückdrehen können, damals war alles gut gewesen. Meine Mutter hatte noch gelebt, ich war zur Schule gegangen, glücklich mit Rob gewesen.

Das Klingeln meines Handys riss mich aus meinen trüben Gedanken. Erst wollte ich das Klingeln ignorieren, weil ich glaubte, es wäre Rob, denn er rief mich schon seit Tagen an. Als ich dann aber Alinas Namen auf dem Display las, ging ich ran.

»Hey, Carlie.« Sie klang fröhlich. »Wollen wir morgen einen Kaffee trinken?«

Ich wusste nicht, was ich ihr sagen sollte. Offensichtlich hatte sie keine Ahnung. Ich hatte lediglich mit Amy gesprochen und ihr alles erzählt.

»Ja«, sagte ich, als sie nachfragte, ob ich noch dran sei. »Ich bin bei meinem Dad.« Ich wusste sofort, dass es ein Fehler gewesen war. Sollte Rob bei ihr nachfragen, würde sie es ihm sagen.

»Ist etwas passiert? Geht es ihm nicht gut?«

»Wir haben uns getrennt.«

Stille in der Leitung.

Ich war mir nicht sicher, inwieweit ich ihr vertrauen konnte. Wie ihr Bruder hatte sie sich immer mehr verändert. Oder ob beide schon immer so gewesen waren und mir das nur nie aufgefallen war?

»Was hat er getan?«

»Er hat mir einen Antrag gemacht.«

Ich hörte, wie sie nach Luft schnappte. Den Moment, in dem ich ihr von einem Antrag erzählen würde, hatte sie sich sicher anders vorgestellt.

»Wie sich herausstellte aber nur, weil es das Jugendamt so wollte oder weil er dachte, dass es für das Sorgerecht besser aussieht. Das war zu viel. Ich hatte mich trotz meiner Bedenken entschieden, bei ihm zu bleiben, und dann lügt er mich wieder an. Alina, ich verstehe es nicht.«

»Verdammt. Was für ein Idiot. Ich steige sofort ins Flugzeug, damit du nicht alleine bist.«

»Nein.«, Ich lachte. »Das ist lieb, aber das musst du nicht. Ich will nur ein paar Tage bleiben, etwas zur Ruhe kommen und dann zurück nach New York fliegen.«

»Was passiert, wenn du wieder hier bist?«

Für mich war die Trennung beschlossen. Je länger ich darüber nachdachte, desto sicherer war ich mir, dass es das Richtige war, und ich fühlte mich gut damit.

»Ich werde für dich da sein.«

»Danke. Ich lege jetzt auf, ich bin müde.« Das war gelogen, ich wollte nicht länger über Rob sprechen.

»Schlaf gut.«

Das kurze Gespräch mit Alina hatte mir gutgetan. Ich vermisste Rob, doch unsere Beziehung hatte keine Chance. In den letzten Wochen war zu viel passiert, ich konnte ihm nicht mehr vertrauen.

*

Ich stand am Fenster und sah hinaus in den Garten.

Mir war nicht klar gewesen, wie sehr mich die Hektik in New York gestresst hatte. Hier waren keine Autos zu hören, keine Menschen zu sehen. Draußen waren nur das Licht der Sterne und die Straßenlaternen. Es tat mir gut, hier zu sein.

Ein Klopfen an meiner Tür riss mich aus meinen Gedanken, mein Vater kam rein.

»Darf ich?«

Ich nickte.

»Wie geht es dir?«

»Nicht gut.«

»Willst du mir sagen, was passiert ist?«

»Nicht jetzt.« Ich ließ mich auf mein Bett fallen.

Mein Vater setzte sich auf einen großen roten Sessel, der neben der Tür stand. Da hatte er auch immer gesessen, als ich noch klein gewesen war. »Ich bin froh, dass du hier bist. Nachdem Robert mich angerufen hat, um deine Hand angehalten hat und mir von dem Mädchen erzählt hat, wusste ich, dass es so nicht weitergeht. Ich habe Flugtickets gebucht, Sue und ich wären in drei Wochen nach New York geflogen.«

Ich war überrascht. Nie hatte ich damit gerechnet, dass mein Vater zu mir fliegen würde. Hatte nicht erwartet, dass er einen Schritt auf mich zugehen würde.

»Deine Mom würde uns die Hölle heiß machen, wenn sie wüsste, dass wir so lange nicht miteinander gesprochen haben?«

Tränen liefen meine Wange hinab. »Es tut mir leid, ich hätte mich melden müssen.«

»Ja«, mein Vater nickte, »das hättest du tun müssen. Ich genauso. Wir haben beide Fehler gemacht. Ich hätte dich nicht einfach gehen lassen dürfen. Dass ich so stur war, ist auch nicht richtig gewesen. Schon gar nicht hätte ich dir die Beziehung zu Robert verbieten dürfen.«

»Ich wollte nicht mehr mit dir streiten, deswegen habe ich mich nicht gemeldet.«

Mein Vater stand auf und setzte sich dann zu mir. »Ich hab dich vermisst«, sagte er und nahm mich in seine Arme.

»Ich dich auch.«

Kapitel 46

Carlie

2011

Die eisige Luft füllte meine Lungen. Mit jedem Atemzug fühlte ich mich etwas lebendiger und konnte klarer denken.

Es waren erst zwei Tage in Great Falls, doch die hatten mir viel gebracht. Ich wusste, was ich wollte, und begriff, dass ich endlich an mich denken musste.

Ich war froh, dass ich auf Judy gehört hatte und zu meinem Dad geflogen war. Es war an der Zeit gewesen, unseren Streit zu beenden.

Mein Handy klingelte. Ich stöhnte, ich hatte vergessen, es auszuschalten. Bestimmt war es wieder Rob. Er rief mich seit Tagen an, schrieb mir Nachrichten und sprach auf meine Mailbox. Im Moment wollte ich nichts von ihm hören. Ich zog es aus meiner Jeanstasche, um es auszustellen. Es war Marc. Am Tag zuvor hatte ich ihm geschrieben und mich bei ihm entschuldigt und ihm gesagt, dass ich gerne noch einmal mit ihm reden würde.

Ich nahm den Anruf mit zitternden Händen entgegen. »Hi.« Mein Herz klopfte schneller.

»Hallo, Carlie.«

»Wie geht es dir?«, wollte ich wissen.

»Gut. Ich rufe wegen deiner Nachricht an.« Ich hörte ihn atmen. »Du bist bei deinem Vater?«

»Ja. Es tut gut, hier zu sein. Mir war gar nicht bewusst, wie sehr ich die Luft vermisst habe.«

Marc lachte.

»Es tut mir leid.«

»Das hast du schon gesagt.«

»Ich hätte ehrlich zu dir sein müssen. Es war so schön, mit dir zusammen zu sein.«

»Carlie, ich war dabei, mich in dich zu verlieben. Spätestens im Kino hatte ich das Gefühl, dir ginge es auch so.«

»Marc«, erwiderte ich.

»Ich habe mit meinem Bruder gesprochen, ihm erzählt, dass wir uns ständig treffen, du mich aber nicht mal küssen willst. Er sagte schon, dass da etwas nicht stimmt. Dass du in einer Beziehung bist, damit hatte ich nicht gerechnet.«

»Es tat einfach gut, mit dir zusammen zu sein. Ich wusste nicht, was ich tun sollte. Mit dir war alles so einfach und leicht.«

»Was sind deine Pläne?«

»Ich bleibe noch ein paar Tage. Wenn ich zurück in New York bin, werde ich mit Rob reden und ausziehen.«

»Eine endgültige Trennung?« Die Pause, die von meiner Seite aus folgte, dauerte Marc wohl zu lange, denn er ließ mich nicht mehr antworten. »Du musst wissen, was du tust, Carlie. Ich wünsche dir alles Gute.«

»Danke, Marc.«

»Es gibt nichts, für das du dich bedanken musst. Wir hören uns.«

Ich konnte nichts mehr sagen, so schnell hatte er aufgelegt. Vielleicht konnten Marc und ich in ein paar Wochen oder Monaten wieder normal miteinander reden. Als Freund wollte ich ihn nicht verlieren. Das Handy steckte ich wieder in meine Tasche und sah über das klare Wasser zu den schneebedeckten Bergen.

»Carlie?«

Rob? Das konnte nicht sein. Langsam drehte ich mich um. Die letzten Tage hatte ich darüber nachgedacht, was ich sagen würde, wenn ich ihn sehen würde.

»Rob. Was machst du denn hier?«

»Ich will dich nach Hause holen.« Verwirrt sah ich ihn an, als er sich neben mich auf den Baumstamm setzte. Er ergriff meine Hand, die ich ihm sofort entzog. »Ich war bei deinem Vater, er sagte, du wolltest spazieren gehen. Da konnte ich mir denken, dass du hier bist.« Er blickte auf den See. »An diesem Ort habe ich mich in dich verliebt.«

Als Teenager waren wir immer zum See gekommen. Alina, Rob und ich, manchmal auch Jackson, wenn er in den Ferien zu Besuch war. Der Strand war hier wunderschön, man konnte aufs Wasser blicken, ohne ein Ende zu sehen. Es war ein guter Ort, um nachzudenken.

Rob wollte wieder nach meiner Hand greifen, brach dies aber ab und sah mich wieder an. »Ich habe dich vermisst.«

Ich konnte noch immer nicht antworten, ich hatte einen Kloß in meinem Hals, es fühlte sich an, als müsste ich jeden Moment anfangen zu weinen. Diese Woche war schwer für mich gewesen, ich hatte gedacht, ich könnte die Zeit bis zu meiner Abreise nach New York nutzen, um neue Kraft zu sammeln. Doch nun saß Rob neben mir und ich hätte mich am liebsten in seine Arme geworfen und geweint. Warum konnte er nicht akzeptieren, dass ich Zeit und Ruhe brauchte?

Rob räusperte sich neben mir. »Willst du nicht mit mir reden?«

»Wo ist Jane?«

»Bei Jackson und Amy.«

»Aber Amy ist doch im Krankenhaus.«

Nun sah mich Rob verwirrt an.

»Du wusstest das nicht? Ich habe gestern Abend

eine SMS von Jackson bekommen, bei Amy haben die Wehen eingesetzt.«

»Weißt du, wie es ihr geht?«

»Die Ärzte wollen die Geburt so lange wie möglich hinauszögern. Es sind ja noch sechs Wochen bis zum errechneten Termin.«

»Gut.« Rob nickte. »Wir können sie besuchen, wenn du willst.«

»Wir?« Ich sah ihn fragend an.

»Ja, du kommst doch mit zurück.«

»Wie hast du dir das vorgestellt? Ich gehe mit nach New York und alles ist wieder gut? Das klappt so nicht, Rob.«

»Ich habe dich vermisst.«

»Ich habe dich auch vermisst, aber wir sollten unsere Beziehung nicht daran festmachen, ob wir einander vermissen oder nicht. Ich hatte Zeit zum Nachdenken.«

»Ich hätte ehrlich zu dir sein müssen.«

»Wahrscheinlich hätte das nicht viel geändert.«

»Was meinst du?«

»Rob, es ist zu viel passiert. Ich weiß nicht, ob ich dir noch vertrauen kann oder ob es nicht vielleicht besser ist, wenn wir endgültig getrennte Wege gehen.«

Rob rutschte nach unten in den Sand und kniete sich vor mich, er griff meine Hand und sah mir in die Augen. Seine wunderschönen grünen Augen, in die ich mich verliebt hatte. Er wirkte so traurig und verletzt, wie ich mich fühlte. »Carlie, bitte verlass mich nicht!«

»Es bricht mir das Herz, aber ich kann nicht mehr.« Tränen liefen über meine Wangen.

Rob zog mich in seine Arme, wir sahen uns tief in die Augen und plötzlich lagen seine Lippen auf meinen. »Ich liebe dich.«

»Manchmal reicht Liebe einfach nicht aus.« Ich drückte ihn von mir weg und stand auf.

»Liebst du mich nicht mehr?«

Ich sah Rob kurz an. »Bist du dir sicher, dass du mich noch liebst? Ist es nicht eher die Gewohnheit?

Sieben Jahre, eine lange Zeit. Ich denke, dass ich dich liebe, allerdings weiß ich nicht, ob es echte Gefühle sind.«

Rob schüttelte den Kopf. »Wir könnten hierherziehen. Weit weg von New York neu anfangen.«

Ich musste lachen, obwohl an dieser Situation gar nichts lustig war. »Du hast es gehasst, hier zu leben. Du hast es langweilig gefunden. Du würdest hier nicht glücklich werden.«

»Du hast recht«, stimmte mir Rob unglücklich zu.

»Ein anderer Ort ändert nichts«, flüsterte ich kaum hörbar.

Rob griff nach meiner Hand und zog mich zu sich nach unten in seine Arme, ich legte meinen Kopf auf seiner Brust ab. Wir saßen zusammen im Sand und sahen auf das Wasser hinaus, keiner von uns sagte ein Wort. Dies war das letzte Mal, dass wir uns im Arm halten würden.

»Ich wollte dich nicht verlieren.«

Ich sah nach oben in sein Gesicht. Seine Worte trafen mich tief in meinem Herzen, ich glaubte ihm.

»Dir nicht die Wahrheit zu sagen, war ein Fehler. Das weiß ich jetzt.«

»Rob, mach dir über die Vergangenheit keine Gedanken mehr, es sollte vielleicht so kommen.« Das sagte ich nicht nur, um ihn zu beruhigen.

»Hört sich an, als kämst du wunderbar damit zurecht«, fuhr er mich an, drückte mich von sich weg und stand auf.

»Das ist doch gar nicht wahr.« Auch ich erhob mich, klopfte mir den Sand von meinen Kleidern und sah ihn an. »Diese Woche war die Hölle für mich. Ich will gar nicht daran denken, wie es wird, wenn ich wieder in New York bin.«

»Hast du überhaupt mal an mich gedacht? Oder Jane?«, schrie Rob mich an.

»Ich habe seit Monaten an nichts anderes gedacht als an dich und Jane, aber jetzt denke ich daran, was für mich das Beste ist!« Auch ich wurde mit jedem Wort lauter, ich konnte meine Gefühle und Emotionen nicht mehr zurückhalten.

»Wir sind dir also egal?«, fragte er aufgebracht.

»Wie kommst du denn darauf?« Tränen stiegen mir in die Augen. »Ich habe mein Studium unterbrochen, um mich um Jane zu kümmern.«

Überrascht sah er mich an.

»Das komplette letzte Semester wollte ich erst im Herbst machen.«

»Warum hast du nichts gesagt?«

»Weil du mir Überstunden vorgelogen hast und nie zu Hause warst.« Wieder bahnten sich Tränen den Weg über meine Wange.

Rob streckte seine Hand aus, doch ich drehte mich von ihm weg, ich wollte nicht von ihm angefasst werden.

»Carlie.«

»Nein, nicht jetzt.«

Rob sah mich traurig an, er sagte nichts mehr.

Auch ich schwieg und setzte mich wieder auf den Baumstamm.

»Es tut mir leid«, durchbrach Rob plötzlich die Stille. »Es tut mir so verdammt leid, ich habe viele Fehler gemacht. Große und unverzeihliche.«

»Du musst dich nicht entschuldigen«, sagte ich und wischte mir die Tränen weg, ich wollte nicht weinen. »Ich habe auch Fehler gemacht.«

»Hast du nicht.«

Ich schüttelte den Kopf. »Doch.« Wieder sah ich ihn an. »Erinnerst du dich an Marc, der mich angefahren hat? Wir haben uns öfter getroffen, als ich sagte, ich würde mit Jack lernen, da waren wir zusammen im Kino und spazieren, haben telefoniert, gemeinsam gekocht. Am Samstag hätte ich fast mit ihm geschlafen.«

»Hast du Gefühle für ihn?«

Ich nickte, obwohl dem nicht so war. Allerdings wusste ich, dass Rob nur gehen würde, wenn er dachte, ich würde einen anderen Mann lieben. Ich sah auf meine Hand. Ich trug noch immer den Verlobungsring, das war nicht richtig. Ich zog ihn von meinem Finger und gab ihn Rob.

Er sah mich entsetzt an. »Dann ist es jetzt also vorbei?«

Ich nickte.

»Du kommst aber nach New York zurück?«

Wieder nickte ich.

»Vielleicht können wir noch mal reden?«

»Rob, ich weiß nicht.«

»Nicht sofort, in ein paar Wochen oder Monaten.«

»Ja, vielleicht«, antwortete ich.

Rob setzte sich wieder neben mich und zog mich in seine Arme. »Wenn ich könnte, würde ich alles ungeschehen machen.«

Ich wünschte mir insgeheim dasselbe. Doch das konnte ich ihm nicht sagen. »Du solltest jetzt gehen.«

»Bist du sicher?«

Ein letztes Mal sah ich ihn an.

»Ich gehe.« Rob stand auf. Ohne ein Wort zu sagen, ging er davon.

Ich sah die ganze Zeit aufs Wasser hinaus, nur ein Blick zurück zu ihm und ich hätte all meine Vorsätze über Bord geworfen und wäre mit ihm nach New York. Doch das durfte nicht sein, so schwer es mir auch gerade fiel. In ein paar Wochen wären wir wieder am selben Punkt. Ich konnte meine Tränen nicht mehr zurückhalten und begann zu weinen.

*

Ein paar Stunden später saß ich mit meinem Vater beim Abendessen.

»Robert ist jetzt weg?«

Ich nickte und sah zu meinem Vater.

Sue schlug ihm sanft auf den Arm.

»Was denn? Man wird doch wohl noch fragen dürfen.«

»Schon okay, Dad«, sagte ich lächelnd und stand auf. »Ich gehe nach oben in mein Zimmer.«

»Wenn du reden willst, kannst du gerne zu mir kommen.«

Ich lächelte ehrlich. »Danke, Sue, aber heute eher

nicht.« Es war ein langer Tag gewesen, daher war ich froh, jetzt allein zu sein. Kurz fragte ich mich, wie es Rob ging. Hoffentlich machte ihm unsere Trennung nicht zu sehr zu schaffen. Auch an Jane musste ich denken, ich vermisste sie. Gerade bei dem Gedanken an sie war mir die Trennung schwerer gefallen, aber es war auch für sie das Beste.

Mein Handy klingelte. Erst wollte ich nicht rangehen, da ich vermutete, es könnte Rob sein. Mit einem Blick auf die Uhr fiel mir auf, dass er längst im Flugzeug sitzen müsste. Ich griff zu meinem Smartphone und sah Alinas Namen. Es war vielleicht keine gute Idee, mit ihr zu reden, dennoch nahm ich den Anruf entgegen.

»Hi, Alina.«

»Carlie«, sie holte tief Luft, »wie kannst du nur?«

»Was ist denn los?«

»Wieso hast du mit ihm Schluss gemacht? Rob liebt dich und ich dachte, du liebst ihn auch. Wie kannst du ihm das antun? Wie soll er das alles ohne dich schaffen?«

»Alina ... «

»Nein, nicht Alina. Warum lässt du ihn im Stich? Du kannst ihm das doch nicht antun. Und auch mir nicht«, sie wurde lauter, »du bist meine beste Freundin. Wie stellst du dir unsere Freundschaft denn jetzt vor?«

»Ich bin noch immer deine beste Freundin. Über die Trennung möchte ich jetzt nicht reden.«

»Du denkst wieder nur an dich«, schrie sie.

»Alina, was soll denn das?«

»Was das soll? Das frage ich mich auch. Du kannst Rob doch jetzt nicht allein lassen, er hat so viel Stress.«

»Alina, ich brauche etwas Zeit für mich.«

»Ja, klar«, erwiderte sie wütend.

»Können wir nächste Woche darüber reden? Ich bleibe noch ein paar Tage in Great Falls, am Montag fliege ich zurück.«

»Wegen mir musst du nicht zurückkommen. Auf eine Freundin wie dich kann ich verzichten!«, sagte sie laut. Ich konnte im Hintergrund Brian hören. »Misch dich da nicht ein«, fauchte sie ihn an. »Hiermit ist unsere Freundschaft beendet.«

Dann hörte ich nur noch ein Tuten in der Leitung. Verwirrt sah ich auf mein Handy.

Fortsetzung folgt...

Die Geschichte von Carlie und Rob geht weiter.

So bittersüß Gefühle sind

Einst war es die große Liebe, dann folgte die Trennung. Vier Jahre später könnten ihre Leben nicht unterschiedlicher sein.

Carlie lebt im sonnigen Kalifornien, in einer WG, führt eine glückliche Beziehung und schmiedet beruflich große Pläne.
Rob, der aufstrebende Anwalt, wohnt noch immer in New York, mit seiner Tochter und einer neuen Frau an seiner Seite. Vier Jahre hatten sie keinen Kontakt, doch jetzt fliegt Carlie
zurück zu ihren Freunden, um mit ihnen Alinas Hochzeit zu feiern. Eine Woche voller Erinnerungen an ein vergangenes Leben. Sieben Tage, die alles verändern könnten. Denn
plötzlich stellt sich die Frage : Gibt es vielleicht doch noch eine Chance für die erste große Liebe?

Ab 01.05.21 überall wo es Bücher gibt.